KB157896

울티여, 날으라

울티여, 날으라

초판 1쇄 인쇄일 | 2011년 12월 12일
초판 1쇄 발행일 | 2011년 12월 13일

지은이 | 오인남
펴낸이 | 정구형
출판이사 | 김성달
편집이사 | 박지연
책임편집 | 장정옥
본문편집 | 이하나 정유진
디자인 | 정문희 김현경
마케팅 | 정찬용
영업관리 | 한미애 김정훈 신보람
인쇄처 | 월드문화사
펴낸곳 | **북치는 마을**
등록일 2006 11 02 제2007-12호
서울시 강동구 성내동 447-11 현영빌딩 2층
Tel 442-4623 Fax 442-4625
www.kookhak.co.kr
kookhak2001@hanmail.net

ISBN | 978-89-93047-19-6 *03800
가격 | 10,000원

암 · 진 · 주 · 조 · 개 · 그 · 들 · 의 · 구 · 슬 · 픈 · 듀 · 엣

울티여, 날으라

오인남

북치는마을

추천의 글 ·

새롭게 쓴 욥기와 아가서

· 정연희 소설가

『불티여, 날으라』

갑자기 이틀 전, 출판사로부터 원고를 받고, 이틀 밤을 새워가며 다 읽고 난 시간은 새벽 여섯시였다. 원고를 앞에 둔 채, 한동안을 그저 우두커니 앉아 있었다. 편집자가 나에게 무엇을 하라고 했는지, 필자 오인남의 글에 대하여 내가 무엇을 어떻게 해야 하는 것인지 그저 막막하기만 했다.

〈재앙災殃은 티끌에서 나는 것이 아니요, 고난은 흙에서 나는 것이 아니라. 인생은 고난을 위하여 났나니 불티가 위로 날음 같으니라. 욥기 5:6-7〉 막막한 가운데 떠오른 말씀은 성경의 그 구절뿐이었다. 어떻게 이 충격을 수습해야 할는지, 편집자가 원하는 글이 어떤 것인지, 필자가 피를 찍어가며 써낸 이 한편의 글에 대해서 무슨 말을 할 수 있을는지－입을 가리고 글 쓰던 손을 멈출 수밖에, 할 일이 아무것도 없을 것 같았다. 우리들 인생에는 참으로 그 무엇도 보장 된 것이 없다는 것을 다신 한 번 확인했을 뿐이다.

글을 읽어가는 동안에도, 여러 번 읽기를 멈추고 우두커니 허공을 바라보고는 했지만, 이럴 수가…… 이럴 수가…… 아침 먹을 생각도 못하고 그저 서성거리다가, 편집자와의 약속을 생각해 내고 다시 책상 앞에 앉기까지는 시간이 오래 걸렸다.

이 한 편의 글은, 암으로 해서 육신과 영혼이 함께 무너지고 부서져 가는 한 여성이 기록한 새로운(新) 욥기였다. 너무 처절하고 너무 쓰라리고 서러운 글이었다.

〈오인남. 환자번호 7503191, 분류번호 c509, 최종 진단일 2009.12.24, 산정특례중증환자〉 이것이, '오인남이 평생 달고 가야 하는 슬픈 수인囚人번호' 라고 스스로 기록했다.

그러나 오인남의 극한의 고통에는 다른 사람은 갖지 못한, 무섭도록 예리하고 정확한 렌즈가 있었다. 극단의 고통을 통해서만 보게 되는, 생명을 극명克明하게 보아내는 시각視覺이 무섭게 살아 있었다. 그리고 이 글은 새로운 욥기로서만이 아니라, 가족을 향해서 다시 시작된 새로운 아가雅歌이기도 했다.

〈…… 지금은 고인이 된 박완서 선생님이 사십대 주부이면서 신예작가로 당선됐다는 말을 듣고 기억해 두었다가, 내 나이 마흔이 넘어가자 쉰에 해 볼까 신소리도 했었지만, 언감생심 그냥 속상할 때 끼적거린 쪽지 밖에, 맞춤법도 띄어쓰기도 희미해져 간다. 게으르고 약아빠진 나는, 나중에 혜경궁 홍씨처럼 더 늙어 한중록 같은 기록이나 남겨 볼까 했는데, 내게는 '운잠이' 같이 충성스러운 내시도 없고 순조같이 효성스러운 손자도 없다. 또 요단강 앞 모래밭에 주민등록을 옮기니 갈 길 바빠 마음이 급하다……〉

그런데, 게으르고 약아빠진 오인남이, 요단강 앞 모래밭에 주민등록까지 옮겨 놓고, 갈 길 바쁜 길에 마음 급하게 쓴 이 글이, 단순 기록이 아닌 고도高度의 문학성으로 빛나는 데에 놀라지 않을 수 없었다. 이렇도록 강한 자의식에다, 자신의 내면이나 당면한 환경과 현상에 대해 이렇게까지 솔직한 고백을 할 수 있는 것일까. 계속 감동과 놀라움을 안고 글을 읽었다.

생물학에 '앙스트 블뤠떼'라는 용어가 있다. 불안이라는 뜻의 '앙스트'와 개화開花라는 뜻의 블뤠떼가 합성된 '앙스트 블뤠떼'는, 일명 불안이라는 이름의 꽃 이름이다. 죽을 것만 같은 불안 속에서 고통을 극복하고 꽃을 활짝 피워낸다는 생물학적 용어이다. 오인남은 죽음과 같은 고통 속에서 불안과 슬픔을 극복하고 삶의 꽃을 피워냈다.

기독교 변증학자 오스 기니스는 인간의 육체에 대해 이렇게 술회했다. '인간의 신체구조는 참으로 아름답다. 피디아스, 미켈란젤로, 로댕이 만든 조각상이나, 우리가 좋아하는 선수 또는 사랑하는 사람의 육체를 떠올린다면 인간의 신체가 얼마나 경이로운지 금방 알 수 있다. 뿐만 아니라. 상상력이 일궈낸 업적은 후세대의 경탄을 자아낸다. 하지만 가장 아름답고 가장 강한 신체도 영원히 지속되지는 못한다. 태어나기 전에는 낙태와 유전병에 의해, 태어난 후에는 질병과 사고事故에 의해, 나이든 후에는 노쇠와 죽음에 의해 위협을 받는 것이 인간의 몸이다. 인간은 무릇 왜소하고, 연약하고, 망가지기 쉬우며, 잘 부서지는 존재이다. 우리 인생은 유한하며 목숨은 눈 깜작할 사이에 사라질 수 있다.'

오스 기니스의 이 변증 앞에서 우리는 할 말이 없다. 하지만 지금까지 남편과 아들 둘과 함께 단란하게 살아가던 아내요 어머니가 어느 날, 청천벽력같은 선고를 받는다. 터무니없이 부조리한 인생! 누구와도 나눌 수 없는 저 혼자만의 고통! 왜 내게 이런 일이? 왜 하필 나에게? 오인남은 목숨 던져 외치고 외쳐가며, 자신의 삶에게 뒤집어 씌워진 고통을 통하여 남편과 두 아들, 의료진에 종사하는 의사들과 이웃들을 바라보는 새로운 개안開眼이 이루어지고, 지금까지 게으름과 약삭빠름 안에 숨겨두었던 놀라운 잠재력이 폭발하게 된다. 오십여 년 동안 치열하게 쟁이고 쟁여 두었던 잠재력이 폭발하며 단답형 문장文章에 뿌리 내린 절박함을 토설吐說해 낸다.

거의 공격적인 문장文章 속에 번득이는 정직성과 솔직성, 항암주사 여덟 번, 방사선 서른세 번, 정신도 육신도 갉아먹는 암, 〈안 그래도 후줄근하고 뚱뚱하고 못생긴 나는 이제 머리조차도 비 맞은 새 꼬랑지처럼 축 늘어진 채, 잘 보이지 않는 두 눈 찌푸리고 ……〉〈이미 2기도 지나 림프까지 전이가 되어, 액와 림프 곽청술로 31개의 림프를 절제해 놓은 상태……〉〈교과서에 나오는 모든 부작용을 다 겪어내고 있으면서〉도, 오인남이 고통 중에 기억해내는 삶에서는, 때로 폭소를 터뜨리게 만드는 해학이 넘쳐 나고 있으니, …… 오인남은 타고난 이야기꾼이다. 투박하기 이를 바 없는 솔직성에다, 심각하고 절박한 가운데서 주고받는 남편과의 대화에서도 그랬지만, 아버지께 처음으로 매를 맞은 대목은 눈물 질금거려가며 읽다가 말고, 대굴 대굴 구르게 만드니 오인남은 지금까지 그런 재주를 어떻게 억누르고 살았을까 싶다.

고통은 어떤 이웃도 도울 수 없는 자신만의 것이다. 다만 고통을 겪는 중에, 고통의 당사자 곁에서 가장 사랑하는 사람이 감당해야 할 현실적인 손실을 속수무책 바라보고만 있어야 하는 것은 당사자가 겪어야 하는 또 다른 고통이며 쓸쓸함이다. 그 고통 속에서 오인남은 남편에 대한 사랑과 두 아들에 대한 절절한 사랑에 눈을 뜨고, 그래서 피를 찍어 새로운 애가哀歌와 아가서雅歌書를 집필해 냈다.

대개 지금까지 출간된 투병기는 사람들에게서 점차 멀어져 가고 있다. 지독하게도 이기적인 우리 속담 중에 "남의 염병이 내 고뿔만 못하다"는 정나미 떨어지는 속담이 있었다. 더러 동병상린同病常鱗의 이웃이 위로와 용기를 얻기 위해 달려들어, 이웃이 쓴 투병기를 읽는 경우가 있겠지만, 이제는 남의 아픔에 자신의 감성이 상처 받는 것을 극구 피해가는 세상이 되었다.

하지만 오인남의 이 책 한 권은 투병기가 아니라 삶을 새롭게 바라볼 수 있는 지침서가 되어 줄 만한 저서다.

오스 기니스는 〈생각하고 반성하는 사람은 검증된 삶을 필요로 한다.〉 〈……고통을 검증된 삶을 위한 도전으로 받아들이고, 시련을 통해 단련된 믿음의 능력으로 좀 더 가치 있는 삶을 이끌어 나가야 한다.〉고 설파 했지만, 고통의 현장에서 고통을 겪고 있는 인간을 외면하시거나 도외시 하는 듯 한 하나님, 외치고 부르짖어도 응답을 들려주시지 않는 하나님과의 씨름 또한 고통을 겪는 자의 외로움이요 공포다. 세상의 그 어떤 것도 내 곁을 지켜주지 않고, 한 가지도 남김없이 내 곁은 비켜가는 각박하고 각박한 현실.

오인남은 하나님을 향해 수없이 부르짖고 외치고 악 써가며, 어둡고 기나긴 사망의 음침한 골짜기를 거쳐 나왔다.

암이라는 끔찍한 외상 스트레스는 오인남에게 트라우마를 안겨주었고, 그는 정신과 치료를 받아가며 새로운 세상에 한 발을 들여놓았다.

〈주여! 내 여호와시여! 우리가 환란 중에서도 즐거워하나니 이는 환란이 인내를 인내는 연단을, 연단이 소망을 이루는 줄 이제 알았나이다. 소망이 부끄럽게 아니함은 우리에게 주신 성령으로 말미암아 하나님의 사랑이 우리 마음에 부은바 됨 이니이다.〉 '교활하고 간사한 나는 재발과 전이가 두려워 주의 품에 덥석 안기지도 못하고 밖으로 나가지도 못한 채 뱅뱅 맴돌고 있었다.' 그러면서도 주여! 어찌하오리까? 묻는 기도는 이어지고 집행유예 육 개월을 한 눈금 한 눈금 살아갈 희망을 스스로 만들어 가고 있다. '왜 나인가?' 하는 절망의 탄식은 '나 일수도 있지 않은가?' 하는 체념이 아닌 긍정적 사고로 바뀌었다. ……이제는 트리풀 음성陰性인 것도 악성종양이 두 개나 발견 된 것도 감사한다. ……세상을 향한 원망도 소리 없이 가두었다. 못나고 비굴했던 나 자신을 돌이켜 보며 사랑해! 사랑해! 다독이며 내 가슴을 쓰다듬어 줄 여유도 생겼다.

생명은 아주 작고 하잘 것 없어 보이지만, 어느 때는 우주의 그 어느 것보다 장엄莊嚴하다. 오인남의 목숨이 그 장엄을 증언해 주고 있지 않는가.

꿈같은 일들이 내게도 일어나고 있습니다.

행여 꿈이라면 깨지 말고 계속 꿈꿀 수 있기를 바라는 조심스러운 날들이 이어지고 있습니다.

저는 이제 만 두 살이 되어갑니다.

2년 전 암수술 받고 다시 살아났으니 이제 걸음마를 시작하는 어린아이입니다.

2009년 12월 악몽 같은 암 선고를 받고 차라리 죽기를 원했던 적도 있었고 수술하고 항암과 방사선치료받으며 탄생을 원망했던 적도 있었지만 이제 소중하고 아름다운 날들이 보석처럼 반짝입니다.

아프고 쓰라려서, 상처보다 더 마음이 쓰라려서 실어증에 걸린 사람처럼 두문불출하고 낙서처럼 써 내려갔던 글들…….

이제 내 마음의 자식처럼 탄생을 기다리니, 출산을 기다리는 어미처럼 불안하고 두렵고 또 가슴이 벅차오르네요.

묵묵히 내 곁을 지켜주며 같이 아파했던 내 남자와 아이들 그리고 삶의 의지를 놓지 않게 항상 격려해주신 아버님…….

내가 부를 때, 내가 필요할 때 비가 오나 눈이 오나 언제라도 달려와주던 고마운 내 친구들, 남편 친구들……

핏줄보다 더 진하게 다가오던 그들의 위로와 격려 덕분에 오늘의 내가 있을 수 있었습니다.

이제 나의 새벽은 경건하고 나의 하루는 소중합니다.

다가오는 새해에는 모두가 건강하고 축복 가득한 날들이 이어졌으면 하는 바람입니다.

수동에서

오인남

목차 ·

추천의 글 5
작가의 말 14
프롤로그 20

1부 · 내 가슴속의 불량진주조개

암. 그 무섭고 쓸쓸함 25
암환자와 의료보험 28
드라큘라 증후군 32
잃어버린 소 40
좌, 우 그리고 미로 46
슬픈 어릿광대의 외줄타기 51
사형수의 슬픈 수술 58
잠시만의 휴전 69
군인 아저씨, 내 아들 77
전설의 77학번 82
죽음 그 무서운 공포 85
명제 87
주여! 날 살리소서! 92
해 · 찬 · 들 표 고추장과 아들 103
그 여자의 금융위기 110
소망, 그리고 탐욕 120
어린 여자아이 127
금쪽같은 내 새끼 134

2부 · 항암! 그 무서운 노래

항암 병동 141
넘실대는 죽음 146
제우스와 황소 149
늙은 쥐의 겨울잠 153
우리 집 강아지는 복실이 요키 157
살려 주세요 161
엄마, 엄마 우렁이 엄마 166
기다림과 그리움 171
피할 수 없는 고통 176
아들, 아들 가여운 내 새끼 183
탁소티어 186
임실 성수산 190
토끼와 항암 무서운 그림자 195
미모사와 세포 200
트리플 음성 입니다 202
방사선치료 207
총 맞은 것처럼 211
검은 주홍 글씨 215
폭풍의 언덕 221
삶의 양과 질 227
사요나라 이츠카 233

목차 ·

3부 · 사랑, 사랑 누가 말했나?

사의 갈망 239
완전히 새 됐어! 243
위로와 동정 그리고 연민 248
내 몸을 전세 놓다 253
나는 살고 싶다 256
진실과 거짓 그리고 소문 259
유전학적 유방암 263
엄마, 엄마 딸 청개구리 267
행복 전도사 272
세상이 그리워 278
갈매기야! 더 높이 날아오르렴 281
주여! 어찌하오리까? 286
집행유예 선고 육 개월 289

4부 · 아직도 남은 슬픈 조각들

아직은 투병중이에요 295
나에게도 축복이 297
암은 전염병이 아니에요 300
평화, 평화, 평화 303
유방암 생존자 305

에필로그 308

프롤로그

오 인 남
환자번호 _ 7503191
분류번호 _ C509
최종 진단일 _ 2009년 12월 14일
산정특례 중증환자

이것은 내 수인번호다.

내 평생을 달고 가야하는 무기수의 슬픈 수인번호다.

너는 누구냐?

대답하라! 너는 누구냐?

나?

나는……

그냥 무엇이라도 적어놓고 싶다.

아무나 붙들고 주절주절 말이 하고 싶다.

"나는 암환자이다. 국가가 인정해 주는 암환자이다."

소리치고 통곡해 본다.

내 가슴속에 "불량 핵을 품고 있는 진주조개 한 마리가 살고 있다"고 만천하에 악을 쓰며 외쳐 보고 싶다. 그 조개는 진주를 꺼내고 꺼내어도 또 다시 똑같은 불량 핵을 품는다고 알려주고 싶다. 한 번 잘못된 길을 가면 바른길로 돌아 나오기 어렵듯이 작디작은 핵은 커갈수록 비뚤어지고 독을 품는다고 했다.

유방암의 혹은 십 미리미터 미만의 혹을 '행운의 진주'라고 부른다. 그만큼 발견하기가 쉽지 않고, 그 정도 크기면 초기라 수술이 쉽고 간단해 살 확률이 아주 높아진다.

유방암의 역사는 길다.

BC 2700년경 첫 기록이 등장한다. 예수님이 오시기 2700년 전, 그 옛날부터 고달픈 여인들을 괴롭히고 죽음으로 몰아가고 있는 못된 세포가 있었다.

오랜 기록에 의하면, 이집트의 임호테프라는 사람이 고대 파피루스에 남긴 유방종양에 관한 글이 있다.

임호테프는 고대 이집트의 나일강 상류 에드푸에 있는 첫 번째 신전을 건축했으며, 6개 계단의 61미터 계단식 피라미드를 건축한 당대 최고의 기록에 남은 건축가이며 의사였다. 그는 고대 이집트 제3왕조 조세르 왕을 섬긴 고관이며 천문학자임과 동시에 태양신의 대제사장 까지 지낸 실존 인물이다.

영화 미이라에 등장한 '이모텝'의 실제인물이기도 한 그는 의술의 신으로 등극되었으며, 제18왕조의 현자이자 대신이었던 아멘호테프를 제외하면 이집트인으로는 유일하게 완전 신격화되는 영광을 얻은 사람이다. 임호테프는 당대를 주름잡던 천재였으며 고대의 희미한 기억 속에 선명하게 부각된 인류역사에 기록된 최초의 의사였다.

그의 기록에 의하면 유방암이란,

〈'유방 안의 둥글게 뭉친 포장지를 만지는 것 같은 느낌의 종양' 이며 유방안의 차가우며 부풀어 오른 종양은 '치료법 없음'〉 이라고 기록해 그 당시부터 무서운 병임을 알리고 있다.

이집트의 의사 임호테프는 그때부터 유방암을 연구, 기록해 놓은 것이다.

파피루스에 히브리어로 쓰여 있으니 훈민정음과 한자밖에 모르는 허준이나 우리나라 의사 선생님들은 서양문물이 들어올 때까지 그 사실을 몰랐다. 또 작금의 의학용어는 독일어 아니면 영어니 바쁜 의학도들이 히브리어까지 살펴볼 수 있었을까?

동시 통역기에도 히브리어는 안 나오는 걸로 알고 있다. 요즘은 디지털시대를 지나 스마트 시대로 접어드니 우리 같은 아날로그 구시대인 중년 노인네들은 히브리어도 동시통역이 되고 있는지 도통 모른다.

1부

•

내 가슴속의 불량진주조개

암. 그 무섭고 쓸쓸함

암 선고는 육체적 질병에 국한되는 게 아니었다.

나에게 암이라는 치명적인 선고는 마치 사형선고처럼 두렵고 부끄러웠다. 혹은 전염병이거나 아니면 무식하고 가난하여 건강검진이라는 단어조차 모르는 여인네인 것처럼 창피해서 비밀로 했지만 시간이 지나자 누군가에게 슬슬 광고하고 싶어졌고 어리광 피우며 위안 받고 싶어졌다. 뭔지 모르지만 내 이름 석 자 쯤은 적어 놓고 싶었고, 알리고 싶었다.

어느 날 지치고 못생긴 진주조개 한 마리가 나도 모르게 슬쩍 못된 핵까지 품고 내 안에 자리를 잡고 들어앉았다.

"저기, 방 하나 있나요? 우리 혹시 같이 살면 안 될까요?"
"조개야! 조개야! 너는 이름이 뭐니?"
"저는 진주입니다."
진주조개는 깍듯하고 상냥했다.

가끔씩, 유령처럼 스르르 잠이 들면 벌떡벌떡 일어나 수면제를 챙겨 먹어야 안심하고 잠들 수 있는 날들이 이어지고 있었다. 우울증 약을 오래 먹어 조울증과 겹쳤는지 끝없이 떠들다가 끝없이 침묵하며 울고 있었다. 매일 악을 쓰며 통곡할 수도 없는 일이었다.

오십 년이 넘는 세월을 돌아보니 정리가 필요했고 평생 놀고먹는 재주 밖에 아무것도 하지 않았지만 하고 싶은 이야기와 푸념도 많았다.

사람은 누구나 한 가지 재주는 있다는데 나는 평생을 아무 재주도 능력도 없이 그냥 세월 잘 만난 덕에 어영부영 오십 년 넘게 놀고먹었다. 놀고먹으며 당당할 수 있었던 마지막 세대가 우리 세대 여자들 아닐까?

복이라고는 그저 그거 하나로 만족해야 하나.

누구나 태어날 때는 이 세상에서 이루고 가야 할 일이 하나는 있는 법이라는데 이러다 저승에 가서, 아니 다시 태어나서 죽도록 고생 하지는 않을까? 직무유기라고!

'이 삶이 내게 부여한 임무가 무엇이었을까?' 슬쩍 걱정도 해보지만 도무지 아무 재능을 찾을 수가 없다. 어릴 적 글짓기 가작인가 두어 번 당선된 거 말고는…….

중학교 적엔가 고등학교 적엔가 여성동아 장편소설 공모전에서 지금은 고인이 되신 박완서 선생님이 사십대 주부이면서 신예작가로 당선됐다는 말을 듣고 기억해뒀다가, 내 나이 마흔이 넘어가자 쉰에 해 볼까 신소리도 했었지만 언감생심 그냥 속상할 때 끼적거린 쪽지밖에 맞춤법도 띄어쓰기도 희미해져 간다.

게으르고 약아빠진 나는 나중에 혜경궁 홍씨처럼 더 늙어 한중록 같은 기록이나 남겨 볼까 했는데 내게는 '운잠이' 같이 충성스러운 내시도 없고 순조같이 효성스러운 손자도 없다. 또 요단강 앞 모래밭에 주민등록 옮기니 갈 길 바빠 마음이 급해졌다. 저쪽으로는 아케론의 강에서 카론이 손짓하니 얼마나 황망한가.

호랑이는 죽으면 가죽을 남기고 참새도 죽을 때 '짹' 한다는데 하물며 나는 만물의 영장 인간 아닌가. 그것도 살 날보다 산 날이 더 많은 중년을 훌쩍 넘긴 욕심덩어리 여자이다.

내 머릿속은 늘 부옇고 눈은 침침하고 몸은 부석부석 처져있다. 기나긴 항암 탓이다.

"아! 아! 피곤해."

"나도 그래"

항암 주사로 만신창이가 된 조개가 힘없이 중얼거린다.

"진주야! 너 어디 아프니?"

암환자와 의료보험

오늘은 병원에 가는 날이다.

나는 21세기 도시현대인답게 종합병원 정신과 병동에 가서 한 달에 한 번씩 상담하고 약을 가져온다. 밥보다 더 소중한 한 달 내 식량이다.

나는 산정특례 중증환자이다.

몸도 아프고 더불어 마음도 아픈 여자이다.

대한민국 국민 덕을 여권 말고 처음으로 톡톡히 보고 있는 여자이기도 하다. 모든 암환자는 국가에서 치료비를 아주 싸게 해 준다. 의료보험제도가 세계적으로 손꼽히는 나라이고 선진 의료시스템이 잘 구축되어 있는 살기 좋은 국가인 덕분이다.

의료보험혜택만 되면 십만 원이 오천 원으로 확 내려간다. 수술비도 5%만 내면 되어 몇백만 원 안 된다. 그나마도 생활보호대상자는 그 큰 암수술을 하고 십만 원도 안 되는 돈을 계산 하는 걸 본 적도 있다. 이제 돈 없어 암으로 죽을 일은 없어 보인다. 치료비가 아주 싼 것처럼 보이고 실제로 어떤 검사, 어떤 약은 정말로 싸다.

유수의 종합병원에서 혈액검사하고 육백 원도 내보았으니 얼마나 싸고 좋은 제도인가? 그러나 그것은 정치인들이 입안하고 전직 대통령까지 합세한 선심성 공약일 뿐이다. 선진복지라는 선거공약에 눈 가리고 아웅 하는, 고양이 껍질을 뒤집어 쓴 하이에나의 허울 좋은 넝마에 불과하다.

싸구려 약에, 싼 검사는 진료비의 5%에 불과하지만 보험혜택에 한해서이고 오 년 간만 보호예수가 적용되는 노예계약일 뿐 보험혜택이 안 되면 가격은 천정부지로 올라간다. 비싼 검사, 효과 탁월한 값비싼 신약은 자기부담 백 프로인 경우가 대부분이다. 자주 해야 하는 초음파검사도 자기부담 백 프로다.

유방암은 여성 호르몬과 매우 밀접한 관계를 맺고 있어서 수시로 산부인과 진료를 양념처럼 곁들이는데 부인과 검사 한방에 십여 만 원의 돈이 들어간다. 암과 전혀 상관이 없다고 보험혜택을 안 해 주는데 유방암과 가까운 친척 암이 누군지 아직도 오리무중이다.

내가 항암치료 중이던 당시에는 비싼 항암제를 동시에 써야 할 경우 한 가지만 보험혜택을 해주고 나머지 약은 보험적용이 안 되어 보통 주사 한 대에 이백 만 원이 넘어가니 죽든 살든 환자가 알아서 선택해야 했다.

2010년부터 법이 바뀌어 둘 다 보험적용이 되었지만 내가 수술할 때는 그런 좋은 제도는 보험공단당국에서 '너 죽고 나 살자'며 죽어라 쥐어틀고 혜택을 안 주고 있었다.

보험료 덜 나가면 그 보험료 떼어 직원들 보너스 더 준다고 했는지 민영보험회사도 아닌 국민건강보험공단에서 국민건강은 도외시하고 어떻게든 보험료 혜택을 줄이는 데 혈안이 되어 있었고 지금은 아예 혈안이 지나쳐 눈이 빨갛게 튀어나오기 일보 직전이다. 그러니 2010년 제도가 바뀌기 하루 전에 돈 없어 항암도 못하고 죽은 사람은 하루만 원귀가 되지 않았을까?

그 원귀는 누구를 노리고 있을까?

보험공단에 고시 공부하듯 머리 싸매고 합격한 사람들은 옆도 돌아볼 줄 아는 혜안쯤은 길러보아야 하지 않을까? 아마 보험료가 다 자기들 돈같이 생각 되나본데 그 돈은 우리 돈이다. 그네들은 우리 돈으로 월급 받고 일하는 직원일 뿐이다. 보험료의 반쯤이 저들 월급으로 나가는 것 같은데 누가 주인인가?

강물에 빠져 허우적거리는 수험생들 건져놓으니 내 보따리와 네 보따리를 같이 달라는 형국이다. 멍청한 경리직원이 회사 돈을 제 돈으로 착각하다가 쇠고랑 차는 걸 우리는 수도 없이 보지 않았던가?

불행 중 다행히 운이 따라주어 임상 실험이라도 당첨되면 모르지만 이도 저도 안 되어 몇 억씩 들어먹고 가족들에게 마저 소외되어 버린 여자도 봤다. 그런 사람은 죽어도 자식들조차도 울지 않는다고 했다. 집 팔아 전세로 내려앉고 다시 월세로 사글세로 전전긍긍 하다보면 저절로 그렇게 변한다고 했다.

"그러니까 미리미리 조심해. 보험이라도 왕창 들어 두든지."

진주조개는 영악한 듯 했다.

"그래, 내 실수야. 이것저것 미리미리 대비 했어야 했어!"

드라큘라 증후군

나는 항암주사 여덟 번과 방사선치료 서른세 번에 몸도 마음도 지치고 혼미해져 눈도 귀도 흐려지고 말았다. 손톱 발톱은 시커멓게 죽고 얼굴도 검어 죽죽 혀는 보라색에, 온몸의 털이라고 생긴 건 다 빠졌었다. 콧속과 눈 아래 속눈썹까지 빠져서 슬퍼도 울고 바람만 불어도 눈 속으로 먼지가 들어가니 가만히 서 있어도 울곤 하였다.

영화 속이나 TV연속극에서 우는 대역을 하라면 아마 항암환자들처럼 척척 울어대는 사람이 적역일 것이다. 우리는 손만 대면 터져 버리는 비눗방울과도 같이 건드리기만 하면 정신적으로나 육체적으로나 눈물을 터트릴 준비를 완벽하게 갖추고 살고 있다.

"나도 옛날에 옛날에는 은막을 휩쓸고 다닌 적도 있었어!"
조개가 주둥이를 지그시 다물며 회상에 잠긴 척하고 있다.
"진주 너 이제 보니 은막 뒤 청소부였구나."

항암치료를 시작하자 매일 통증과 함께 눈을 뜨고 고통 속에 잠이 들고 웃음을 잃어버려서 약을 먹어야 웃는 여자가 되었고, 잠을 잊어 버려서 매일 밤마다 잠을 찾아 헤매는 여자가 되었다.

한 달에 한 번, 한 움큼씩 약을 처방해 주며,

"아직도 사람 만나기 싫고 햇빛이 싫으신가요?"

하며 묻는 나이 어린 신경정신과 여의사에게 고개를 끄덕이며

"아마도 드라큘라 증후군이 아닐까요?"

천연덕스레 되물어 의사를 당황하게 만들고 나오는 여자이다. 그러면서도

"아직 마늘은 잘 먹어요."

덧붙이면서 해맑게 웃을 줄도 안다.

국가가 공인해 준 중증환자이며 모든 사람이 동정해주는 언제 죽을지 모르는 암환자이다

그 청천벽력은 2009년 12월 연말 추운 겨울날 찾아왔다. 서초동 그 이름도 유명한 국제전자부근 'H 내과' 건강 검진센터에서 육 개월 전에 받은 성인대상 공짜 건강검진이 무색하게도, 동네 새로 오픈한 50% 할인 마사지가게 어린 아가씨 손에 '진주'가 잡혀 나왔다.

검진센터의 'H'의사는 큰 종합병원 유명한 원장도 했었고 위암

전문가였고 늘그막에 검진센터를 차려 그냥 심심풀이로 공짜 검진도 해주고 국가에서 보험료 받아 재미난 노후를 보내고 있는 듯했다.

나는 속도 없이 공짜 좋아하다가 머리 벗겨진 정도가 아니라 홀랑 대머리가 되고 말았다.

아직 어리고 서툰 손놀림으로 열심히 마사지하던 아가씨가 조심스레 물었다.

"가슴에 혹이 하나 잡혀요. 아세요?"

"어머나, 깜짝이야! 들켰네."

진주가 호들갑을 떨고 있었다.

"너 정말 그럴래? 조그맣게 웅크리고 꽁꽁 숨어 있었어야지!"

검진센터 의사는 자기는 아무런 책임이 없다고 오리발 내민다. 자기는 사진만 찍었을 뿐 판독은 다른 방사선과에서 해 온다며 판독이 잘못 됐단다. 그 기계가 잘못인지 사람이 잘못인지 다시 찾아간 방사선 병원에서는 사진판독에 아무 이상 없다고 두 눈 지그시 깔고 조용히 말씀하시며 교양 있게 한 말씀 보태신다.

"엉뚱한 생각 말고 치료나 열심히 하세요!"

어느 의사 선생도 미안하다거나 잘못 됐다는 말씀 한마디 없었고 나는 소란 죄로 경찰에 조서 받는 일까지 생겨 이 세상이 두려웠다.

이상한 나라의 엘리스가 되어 버린 것 같았다.

“적반하장도 유분수지 날 보고 엉뚱한 생각하지 말라니?”

그 엉뚱한 생각이 무엇인지 멍청한 나는 지금까지 엉뚱한 생각이 머릿속을 떠나지 않아 괴롭다.

다음날 서둘러 초음파사진에 X－레이사진, 세침흡인 세포검사에 중심부 침생검법까지 부산을 떨었고 설마 암은 아니겠지, 정기적으로 검진했으니 괜찮겠지, 하며 잠깐씩 걱정했다.

일주일 후 결과 보러 지금 바로 병원으로 나오라고 간호사가 전화를 했다. 가슴이 ‘쿵’ 하고 떨어졌지만 검사했으니 결과는 당연히 나오겠지, 스스로 위안하며 병원을 찾았다.

병원의사는 그때서야,

“유방암 2기 말? 림프절 전이? 3기 초쯤인가?”

아무생각 없이 중얼거렸다.

소설이나 TV 드라마같이 심각하거나 우울한 분위기는커녕 시장바닥같이 소란스럽기까지 한 외래 3번실 유방암 병동이었다.

나는 임신도 이십대 후반에서 서른 살까지 끝냈고 수유도 했으며 초경도 그다지 빠르지 않았고 이미 폐경 중이었다. 갱년기에 접어들었지만 그냥 그러려니 하고 호르몬 약은 먹지 않았었고 젊은 시절 피임약도 한 번 먹지 않았었다. 한 오 년 전쯤부터 어깨가 많이 아팠지만 갱년기에 흔히 오는 오십견인 줄 알고 한방치료만 했다.

목욕을 즐겨 2, 3일에 한 번꼴로 동네 사우나에서 친구들과 목욕하며 노는 게 취미생활이 된지 오래되어서 유방에 변형이 있거나 분비물이 비치면 금방 알 수 있는 최적의 조건도 갖춘 터였다.

그리고 우리시절 육식을 했으면 얼마나 했겠으며 방부제 들어간 밀가루 과자부스러기를 얼마나 먹었겠는가?

담배는 아버지와 남편이 피워댔으니 흡연경력이 있는 거나 마찬가지겠지만, 그것은 누구나 마찬가지일거고 맥주는 잘 마셨다. 잘이라고 해봐야 사우나 도중 친구들과 어울려 한 캔이다.

그것도 '맥사'라는 우리들만의 칵테일을 만들어 즐겼으니 맥주 반 캔에 사이다 반 캔이면 그냥 즐거운 정도였다. 분위기 좋은, 혹은 안주 좋은 곳에서 아주 만취 했을 때 맥주 두 병인데 그것도 과음인가?

과식은 했겠지. 식탐이 있으니…….

의사가 최근 많이 피곤했느냐고 물었지만 나는 일생이 피곤한 사람이었다. 2년 전쯤 손, 발톱이 동시에 움푹 파인 적은 있었지만 어디에도 손, 발톱과 암과의 관련을 찾아볼 수 없어서 그냥 '내가 이렇게 피곤하게 사는 사람이거든?' 하고 농담으로 지나쳤었다.

가끔씩 가슴을 문질러 봤어도 가슴이 커서인지 혹은 발견하기 어려웠다. 마모 그램이라는 X－레이 사진은 정기적으로, 초음파는 부정기적으로 하고 있어서 암이라고는 생각하지 않고 그냥 양성종양인 줄 알았다.

보호자만 따로 부르지도 않고 나와 내 남자 앞에서 의사가 감기인 양 말했다.

"암이네요."
하도 천연덕스레 말하니 나도 첨엔 별로 안 놀랬다가 3초쯤 지나니 정신이 확 들었다.

"뭐래? 이 남자가 지금?"

벼락 맞은 대추나무는 도장이라도 판다는데 벼락 맞은 중년 여편네는 아무짝에 쓸모가 없다.

붕어처럼 눈도 깜박이지 못하고 쳐다보며 내 둔한 머리통이 어디론가 휘리릭 날아 갔다. 아직도 안 돌아온다. 그때 날아 간 머리통 반쪽은.

"육 개월 전에 아무 이상 없댔는데요. 병원에서……"

"그건 난 모르겠어요. 거기 가서 물어 보세요."

냉정한 의사 선생님.

종양의 위치가 유두 밑이거나 잘 알아채기 어려운 곳에 자리 잡으면, 또는 의사들의 판독실수로 종종 이런 일이 일어나는 모양이었다. 그리고 "어디어디 병원에서……" 이따위 소리를 하면 의사들은 거의 경기에 가까운 거부반응을 보인다. 책임지기 싫고 동료의식이 강한 탓이며 혹은 소송에 휘말릴까 걱정인 모양이다.

"그러니 한 달에 한 번 꼭 구석구석 만져보랬지?"

유식한 내 진주조개.

"그래, 내가 방심했어! 그리고 게을렀어!"

환장할 노릇이었다.

이것이 환장이로구나, 실감하며 온 몸을 부르르 떨며 치사하게 고장 난 수도꼭지가 되어 줄줄 울고 또 울며 그 와중에도 잠깐 생각했다.

"이것들을 그냥 고발해 말어. 이따위 의사 놈들 땜에 우리나라 의료실체가 이 모양이야."

그 와중에 정의감에 불타 잠깐 흥분하기도 했다.

"이따위 검진센터는 국가에서 자격박탈을 시켜버려야 하는데……."

왠지 창피하기도 하고 심란해서 일단 시집 식구들에게는 비밀에 부쳤다. 매일 만나는 동네친구들에게는 아들 공부 때문에 미국 간다고 사기치고, 맥주도 한 잔씩 얻어 마시며 내 속은 까맣게 타들어가고 밤마다 훌쩍 훌쩍 어린애처럼 울었다. 누구는 울지도 않고, 아무렇지도 않고, 심지어는 감사하기까지 했다는데 나는 오십이 넘어서도 목숨 아까워 매일 울었다.

"가슴, 가슴, 내 가슴……. 못난 내 가슴."

남보다 크고 못생기기까지 해서 항상 어디 바겐세일 하는데 있으면, 아니 싸게만 해준다면, 위험하지만 않다면, 불법이라도 예쁘고 작게 만들어 버릴 거라고 구박했더니 이렇게 복수 하는구나!

새삼 못난 내 가슴 쓰다듬고 울면서 외국에서는 남편들이 찾아낸다는데 나는 살찌고 못생기니 뒷방 늙은이 취급 받았구나 싶었다. 이렇게 혹덩이 크도록 눈치도 못 챈 남편도 원망하고 이런 몸매 이런 유전자 물려주신 돌아가신 친정엄마와 오래 전 내가 세상에 태어나기도 전에 유방암으로 돌아가신 얼굴도 모르는 외할머니까지 불러내어 원망했다. 그래도 한 번 생긴 혹은 없어지지 않았고 크고 못생긴 내 가슴이 새삼 소중하고 아름다워 보이기까지 했다.

참 간사한 인간이었다, 나는.

다 늙어가는 살찐 중년 여인네가 생전 처음 남편에게 어리광부리며 징징거리며 호강도 했지만 확진 후 수술까지의 며칠은 지옥이었다.

망망대해에 빠진 내 앞에 썩은 동아줄 한 가닥, 그 흔한 스티로폼 한 조각, 지푸라기 한 올 보이지 않았다.

잃어버린 소

어쨌든 살아야 했고 알아야 할 일이었다.

이미 소는 도망가고 없었고 외양간은 너덜거렸지만 게으른 나는 뒤늦게 소 타령하며 외양간이라도 고쳐 놓으려고 장비를 챙기기 시작했다.

나는 배운 사람이었고 잘난 척, 아는 척, 선수인 21세기 지식인 답게 유식한 척하며 인터넷검색에 들어갔다. 산사람, 죽은 사람.

"이이는 왜 유방암으로 죽었을까? 이 여배우는 어떻게 17년간 살 수 있었을까?"

죽은 자는 제쳐 버리고 산 자만 바라보았다.

유방암환자 배우가 좋아지고, 유방암 걸린 피아니스트가 좋아지는 게 부럽기까지 하면서 살 확률이 몇 %인지 최근에 나온 책만 찾아보았다.

일주일 만에 석, 박사과정 수료하고 병원 고르고 의사수배하며 소문 안내고 대충 장롱 정리, 냉장고 정리했다. 암에 걸리고도 고작 할 수 있는 일이 정리정돈밖에 없다는 사실이 서글프게 다가왔다.

"나는 나이불문 성별불문이야."
진주가 으쓱댄다.
"그래서 어쩔 건데? 이제 어쩌자고?"

내 병을 알자 내 남자는 당혹감에 작은 눈이 더 작아져서 세모꼴로 변하고 이마에는 가로 주름이 더 선명해지고 있었다.

나는 평소에 살찔까봐 못 먹던 삼겹살에 신 김치 밥 볶아 맥주하고 마시며 코미디프로 보면서도 한숨 내쉬며 컥컥 울었다. 깜짝 놀란 내 남자는 갑자기 친절해지고 심부름도 잘 해주어 맥주도, 와인도 척척 사다주어 오랜만에 횡재했다. 징징 울면서도 한 잔 맥주는 시원하고 상쾌하게 목을 타고 맛있는 안주와 함께 잘도 넘어갔다.

수술 하고 나면 못 먹을 것 같아서, 그리고 어차피 지금껏도 먹고 살았는데 '이까짓 맥주 한 잔에 무슨 큰일이 더 생기랴!' 싶어 식탐 많고 미련한 나는 원 없이 먹고 마셨다. 체하지도 않았다.

저주받을 식욕에 경탄 할 만한, 찬탄해 마지않을 식욕이었다. 엄마, 아버지가 돌아가셨어도 울면서 밥 먹고 맥주 마셨었다. 체하지도 않고 머리에 흰 핀 꼽고 둥실 달덩이가 됐었다.

"참 대단하네? 알코올이 유방암 원인이야!"
진주조개가 잘난척한다. 뒤늦게 알려주니 무슨 소용일까?
"야! 내가 한때 술집 딸 이었다. 너!"
진주한테 눈을 부라린다.

내 아버지는 한 시절 양조장을 경영하셨다. 그것도 조그만 시골 막걸리 도가가 아닌 현대화 되어가는 희석식 소주공장을 운영하셨다. 그 시절 지프차와 8톤 트럭으로 시골 구석구석 구멍가게까지 안면을 트고 순진한 농부들을 살살 꼬드겨 알코올 중독 시키는데 지대한 공헌을 하셨다.

일주일을 잘 먹고 잘 울고 수면제 먹고 잘 자니 얼굴이 보름달처럼 되어 유명한 종합병원을 찾아갔다. 그 의사는 유명해서 신문과 방송에서 환자 이해하기 운동도 하고 유방상실감에 대해 자상하게 설명하고 있는 명의로 소문 나 있었다.

실제로 본 의사는 그보다 더 잘생기고 우아하고 멋있는 외모를 가지고 있어서 그때 내 눈에는 마치 하나님처럼 위대하고 눈부셔 보였다.

'살려 주세요.' 나는 속으로 부르짖으며 의사의 마누라가 부러웠고 때마다 비싼 검진 받을 수 있는 능력 있는 사람이 부러웠고 육 개월 전 마모그램만 찍고 빼먹은 초음파 검사가 뼈 시리게 억울했다.

동생이 유방암이었던 나는 정기적으로 유방암검진을 했었다. 그때마다 아무 이상이 없었고 초음파검사는 의료보험혜택도 되지 않아,

"비싼 사진 한 장 찍었구나!"

좀 아까운 기분이 들었었다.

그래도 마모그램은 육 개월 전에 했는데…….

별 거 아닌 줄 알고 초음파비 떼어 예쁜 신발에 홀려, 구두 사 신은 내 발목을 잘라 버리고 싶었다. 세 살 버릇 여든 간다더니 어릴 적 엄마 돈 떼먹던 버릇 그대로 남아 내 돈까지 떼먹다가 이 꼴이구나! 한심했다.

아! 저 의사의 마누라, 딸. 그네들은 평생 유방암 걱정은 안 하고 살겠구나! 초음파도 공짜로 하니 초음파비 떼서 다른 거 할 이유도 없겠지. 이 빌어먹을 나라는 왜 초음파는 의료보험을 안 해줘서 날 이 모양 이 꼴을 만드나 그래. 주치의, 담당의 두고 사는 재벌들 정치인들 모든 기득권층이 부럽고 또 부러웠다.

초음파비 이십여 만 원에 내 몸 팔아먹었으니 창피해서 어디 하소연 할 수도 없었다. 심청이는 공양미 삼백 석에 아버지 눈 위해 제 몸 팔아먹었으니 연꽃 타고 구원 받아 왕후가 되었지. 정신 나간 여자는 반짝이 샌들에 홀려 자기 목숨 건 꼴이 되어 버렸으니 아무한테도 말 못하고 그저 꿀 먹었다 시늉만 하고,

"육 개월 전에 했는데."

소리만 되풀이했다.

당당하고 품위 있으며 키 큰 유능한 의사 옆에 왜소하고 작아진 내 남자는 구겨질 대로 구겨지고 초라해서 말린 시래기 같았다. 멍하니 비 맞은 허수아비처럼 후줄근하게 서 있다가 그래도 남자라고 용감하게 한마디 했다.

"저기…… 아무개 소개로…… 왔는데요. 잘 좀."

획 돌아보는 의사의 눈빛이 얼음처럼 차다.

'아, 여기가 시베리아로구나.' 좀 있으면 그 유명한 시베리아 형무소에 수감될 것 같아 후루룩 한기가 온몸을 휘감았다.

"어디 좀 보여 주세요."

평소 못생긴데다 남보다 큰 젖가슴 부끄러워 내 남자한테도 안 보여 줬었는데 그 가슴을 턱하고 꺼내놓으니 무슨 고깃덩어리 같아 부끄러운데 그는 손끝으로 무슨 물건 만지듯 여기저기 만져 본다.

'어제 목욕재계하고 비싼 돈 주고 때까지 밀고 왔는데.'

제 여자 가슴, 남의 남자가 이리 저리 주물러도 말 한마디 못하고 눈만 껌벅거리며 비굴하게 서 있는 못난 내 남자가 불쌍하고 서러워 눈물이 났다.

"이십 일 후에 수술합시다."

"왜요?"

왜요는 일본 담요다.

"빨리하고 싶어요!"

갑자기 맘이 급해진 내가 말했다.

의사 왈.

"내가 시간이 없어요. 바빠요. 세미나에 시험감독이 있고."

'이런 썩을. 나는 더 바쁜데……. 시험감독 내 남편 시키면 저보다 더 기차게 잘 해 줄 수 있는데. 어디 연줄 같은 거 없나? 내가 대통령 육촌쯤 되었어도 이럴 건가? 이 아무개 수녀래도 그럴까? 이 병원에 소설가 C모씨도 있다는데 그이도 그럴까?'

속물은 속물다운 생각으로 머리에서 자갈, 자갈, 자갈 구르는 소리가 들렸다.

"우선 검사부터 합시다."

MRI, 펫 시티, 심전도, 초음파…….

검사는 끝없이 이루어졌다. 평소 사진 찍기 싫어하던 나는 원 없이 머리부터 발끝까지 사랑스러워 하며 뼈 속까지 사진을 찍고 또 찍었다.

"너 뼈다귀 참 잘 생겼다."

내 안의 조개가 가만히 날 비웃었다.

"나도 내 뼈다귀 잘 생긴 거 첨 알았구나! 진주야."

좌, 우 그리고 미로

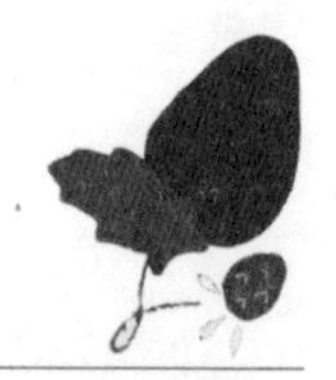

어쨌든 수술은 기정사실이었으므로 지하로 지상으로, 이 병동에서 저 병동으로, 끝없는 미로를 헤매고 다니며 수납하고, 실컷 굶다가 배 터질 때까지 물 마시고 사진 찍었다.

머리 나쁜 나는 한 손에 소변 받아 쥐고 좌로 우로 검사용지 다른 손에 쥐고 병원 한 가운데 서서 글 모르는 백치마냥 아무나 붙잡고 물어 보고 있었다. 키 작고 뚱뚱한 여자가 더 작아지고 더 초라해져 넓고 화려한 천정 높은 병원 로비에 서서 짧은 목 늘여 빼고 말똥말똥 작은 눈만 열심히 굴렸다.

"여기가 어딘가요?"

"누구 아는 사람 없나요?"

"누가……. 이 여인을 모르시나요?"

"바보인 것 같아. 나랑 참 잘 만났어! 나도 좌, 우를 몰라 지중해에서 여기까지 왔단다."

진주가 창피도 모르고 말한다.

원래 좌, 우를 잘 구분 못해 평생 헤매던 여자였다.

영어를 배우니 레프트, 라이트가 비슷하여 뭐가 뭔지 지금도 모르겠고 한자는 더 오리무중 껍데기는 똑같고 속만 다르니 이놈이 좌인가, 저놈이 우인가, 헷갈려하니 어느 날 남편이 바보취급 하면서 우자 속에 ㅁ이 들어가니 그걸 ㅇ이라고 생각하라고 가르쳐 줘서 좌, 우 구분은 하게 되었다. 하지만 원래 좌, 우가 어느 쪽인지 구분이 안 되는데 글자만 알면 무슨 소용이랴.

예전에는 왼쪽 팔목에 시계라도 걸고 다녔지 요즈음은 휴대폰 때문에 시계도 없으니 지금도 택시 타면 "아저씨 이쪽이요. 저쪽으로 쭉이요" 하고 마는 여자다.

와일드와 마일드도 구분하지 못하는, '먹고 대학교' 졸업생이다.

"정말 바보로구나! 그러니 내가 들어가도 몰랐지."

진주조개가 혀를 날름거린다.

"그래! 나는 바보다. 국가가 공인해 준 바보다."

옛날 옛적 나는 교련과 민방위훈련을 받고 자랐었다. 더운 여름날 뙤약볕의 구령소리, 고함소리, 삼각건, 구급함, 압박붕대…….

"좌향좌! 우향우!"

교련선생의 우렁찬 목소리는 작은 나를 주눅 들게 했고 내가 어느 손으로 밥 먹더라, 간신히 생각해 옆으로 싹 돌면 딱 마주친 친구 얼굴. 그때의 당혹감, 낭패감, 민망함, 교련선생님 호통소리…….

"너 이 새끼 앞으로 나와!"

"아! 창피해. 쥐구멍, 쥐구멍……."

불행히도 나는 양손을 비슷하게 쓸 수 있었다.

그런 여자가 왼쪽으로 가다가 오른쪽으로 틀고, 두 번째에서 다시 왼쪽 방으로 위로 지하로, 이쪽 병동에서 저쪽 병동으로 잘도 찾아다녔다. 새삼 목숨이 소중하고 맘이 급하고 의사를 우러러봐야 했던 절박감이 모멸과 수치감으로 바뀌고 있었다.

또 어린 자식들이 눈에 밟히고 환갑도 안 된 남편이 가여워서 여기 저기 아는 사람, 모르는 강아지까지 동원하여 유명하다는 의사 찾아 일주일 만에 수술 해치우고 2010년 눈 많던 1월 집에 똬리 틀고 들어앉았다.

"온 세상이 하얀 나라야. 시원한 맥주 마실까?"

진주가 묻는다.

"안 먹어!"

처음으로 조개 주둥이를 때렸더니 입을 꼭 다문다.

수술 전 날 남편과 둘이 병원식당에서 외식하며 만 원도 안 하는 맛없는 병원 식사로 오랜만에 서로 비싼 거 먹으라고 챙겨주고 자못 비장한 마음으로 나란히 손 잡고 수술동의서 작성하러 올라갔다.

아직 솜털 보송보송한 인턴 앞에 궁금증 발동한 두 중년 늙은이가 선생님, 선생님 머리 조아리니 진짜 선생으로 착각하고 머리 긁적이고 하품 하고 기지개도 켜며 어린 인턴, 슬쩍 슬쩍 시계를 본다.

'비싸 보이네? 롤렉스인가? 오메가인가? 바쉐론 콘스탄틴이라고 그보다 더 비싼 시계도 있어. 의사 정도로는 어림도 없지. 나만 살려봐라, 과부 땡 빚을 얻어서라도 내 하나 사 줄 수도 있어.'

오기가 나지만 어쩌랴!

아쉬운 게 환자라 주절주절 머리 조아리며 최대한 많이 질문하고 한 말 또 하고 주의사항 챙겨듣고 짜증내는 인턴 선생에게 황송한 표정으로 아부하며 또 물었다.

"괜찮겠죠? 나는 심한 편 아니죠? 이 정도면 3기는 아니죠? 2기가 맞죠?"

실실 웃어가며 아들 같은 인턴한테 무슨 희극인지 서글프기만 했다.

"잘했군! 잘했어! 그렇게 아부도 하며 살아봐야지."

진주가 맞을까봐 한 발 도망가며 얘기한다.

"너 가만 안 둘 거야!"

2기와 3기는 엄청난 차이가 난다. 생존 확률이 확 달라진다. 87%에서 50%대로 떨어진다.

그것도……. 오 년 생존율이다.

슬픈 어릿광대의 외줄타기

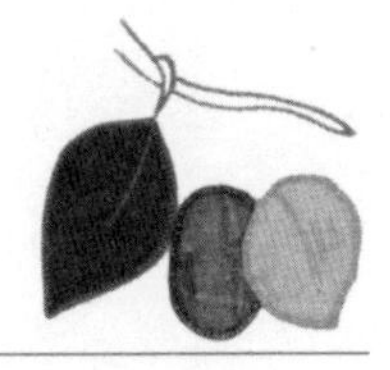

한 발 삐끗하면 천 길 낭떠러지 죽음의 절벽이었다.

나는 이제 처음 줄 위에 올라선 남사당 패거리 신참광대였다. 생로병사生老病死와 애별리고愛別離苦는 인간이 결정하는 게 아니었다. 2기면 뭐하고 3기면 뭐 하랴. 어차피 암인 것을…….

누가 알랴만은 그때 그렇게 어리석고 비굴했다. 그래봤자 어차피 확률은 반 반이고 죽느냐 사느냐 종이 한 장 차인데 치사하게 별 군데 다 들이대고 있었다. 인턴 선생님은 과중한 업무에 피곤해 보였고 약간 건방졌으며 시들해 보였다.

"수술 해 봐야 압니다. 조직을 봐야 알고 림프도 잘라서 봐야 알지 지금 어떻게 압니까?"

인턴이라서 암 것도 모른다는 겸손한 소리는 죽어도 안 한다.

푸르스름한 면도자국을 문지르는 그의 왼손에 롤렉스시계와 다이아반지가 반짝였다. '신혼이구나. 부자 마누라 얻었나? 5부는 넘겠다. 롤렉스도 한 장은 넘을 텐데 내 아들도 공부만 잘했으면 너만한 의사 만들었어, 이 녀석아! 그리고 부자에다가 예쁜 며느리도 얻었겠지.'

그 와중에도 속물근성이 발동했다.

무얼 읽고 어디에 서명하고 무얼 이해했으며 어디에 동의했겠는가? 그저 죽어도 좋다고 죽어도 의사는 아무 책임 없고 다 내 탓이니 어서 빨리 수술만 해달라고 부부동반 작당하고 서명했을 뿐이었다. 그럴 수밖에 없는 가여운 내 처지가 한없이 불쌍하고, 서럽고 또 서러워 출산 이후 처음으로 비싼 병동에 누워 철철 울었다.

그 와중에 또 생각했다.

'병실이 호텔보다 훨씬 비싸니 싼 데로 옮겨 달라 해서 남편하고 그 돈 아껴 놀러가자 그래야지…….'

초음파비 아끼다가 그 봉변을 당하고서도 그저 어디가나 돈 생각은 줄레줄레 따라다니며 나를 유혹했다. 그래서 하루 사백만 원이라는 병실 앞을 지나며 아무 생각 없이 그곳에 머물 수 있는 그들의 여유가 부러웠다.

"다시 태어나면 나도 저렇게 살아야지."

죽음과 한층 가까워진 나는 속으로 다짐했다.

"건강이 제일이야."

입으로만 부르짖었지 돈만 헤아리고 돈을 더 사랑하던 여자였다. 암에 걸리고서야 처음으로 '진짜로 돈보다 건강이로구나. 옛말 그른 거 하나도 없다'고 중얼거렸다.

"알고 보니 웃기는 여자네. 건강을 잃으면 모든 걸 다 잃는 거야."
진주가 낄낄거린다.
"그래도 돈이 있어야 건강도 되찾지 않을까? 진주야!"

자상하고 다정한 내 남편은 내일 온다며 벌써 집으로 가 버렸다. 집이 가까우니 좁은 침대에서 수술도 안 한 사람 간병할 이유도 없긴 했다. 우리는 그렇게 실리적으로 삼십 년을 데면데면 살았었다.

내가 발에 쥐가 났다고 하면 고양이 잡으러 밖으로 뛰어나갈지언정 다리를 삼십 초 이상 주물러 주지 못하던 사람이다. 삼십여 년을 생일이나 결혼기념일도 한 번도 챙겨주지 않던 사람이다. 결혼기념일 한 번 안 챙겨 준다고 종알거리는 나에게,

"너랑 나랑 둘이 결혼했지 너 혼자서 결혼했냐? 왜 나보고만 선물 달래? 갖고 싶은 것 있으면 모두 사. 내가 번 돈 가지고 죄 쓰는 게 누군데?"

퉁명스럽게 대꾸 하던 사람이었다.

그 일은 수술 후에도 계속 이어져 현재 진행형이다. 수술 후 첫 생일, 오매불망 기다리던 내게,

"단 것 먹으면 몸에 안 좋다."

며 생크림케이크 반쪽도 안 사가지고 들어왔지만 사실은 가격 때문인 걸 나는 안다. 케이크 값이 카스텔라보다 훨씬 비싸니 노랑이 남편으로서는 당연하다. 생화는 시들면 버려야 하니 쓰레기 봉지 값 아까워 조화가 더 예쁘다면서도 그 흔해빠진 조화도 한 번 안 사들고 온다. 내가 살이 찔까 무서워 밥이라도 조금 먹으니 같이 살지, 밥 많이 먹었어도 벌써 파탄 나고 말았을 가정이다.

그런 사람이 자기 부모님 앞에서 징징 울었다 했다. 자기 형제가 아파도 외눈 하나 깜박 안하는 사람이다. 부모님이 아파서 수술 할 때도, 심지어 여든 넘으신 아버님이 암수술을 하셨을 때도 간병은 열심히 하지만 슬퍼 우는 건 못 봤다.

냉정하기가 시베리아 얼음 덩어리 같아서 한 방 쓰며 자란 동생도 자기 형을 속 모르는 크레믈린이라 했는데 부모님 앞에서 울면서 집 사람이 암에 걸렸다고 술술 불었단다. 흑흑 흐느껴 울며,

"집 사람이 비밀로 하라했으니 전화도 하지 말고, 일 년 동안 찾지도 말고, 그리고 한 쪽 팔도 쓰면 안 되니 앞으로 오더라도 일도 시키지 마세요."

그랬단다. 불문곡직 또 눈물이 나,

"비밀로 하라 했더니 벌써 다 불었구나. 이 인간이 입도 싸지."

궁시렁거리며 작년 여름 내내 불렀던 노래가사.

"총 맞은 것처럼 가슴이 너무 아파, 아파."

하며 가슴을 싸안고 또 울었다. 말이 씨 된다더니 노래가 씨가 되

어 버렸구나. 진짜로 총 맞았구나. 가슴이 뻥 뚫려 버렸어. 이렇게 아픈데, 이렇게 아픈데…….

"너는 참 좋겠다. 명절에 일 안 해도 된대! 그거 다아 내 덕인 줄 알아!"

진주가 속삭였다.

"그래, 그게 고마운 일인지 아닌지 아직은 모르겠구나!"

앞날이 활짝 피어나는구나. 횡재했다. 일 안 해도 된단다. 시댁에도 당분간 안가도 되겠구나. 암에 걸리니……. 좋은 일도 있긴 있구나.

긴 긴 세월 삼십여 년 잔정 없이 관심 밖이던 무수리는 하루 밤 사이에 승은을 입고 남편은 뒤늦게 팔불출이 되어갔다.

데면데면 살던 남편이 갑자기 사랑스러워 보였고 그 품안에 알콩 달콩 밤마다 잠들고 싶었다. 그동안 키 작고 뚱뚱해 밤이고 낮이고 보여주지 않던 내 몸도 피그말리온의 조각상처럼은 아니어도 살이라도 좀 빼서 보여주고 싶었다. 그렇게 일 년 가까이 시간만 나면 혹은 서글픈 생각이 들면 고장 난 수도꼭지가 되어 울었다. 밤에 잠든 남편 얼굴 바라보며, 아들 뒷모습 바라보며 울었다.

어편네 병들자 더 늙어가고 더 쪼그라져 가는 내 남자가 불쌍하고, 어찌 보면 아직도 괜찮고, 돈도 가져다주고 심부름도 잘 해주는데 아깝고 '어떤 여자한테 줄까? 누가 와서 살까? 나보다 더 좋아하며 살겠지?' 서럽기도 해서 울고 또 울며 청승을 떨었다.

오십대에 과부나 홀아비가 되면 오복이 아닌 육복을 타고 난거고 화장실에 가서 고맙다며 웃는다고 했다. 요즘은 의술이 발달하니 명도 길어져 혼자되기는 삼 대가 공을 들여도 될까 말까라는데 '이 남자는 천복을 타고났나?' 하고 울다가 내 남자 뒤통수를 보니 가마가 두 개다. 삼십여 년을 살았어도 첨 봤다.

"아! 실수다. 속았구나."

저 남자는 장가 두 번 갈 팔자인데 감쪽같이 숨기고 나랑 살았구나.

"치사하다. 정말 치사하다."

"그 비밀을 이제 알았구나!"

보조개 파며 진주가 예쁘게 웃었다.

"처음부터 그렇게 될 예정이었니? 진주야?"

수술 하루 전 날 병원 침대에 누워 '앞으로 십 년은 살까? 오 년은 살까? 혹시 마취에서 못 깨어나면 어쩔까? 돈은 얼마나 들까? 아파서 오래 살면서 그나마 집 한 칸 들어먹으면 어쩔까? 기적은 없나? 아프니 정말로 돈도 명예도 다 소용 없구나!' 탄식했다.

탄식하면서도 남은 내 목숨보다 남은 내 돈을 더 열심히 챙기고 또 헤아렸다. 못난 어미가 아직은 어린 못난 아들들에게 줄 게 아무것도 없었으므로…….

평생 놀고먹는 일 밖에 아무 재능 없던 여자는 못난이답게 아들 둘을 재주 없이 공부도 못하고 키도 작고 인물도 그저 그렇게 만들어 세상에 내놓았다.

"정말 그건 조상 탓이야! 유방암도 조상 탓이 조금은 있지!"
진주가 속삭인다.
"진주할머니는 어떻게 생겼을까?"

눈만 감으면 별 오만 가지 생각이 다 들고 '왜 내 아들놈은 공부를 못해서 그 잘난 의사하나 못 하나. 의대만 가면 추운 겨울날 생선 배를 가르고 생선포를 떠서라도 대학원도 보내고 유학도 보내고 할 텐데.' 새삼 부아가 치밀어 또 울었다.

그 와중에도 자식에 대한 욕심은 순간순간 끝없이 나를 괴롭혔다. 누군가 내 뒤통수를 세게 한 방 갈겨 버리고 도망친 것 같았다. 그 온 밤을 지나온 과거 와 다가올 미래를 걱정하느라 현실을 직시하지 못한 채 울며 서성였다. 무릎 수 있으면 무르고 싶었고 훌훌 털고 일어나 집으로 돌아가고만 싶었다.

'한 군데만 더 가볼 걸 그랬나?'

'혹시 오진일 수도 있지 않을까?'

요즈음 조직검사는 거의 99%에 가깝게 진단이 나온다. 다른 의술은 별로 발달하지 않고 감기 원인도 모르면서 조직검사는 귀신같이 해낸다.

사형수의 슬픈 수술

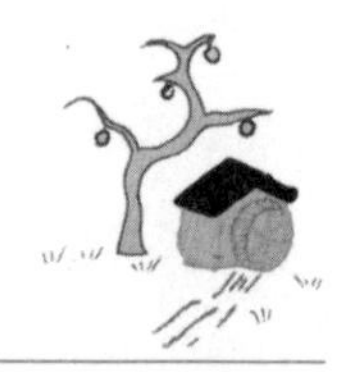

수술 날 아침 시숙 내외분과 동서가 오고 아들, 남편이 일찌감치 와서 부산스러웠다. 시숙과 형님 앞에서도, 나이 어린 동서 앞에서도 눈물이 쏟아졌다. 영락없는 사형수 꼴이다. 형님의 위로도 동서의 손길도 아무런 도움이 되지 않았다.

'너는 내가 될 수 없고 나도 네가 될 수 없는데 무슨 위로가 되랴! 내 뒤에 남겨진 모든 것들은 어떻게 될까? 내가 무거운 짐 덩어리가 되어버리면 어쩌나!'

마음은 바쁘고 갈 길은 멀어 초조하고 입은 바싹바싹 말라갔다. 아직은 멀쩡한 사람이 침대에 실려 가니 '이 길이 저승길인가!' 싶었다.

기나긴 복도를 따라 수술실 앞에 다다르니 '이제 나는 죽는가? 이게 마지막은 아닌가?' 한심하고 두려워 내 남자와 내 아들 손을 마지막인 양 힘껏 부여잡았다. 그때 별안간 내 남자가 귓가에 대고 살짝 입 맞추더니 말했다.

"사랑해!"

아들 역시 그랬다.

'사랑해'는 내 남자가 결혼 전에 입에 달고 많이 부르짖다가 결혼 일주일 만에 행방불명 신고된 아이였다. 그 '사랑해'란 귀여운 아이는 어디로 꽁꽁 숨어 찾을 수 없어 나 혼자만 가끔씩,

"사랑해, 사랑해! 랑해야. 어디로 숨었니?"

찾다가 결국 잃어버리고 만 아이였다.

신혼 이후 처음 듣는 소리다.

'오잉? 시방 이건 또 뭔 소리래? 이 남자가 이제 별 짓을 다하는구나. 내가 죽긴 죽나보다' 싶었다. 나중에 들으니 막내 시누이가 시켰단다.

"그럼 그렇지! 사람이 갑자기 바뀌는 건 아니야."

얄미운 진주조개.

"너 질투 하는 거 맞지? 그치?"

후궁이 된 무수리는 감격하여, 성은이 망극하여 또 울었다.

수술은 아무것도 아니었다. 잠만 자다 깼으니 뭘 알겠는가. 수술

실 앞 대기실은 안 그래도 가슴 시린 내가 덜덜 떨리게 추웠다.

'이 놈의 병원은 돈도 많이 받아먹으면서 난방도 제대로 안하나?'

속옷도 없이 엷은 홑껍데기 무명옷 한 장 걸친 내가 수술실 앞 대기실에서 삼십 분을 누워 덜덜덜 복날 개 떨듯 떨고 있었다. 하도 떨며 울고 있으니 수녀님 한 분이 작게 묻는다.

"우리 같이 기도 드려도 될까요?"

기독교 신자인 나는 얼른 수녀님 손 붙잡고,

"기도 해 주세요."

대답했다.

수녀님이면 어떻고 스님이면 어떠랴! 간사한 나는 간절히 기도 드렸다.

"여호와 하나님이시여! 제가 잘못했나이다. 생각과 말과 행위로 많은 죄를 지었으며 내 할 일을 소홀히 했나이다. 내 탓이오, 내 탓이오, 내 큰 탓이로소이다. 그러므로 간절히 원하옵건대 이 무서운 사망의 늪에서 절망의 구렁텅이에서 저를 건지소서."

울며 떨고 있다가 밀려들어간 수술실에서는 마취과 의사와 간호사가 손에 종이 몇 장 들고 나를 맞이했다. 손에 차트 팔랑 대면서 '송 아무개 씨?' 부르는데 정신이 뻔쩍 났다.

"저, 아닌데요?"

'이거 신문에 난 것처럼 유방암 수술 들어갔다가 심장 도려내는 거 아냐?' 싶어,

"나는 오 아무개인데요."

또박또박 대답했다. 그런데도 차트 몇 장을 팔랑거리며 서 있더니 팔에 이것저것 매달고 손가락에 빨래집개 비슷한 거 꼽고 또 '송 아무개 씨' 한다.

다른 곳, 다른 때 같았으면 발딱 일어나 팩 하니 성질내고 나왔겠지만 목숨이 걸렸는데 어쩌랴! 그냥 한숨 호로록 쉬며,

"저기요. 제발 차트 바꿔 이름 좀 제대로 불러주세요. 무서워 죽겠어요."

하니 그때서야 대답한다.

"아! 죄송합니다. 괜찮아요. 어차피 팔목 이름표하고 다 확인 합니다. 앞사람 차트가 올라와서 그래요."

'괜찮기는……. 니 몸뚱이냐? 응? 니 거면 괜찮겠어? 니 몸뚱이면 괜찮겠냐고-오. 응?'

그나저나 불안했다. 천금 같은 내 목숨 아니던가. 용 알 덩어리보다 더 귀한 내 목숨이다. 내 목숨이 그렇게 귀한 건지 처음 알았다.

수술실에서 내게 죽음의 길은 어두컴컴하지만 저 끝에서 한 줄기 빛이 비치는 작은 동굴이 아니라, 끝도 없어 발만 살짝 디뎌도 빠져 나올 수 없는 거대한 동굴 속의 미로로 다가오고 있었다.

그렇게 불안한 채로 바쁘고 고명한 의사 대신 좀 덜 바빠 보이고 더 부드럽게 친절한 의사 선생님께 수술을 받았다. 그 의사 선생님은 좀 더 나이가 어리고 냉정하지만 친절하고 눈가에는 고뇌의 그림자도 엿보여 하소연도 받아줄 수 있을 것 같았다.

하지만 아직 하소연은 한 번도 못해 봤다. 하소연을 시작하기도

전에 예약환자가 줄줄이 대기하고 있으니 눈치가 보여 어리석은 나는 꼭 해야 할 말도 잊어버리고 그냥 나오곤 했다.

일, 이 분 간격으로 예약을 받으니 처방전 끊어주고 지난번 차트 들여다볼라치면 우리한테 할당된 시간은 일 분도 채 되지 않는다. 의사는 일 분 안에 다 해치울 수 있다. 처방전, 사진 판독. 피 검사 결과, 초음파 해독 등을 일 분 만에 끝내고 내 입을 쳐다본다.

수술 당일도 의사 선생님 뵙기도 전에 마취과 의사가 마취 시켜 버려서 '잘 부탁한다'는 인사 한 마디 못했다. 그래서 더 불안했다. 건방지다고 뭐라 할까봐. 잘 봐달라고 부탁이라도 했어야 하는데. 아니 그 의사가 진짜로 수술을 하는지 확실히 봤어야 하는 건데…….

"거 봐라 네 맘대로 날 잡으려 하니 그 꼴 나지!"

화난 진주가 불퉁댄다. 나는 도둑질 하다 들킨 사람처럼 겸연쩍다.

"미안해! 진주야!"

어찌된 일인지 수술 전에도, 수술 후에도 언론에서 온화하게 환자 이해하고, 자상하게 분홍 리본달기운동도 하던 의사 선생님은 용안을 뵐 수가 없다.

불안해진 나는 '내가 하도 재촉하니 어디 레지던트 집어넣어 뜯어냈나.' 걱정되어 '다른 병원으로 갈 걸' 후회막급이었다.

유능하고 바쁜 명의 일수록 시간은 바쁘고 수술은 많아 쫓기듯 환자들을 진료하고 있었다. 환자가 많은 병동일수록 시간은 촉박하다. 3시간대기 3분 진료는 과장된 혹평이 결코 아니다. 기다림에 지치고 병에 지친 환자들은 지푸라기라도 잡는 심정으로 매달려 이것저것 질문이 많아지게 된다. 그 지푸라기는 값도 비싸니 일분 정도면 의사는 지푸라기 값을 다 치를 수 있다. 우리네 환자들은 삼십 분도 모자랄 지경이다.

특히 암이나 불치병에 시달리는 환자들은 한없이 의사에게 매달리고 의사가 신이라도 된 양 살려달라고 매달리고 흰 가운만 보아도 '홍도야 내가 왔다' 노래라도 불러주고 싶은 것이다.

그리고 내 비록 작은 돈을 내지만 어차피 보험공단에서 병원으로 보험금지급이 되고 우리 몸에 칼도 대고 주사기로 찔러가며 내 돈 받아 먹고사는 사람이 의사가 아니던가.

"내가 예전에 조개 치료사로 일한 적이 있었어. 말귀가 어두운 바보 조개들은 끝없이 종알거리고 있었지, 다음 조개가 줄을 서있어도 말이지, 나도 퇴근하면 할 일이 산더미거든!"

진주가 한숨을 내 쉬며 끼어든다. 얼씨구.

"별 짓을 다 하세요."

다른 병원은 수술 전 집도의가,

"제가 수술합니다. 잘 해 드릴게요. 걱정 마세요."

하고 안심시켜 재운다고 들었다.

TV에서는 수술 끝나면 의사가 보호자 만나 잘됐다고 인사도 하고 안심 시켜주던데 자상하고 다정한 내 남편은 '사랑해' 한 마디 던져놓고 뭐가 급한지 수술실에 마누라 집어넣고 또 집에 가버렸단다. 집에 있었는지 딴 데 있었는지 지금도 확인할 길이 없다.

아이 낳을 때도 그랬다.

나는 고래고래 악 쓰고 진통하고 있었는데 애가 빨리 나올 줄 모르고 병원 앞 만화방에서 만화보고 있다가 출산을 한 내가 회복실에서 미역국 먹고도 한참 지난 후에 간호사가 목메게 찾으니 그때서야 어슬렁어슬렁 들어왔다. 그래서 아이도 못보고 혹시 그때 아기가 바뀌어 똑똑하고 잘난 내 새끼 남의 품에 내어주고, 작고 공부 못하는 놈 내 품에 떨어졌는지도 모를 일이다. 그때 이혼해 치울 걸…….

"그러지 그랬어? 유전자 검사도 있어!"
방정맞은 진주…….
"내가 아니라 내 남편이 해보고 싶단다. 요 녀석아!"

바쁘신 집도의는 오 일 동안 단 두 번 들어왔다.

그것도 한 번은 혼자 심란하게 누워있는 병실에 안경에 마스크 쓰고 목에 이상한 목걸이 같은 청진기 매달고 기척도 없이 쓰윽 들어오니 강도인 줄 알고 없어진 가슴이 철렁하도록 깜짝 놀랐다.

여기가 미국은 아니지만 미국에서는 명의의 기준을 rapport의사와 환자 간의 신뢰라 한다는데 의료 선진국인 우리나라 명의의 기준은 현란한 칼잡이 손재주와 달변 그리고 최첨단 논문 제출에 있는 듯싶었다. 그리고 그 논문도 누가 썼는지 알게 뭐람?

심사가 꼬일 대로 꼬인 나는 '하필 그 바쁜 연말연시에 나까지 수술한다고 덤비니 얼마나 더 바쁘고 황망 하였겠는가? 그렇지만 암이라는데 어떻게 해를 넘겨'라며 혼자서만 이기죽거렸다.

그 의사 선생님은 명성만큼 세미나, 의대생 시험, 학회 발표에 바쁘셔서 그 부하 의사들만 열심히 친절하게 내 몸뚱이와 젖가슴을 체크하고 다녔다.

나는 아무데서나 누구에게나 짝짝이 가슴 벌떡벌떡 열어젖히고 나이 불문, 성별 불문하고 내 가슴 주물러대도 암말 못하고 헤픈 여자가 되어 바보처럼 헤실헤실 웃고 앉아 있었다. 그 이후에도 의사에게, 방사선치료사에게, 초음파 기사에게, 아무 남자, 아무 여자 가리지 않았다. 미리 미리 풀어헤치기 쉬운 앞섶 터진 옷 골라 입고 기혼인지 미혼인지 묻지도 따지지도 않았다. 주제에 나이 들고 실력 있고 명성 있으면 더 좋았다. 인물까지는 바라지도 않았다.

결국 내 가슴은 나와 남편 손을 떠나 병원과 국가가 관리하게 되었다. 평소에 관리가 시원찮으니 종당에는 나라에서 그 일을 떠안게 된 것이다.

"그래, 그렇게 사는 거야. 내가 진주 만든다는데 어떡할껴?"

건방진 조개 같으니라고…….

"국이나 끓여 먹어 버릴까보다!"

부하 의사들은 밤이나 낮이나 아프다면 진통제 놓아주고 잠 못 들면 재까닥 수면제 처방해주고 암에 걸리니 참 친절하다. 아직 의사 초년병이라 히포크라테스의 선서를 자세히 기억하는 모양이었다.

유능한 명의가 되어 환자들에게 하도 오랜 기간 시달리다가 보면 '히포크라테스가 누구였던가? 내 옆집에 이사 들어온 어느 그리스 늙은 노인네인가? 아픈 서양 노인네인가?' 헷갈려 하고 있을 것 같았다.

하기는 예수님보다 사백 살이나 더 나이든 노인네를 언제까지 기억할까? 며칠 전 자기 손으로 가슴 잘라내 치워버린 여자도 못 알아보는 판국인데.

환자들 사이에 떠도는 말이 있다.

"원래 병원에서 의사들이 암환자를 제일 좋아한데요."

"왜 그런데요?"

"환자가 살면 명의고 죽어도 누가 뭐라 안 하잖아요. 어차피 암인데요. 뭘……. 의료수가도 좋고요."

진실은 아무도 모른다.

믿거나 말거나 항암실에서 유령처럼 떠도는 말이다.

훌륭한 의사가 되려면 키도 커야 되는지 내 집도의는 키도 크고 머리도 희끗희끗 위엄 있고 품위 있다. 키 큰 과장 밑 펠로우, 치프, 일 년 차, 이 년 차, 삼 년 차, 간호사, 인턴, 골고루 머리 조아리고 서 있다.

'키 작은 사람은 과장도 안 시켜 주나보다.' 아들 키 작고 작은 내 키에 한 맺힌 나는 웅얼거리고, 키 큰 명의 선생님은,

"어때요?"

한 마디 묻고 대답할 사이도 없이 내가 못 알아듣게 외계인 언어로 젊은 의사들에게 뭔가 얘기한다. 한참을 딴청 부리더니 젊은 의사 한 명 시켜 내 가슴 들추고 다시 한마디 한다.

"잘 됐어요."

슬쩍 일 분도 안보고 잘 됐다니 '뭐가요?' 물을 사이도 없다.

'뭐가 잘됐나? 바느질이 잘 됐나 부다. 누가 꿰맸나?' 나는 속으로만 궁시렁거리며 가슴 여미고 벙어리처럼 입만 벙긋거리다 말았다.

그는 다시 조폭대장처럼 부하들에게 낮게 명령을 내리며 나가고 그 부하들과 나는 황송하여 그저 머리만 조아리고 만다. 마지막 따라 나가는 부하 의사를 붙잡고,

"뭐래요?"

물으니,

"아주 좋아요. 잘 됐어요."

한다. 간첩 비밀 접선 하듯 부하 의사는 한 눈 찡긋 웃으며 나가고 하릴없는 나는 다시 칭칭 동여매진 애꿎은 가슴이 궁금하여 이리

저리 만져보다 약에 취해 그냥 잤다.

오 일 후에 붕대를 풀고 보니 가슴이 반 동강이가 났다.

그나마도 남들보다는 가슴이 커서 그 정도 살릴 수 있었지 아니면 절벽이 될 뻔했다. 원래 큰 가슴 싫어했기에 미련도 아쉬움도 없었다.

오히려 다른 쪽도 같이 작아졌으면 하는 잔망스러운 생각조차 들만큼 암이 뭔지 항암이 뭔지 무지했었다.

"내 가슴속 진주가 사라졌어! 어쩌나."

진주는 사색이 되어 울먹이고 있었다.

"나는 속이 다 후련하구나. 진주야."

잠시만의 휴전

내게 암은 피상적으로만 알고 있는 암, 죽음 정도였고 가끔 살기도 하고, 더러는 특효약도 있기도 하고, 드물지만 기적도 일어나지 않는가? 하는 정도였다.

TV에 나오는 사람은 다 산 사람이었고 잘 살고 있다기에 '설마 고생은 해도 죽기까지야 하겠는가, 시간이 좀 걸리겠지' 하는 여유가 있었다.

퇴원 후, 포태도 못한 삼십 년 무수리가 갑자기 승은을 입어 하루아침에 후궁으로 격상하니 황송하기도 하고 배짱도 생겨서 엄살도 좀 섞고 남편 부려먹으며 항암 전까지 잘 놀았다. 생전 처음 하루 밥 세 끼와 간식, 약과 건강식품까지 갖은 호사를 다 떨었지만 매 끼 '마지막 식사가 이런 것일까?' 싶어 서글픈 마음을 감출 수 없었다.

순간순간 불안감이야 왜 없었겠는가!

하지만 '요즘은 약도 좋다니까 한 십 년 살다가 재발하면 다시 치료하고 오 년 더 살고 또 재발하면 치료하면서 한 이 년 반쯤 더 살고 방사선 반감기처럼 그러다보면 또 모르지, 진짜 좋은 항암제가 나와 영생을 누릴지 또 알아?' 싶었다.

의기양양 나만이 아는 모종의 비밀까지 만들어 놓고 결혼 후 처음으로 신정에도 구정에도 시댁에 안 가고 집에서 몸은 편히 맘은 약간 불편하게 TV 보며 당당히 지냈다.

우리 시댁은 겉은 21세기 아파트에 살면서 속은 19세기 후반의 조선시대 풍습을 답습하며 신정도 구정도 늙으신 부모님이 목이 메게 자식들을 기다리고 계신다.

추석은 당연하고 동짓날도 정월 대보름날도 기다리신다. 물론 제사도 어버이날도 생신도, 심지어 당신 아들 생일에도 당연히 기다리신다. 땅 끝 마을도, 바다건너 마라도도 아닌 머나먼 분당 땅에서…….

효자 효녀 육 남매는 부지런히 부부동반 신정에도 구정에도 제비새끼처럼 지 새끼까지 몰고 찾아간다. 다 모이면 일개 대대다. 하지만 취사병은 달랑 세 명!

덕분에 우리 집 세 며느리들은 구정이고 추석이고 친정 구경도 한 번 못하고 갈 수 없는 이북 땅이 고향인 양 명절만 되면 친정을 그리워하고 두고 온 고향산천 그리워하며, 허리 휘게 설거지 통속에 손 담그고 물마를 새 없이, 점심 먹으면 찾아오는 시누이 식구들 눈 흘기고 흉보며 지냈다.

나는 그랬다.

손위 손아래 두 동서는 나처럼 교활하지 않고 우직하고 착하다.

올 설에는 아프니 배짱도 늘고 친정부모도 안 계셔 어차피 갈 데도 없는 터라 나보다 두 살 위지만 손아래인 시누이와 당당하게 맞장 떴다.

“우린 명절에 친정 한 번도 못 가 봤다. 이제 고아가 되니 갈 데도 없다. 내가 왜 시금치를 안 먹는지 아느냐?”

시누이 왈,

“그러니까 부모님 살아 계실 때 가지 왜 안 갔어? 돈 아까워서 그랬지?”

순간 주둥이로 싹 바뀌어 쫑알거리는 입을 확 꿰매 버리고 싶었다. 평소에는 믿음 신실한 착한 시누이다.

우리 어머니는 며느리는 안중에도 없이 점심만 드시면 가까이 사는 딸, 사위 왜 늦나? 눈치도 없이 오매불망 기다리신다.

나는 저희들 때문에 새로 전 부치고 떡 썰고 밥하고 등골 뽑아 국까지 끓이며 허리가 다 휘었는데, 내가 아무리 돈에 환장을 해 살았기로서니 명절에 친정 가는 돈까지 아까워했을까? 보내주기만 했어봐. 적금을 깨든지 도둑질이래도 해서 갔지. 산 넘고 바다 건너도 아닌 전주밖에 안 되는데.

"니들도 딱 이런 데다가 딸 시집 함 보내봐라. 명절에 친정 한 번 못 오게!"

덕담 대신 악담만 실컷 속으로 해줬다.

이제 나이가 벼슬이라고 며느리들이 하도 왕왕거리니 어머님이 19세기 후반에서 20세기 중반 즈음까지 올라오셨다.

"그래, 이렇게도 한 번 살아보자."

연로하신 어머니가 보내주신 음식과 아버님이 보내주신 세뱃돈까지 여왕마마처럼 단단히 챙기면서, 나 아픈데 전화해 안부라도 챙겨주는 사람은 당연하고 전화도 안 하는 사람은 '그래, 너는 평생 안 아플 것 같지?' 미워하며 옆구리에 피 주머니를 달고서도 살아있어서 좋았다.

'전화도 하지 말라'고 남편을 통해 무슨 비상사태 선포하듯 해 놓고서도 전화만 오면 반가웠다. 내가 아직 살아있음을 확인하는 기가 막힌 순간이었다.

진짜로, 정말로 착하고 선한 친척들은 선지자 엘리야에게 마지막 먹을 음식을 바친 사르밧의 한 과부나 된 것처럼 얼마나 배려가 뛰어난지 전화 한 통이나 남편이나 아이들을 통한 간접적인 안부 확인도 없었다.

나는 내 한 목숨 걸었으니 그들의 건강만 욕심나게 부러웠을 뿐 위로나 안부 따위는 필요 없었지만, 건강한 내 남자에게는 간절한 위로가 필요한 시기였다. 나중에 남편이 씁쓸하게 웃으며 말했다.

"누구는 전화 한 통도 없다. 참 배려도 깊고 착하기도 하지!"

세상사란 그런 것이었다.

누구를 바라보고 무엇을 바라겠는가? 이 세상에 내 것이라고, 나를 위해 달라고 당당하게 부르짖을 수 있는 것이 무엇이 있겠는가?

내 남자는 목이 붓고 혓바늘이 돋아올라 물도 제대로 못 마시고, 내 아들도 목이 메어 며칠 동안 좋아하는 밥도 라면도 제대로 못 먹었다. 하지만 부부간의 촌수 없음과 시신도 감동하여 벌떡 일어난다는 일촌에 한해서일 뿐이지 이촌, 삼촌, 사촌, 아니 사촌까지는 너무 멀었다.

내 새끼들 사촌쯤 되는 일류대 졸업, 대기업 사원들인 사람들은 나에게도, 외로운 내 아들에게도 위로의 말 한 마디 없었다. 가까운 친척들도 유방암은 아무것도 아니란다.

"누구누구도 금방 뛰어다니고 아무 부작용 없이 십 년도 넘게 잘만 살던데?"

내가 행여 병으로 피해 입힐까 두려운지 곧 멀쩡할 거란 말로 위로인지 조롱인지 모를 서운한 말을 아무 생각 없이 해댔다. 무지가 악이었다. 무식이 용감의 탈을 쓰고 무서운 비수를 만들어 나를 찔러대고 있었다. 오죽하면 '남의 고통은 곧 나의 즐거움'이라는 우스갯소리가 나돌아 다니겠는가?

지독한 항암은 내 모든 세포와 심지어 여성성을 상징하는 애정세포와 유방까지 상실시켜 여성인 것을 포기시키려 했지만, 내게 남은 마지막 허영과 사치는 아프고 지친 나를 백화점과 시장으로 헤매게 했다.

첫 항암 이후 목숨조차 위태로운 상황에서도 나의 마지막 사치이자 유일한 허영은 모자와 가발 고르기였다. 나는 알 머리통에 수건 두르고 모자와 가발을 고르러 다녀야했고 내 남자는 안쓰러워하며 자신의 무지한 안목을 미안해했다.

멋쟁이 조카들과 세련된 조카들은 아직 건강한 할머니 모자는 선물로 사다 바치면서 병든 내게는 사위스러워 인지 두건 한 장 건네주지 않았다.

'나도 내 아들 취직하면 꼭 그렇게 가르쳐야지! 할머니 할아버지 병문안만 가거라. 절대 다른 사람은 돌아보지도 마라. 초상집에 안 와도 된다면 절대 못 가게 가르치련다.'

얼마 남지 않은 목숨을 걸고 다짐했다.

순간 비열하면 일상이 풍요로운 법이다. 순간의 선택이 평생을 좌우한다는 말도 격언이 된지 오래다. 동방예의지국의 이웃사촌에 대한 예의는 실종된 지 오래다. 이웃사촌은 고사하고 내 남자의 동생쯤 되는 나와는 촌수도 따질 수 없는 내 아들 숙부쯤 되는 사람도 전화통에 대고 제 볼 일만 보지 제 형 마누라는 죽었는지 살았는지 안부인사도 생략 한다. 워낙 업무에 바쁘시니 아픈 사람이 이해해야지 하면서도 서럽다.

문교부나 정치인들이나 영어에만 혈안이 돼 있었지 국사는 벌써 팔아먹고 없으니 내 아들놈마저도 제 어미 안부 몇 번 챙기다가 잊어먹고 만다.

“이 해 찬 들 고추장을 하도 퍼 먹어서 그래.”

진주도 입이 매운지 물만 들이켜 배가 뽈록하다.

“아직도 그 빌어먹을 고추장이 교육현장에 나돌아다닌다든?”

내 발병소식을 듣자 가까운 친척 모두 미리미리 최첨단 기계로 비싼 암 검사 해치우고 ‘나는 아니로구나’ 안심하고 기뻐하며 스트레스 안 받게 조심조심 암에 좋다는 건강식품까지 챙겨먹고 있었다.

내 남자가 가여웠다. 그는 내가 상처입고 행여 맘 상할까봐 암 검진도 뒤로 미루며 큰 소리쳤다.

“나는 절대로 암 따위는 안 걸린다. 걱정마라.”

그렇게 으스대며 뒤돌아서서는 심란하게 하늘을 오래 바라보곤 했다.

무엇 때문인지 몰라도 나는 막내시누이인 목사 마누라 하나 빼고는 모두가 서운했다. 별로 철도 안 들어보이던, 나보다 어린 시누이는 내가 외롭고 두려운 기색만 보이면 밤낮을 가리지 않고 뛰어와 한밤중까지 위로와 기도로 나를 어루만져 주고 늦은 밤 허위단심 집으로 돌아가곤 했다.

나야 좋았지만 그녀의 남편과 세 딸들에게는 얼마나 철없는 아내이자 엄마였을까? 형제 중에 제일 가난한 막내이자 목사 사모인 시누이는 평소와 달리 지극하고 정성스럽게 먼 길을 마다않고 나를 위해 달려와 주었고 다른 이들 모두 열심히 나를 거울삼아 건강 검진 받는 일도 뒤로 미룬 채 기도로 나를 열심히 어루만졌다.

'그래! 모두들 오래 오래, 병이나 암 따위는 걸리지도 않고 잘 살겠구나. 내가 교과서로구나' 하는 마음에 씁쓸했다.

오히려 나와 이해관계가 전혀 없던 친구들은 나를 병원까지 실어 나르고 반찬 해 나르며 목숨조차도 나눠가지고 싶다고 말해 나를 울렸다.

명절이면 콘도 예약하고 외국 여행하고 쉬어보는 게 소원이었던 종갓집 둘째 며느리였던 여자는 삼십여 년 만에 처음으로 설날 리모컨 손에 들고 옆구리엔 피 주머니 차고 엄청나게 커다란 대가 치른 소원풀이 했다며 TV 보며 혼자 울었다.

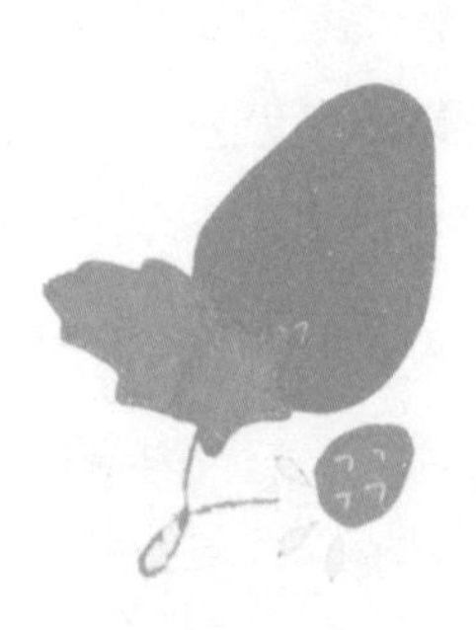

군인 아저씨, 내 아들

아프다는 핑계로 구정에 시댁에도 안 가고 혼자 집에서 놀았던 여자는 군에 간 작은놈이 보고 싶어 옆구리에 수류탄처럼 생긴 피 주머니 차고 옷 단단히 챙겨 입고 무릎담요까지 두르고 면회를 갔다.

날은 쨍하니 하얗고 눈까지 펑펑 푸짐하게 내려 아름다웠지만 '가여운 내 새끼 눈 치우겠구나. 내 새끼 군대 가자 웬 눈이 이리도 펑펑 내리나. 이 빌어먹을 눈 같으니' 하며 작은 눈 치켜뜨고 하늘을 노려봤다.

아들은 내 병을 모르고 있었다.

"엄마가 조그만 수술했거든. 별 거 아니야."

작게 아무렇지 않은 듯 속삭였다.

평소엔 말도 없고 잔정도 없이 무뚝뚝하던 놈이다. 워낙 말이 없으니 어느 날은 친척들이 물었다.

"저 아이 말할 줄 아느냐?"

고등학생한테, 그것도 역사와 전통을 자랑하는 서울고 학생이었는데…….

아들이 갑자기 후드득 눈물을 떨어뜨린다.

"왜에? 아프고 그래!"

기특하고 가엾고, 갑자기 효자가 된 것 같은 우리 아들.

"왜 울어? 울지 마, 그냥 속이 좀 안 좋아서 수술 한 거야! 암 것도 아니야."

나는 입술을 깨물었다. '아! 아! 가여운 내 새끼! 나 없으면 어쩔거나! 집에 오면 누가 따뜻한 밥이나 한 그릇 챙겨줄까? 옷이라도 깨끗이 다려 줄 건가?' 갑자기 내 새끼가 더 가여워지고 가슴이 미어져 뿌연 먼 하늘 바라보며 작은 눈만 소처럼 껌벅거렸다.

아이 앞에서 울 수 없었다.

혹시 사고라도 치면 어쩌나, 탈영이라도 하면 어쩌나 싶어 애써 태연한 척 아무 말이나 지껄이며 속으로만 울었다.

'아들! 내 아들! 사랑하는 내 아들! 이렇게 아름다운데, 이렇게 잘생겼었구나! 아가야! 내 아가야! 어떡하니? 엄마가, 엄마가 아파서 어떡하니? 엄마가 가슴이 뻥 뚫려 버렸어! 이렇게 떼어버릴 가슴, 이럴 줄 알았으면 어릴 때 젖이나 오래오래 먹일걸 그랬어! 그때

젖배를 곯아 그렇게 작은 거니? 엄마가 잘못했어! 오래오래 한 이 년, 삼 년 달라는 대로 젖 먹여 키울걸, 왜 모질게 젖도 그리 일찍 떼버렸을까? 미안해! 미안해! 아가야! 엄마가 아파! 아파서 미안해! 어쩌면……. 어쩌면, 네 옆에서 오래 지켜줄 수 없을지도 몰라!'

갑자기 작고 못난 내 아들이 크고 늠름하고, 물속에 비친 나르시스 같아 보였다. 잘 생긴 장동건 같이 아니, 레오나르도 디카프리오의 브로마이드처럼 내 눈앞에 일렁대고 있었다.

"나중에 배우해도 되겠네, 우리 아들?"

까맣게 그을리고 키 작아 한 줌밖에 안 돼 보이는 내 아들은 드디어 눈물 닦고 흐흐흐 실소를 머금으며 '충성!' 외치고는 멀리 멀리 뿌옇게 사라져갔다.

졸업할 때까지만, 취직할 때까지만, 아니 장가갈 때까지만, 손자 하나만, 딱 거기까지만 살고 죽었으면……. 욕심이 늘어가고 누구에게인가 떼를 쓰고 있었다.

어릴 땐 얼마나 잘 생겼었는데……. 안고 나가면 다들 장군감 이랬는데, 다섯 살 때 스키장에 가면 다들 귀엽다고, 저렇게 작은아이가 제일 험한 난코스를 훠훠 날아다닌다고 사람들이 얼마나 신기해하고 부러워했는데…….

나중에 잘 산다고 했는데……. 예쁘고 착한 여자 짝 지어 살면 손자도 끼고 살아보고 유명 브랜드 비싼 옷도 사 입히고 유치원도 바래다주려고 마음 먹었었는데…….

이제 갓 스물을 넘긴 아들의 멀어져가는 뒷모습을 보며 어미는 가슴을 쥐어뜯으며 울었다.

"난 오래오래 사는 건 싫어! 내 아이들 지겨워하지 않을 만큼만 살고 싶어!"

사는 게 피곤하고 시들해질 때 잘난 척했었다. 이제 그 방정맞은 말이 부메랑 되어 나를 내리쳤고 나는 누구를 원망할 수도 누구 앞에서 마음 놓고 울 수도 없었다.

오롯이 혼자일 때만 통곡하고 울부짖을 수 있었다. 구멍 난 가슴으로 어느새 눈물이 나도 모르게 흘러 넘쳐 잡아 보려 가슴을 막아도 손가락 사이로 빠져 나갔다. 아! 아! ……

어미는 이미 2기도 지나 림프까지 전이가 되어 액와 림프곽청술로 31개의 림프를 절제해 놓은 상태였다. 그래도 2기라고 의사한테도 우기고 있었다. 초기가 아니라 조기 유방암이라고 말하고 다녔다. 하늘이 알고 땅이 알고, 내가 알고 의사가 알고, 초음파 사진이 알건만 그래도 나는 지금 조기 유방암이다. 초기는 아니지만 조기 유방암이다.

"그렇다고 뭐가 달라지니? 날 이기겠다고? 웃긴다, 야."
진주가 종알거린다.
"그냥 좀 못 이기는 척 져 주면 안 될까? 진주야!"

외박도 안 된다는 그 추운 겨울날 돌아오는 길 내내 꺼이꺼이 목 놓아 울었다. 김정일이를 욕하고 공산당을 저주하고 분단된 내 조국을 안타까워하면서.

정치인들은 통일하나 못 시키고 이제 갓 스물 어린청년 잡아다 놓고 저들은 호의호식하며 왜 맨날 쌈박질인가? 이 죽으면 썩을 놈들…….

내가 몸만 성하면 국회로 나가? 말어? 국회 의사당 앞에서 소복 입고 칼 춤 한 번 추어볼까? 대통령은 따뜻하게 보일러 틀어놓고 뭐하고 있는 거야? 이 겨울에도 국회의원들은 반팔 입고 놀고 있을 거 아니야? 스키도 탈거야. 호텔에서 수영도 하겠지? 따뜻한 호주에 놀러 갔나? 치사하게 별의별 생각이 다 나서 슬펐다.

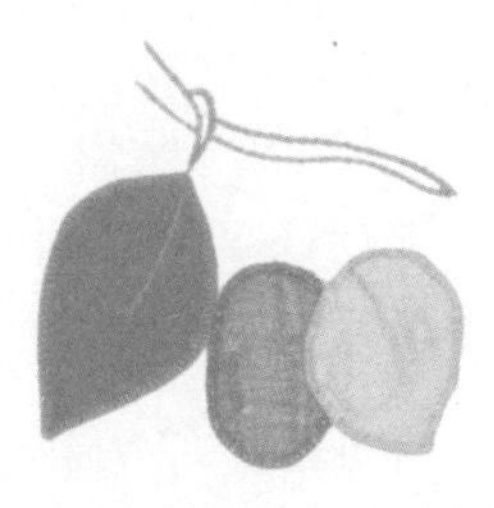

전설의 77학번

나는 평소에는 대통령 이름이나 알 뿐 국무총리도 우리 동네 국회의원도 모른다.

당이라고는 공산당 말고는 옛날 공화당과 신민당 두 개밖에 모르는 무지한 중년 여편네이며 군사정권시절에도 대학생활을 아주 즐겁게 한 사람이다.

휴강에 감사하고 시험대체 제출 리포트 베끼기 선수였고 데모하는 사람 옆에는 가지도 않았었다. 그 시절에는 데모가 유행이었고 데모대를 피해 지나가노라면 전단지를 뿌리며 거품 물고 악쓰며 데모대로 이끄는 열성분자 학생들이 많았다.

아버지가 과거에 좌익에 잠깐 발 담그신 경력이 있고 또 성격상

군중 속에 끼어들기 싫은 나는 데모대를 피해 멀리 뒷길로 또는 후문으로 교정을 나서곤 했다. 그러니 박정희 대통령의 독재정치나 전두환 대통령의 군부정치가 대체 나와 무슨 상관이 있었겠는가. 난 학생이었을 뿐이고 바람결에 들리는 미국도 인정 해준다는 그의 엄청난 수완과 능력이 무서우면서도 부러웠다.

나는 박 대통령도 전 대통령도 아무런 유감이 없는 사람이다.

한술 더 뜨자면 박 대통령은 나에게는 은인이기까지 한 분이시다. 불쌍한 나를 입시 지옥에서 건져 내시어 중학교도 보내주시고, 또 3년 후 어찌 아셨는지 고등학교를 시험도 안 보고 가게 해주셨다. 어찌 그런 복을 타고났는지 박대통령의 아들과 나는 똑같은 시기에 학교에 입학하고 졸업했던 것이다. 비록 학교는 달랐지만…….

그런 분을 상대로 내가 무슨 유감이 있었겠는가.

그 서슬 푸른 전두환 정권 시절에도 난 아무런 피해를 보지 않았다. 내 아버지는 농사꾼 혹은 장사꾼 비슷했으며 광주에는 사돈의 팔촌도 살지 않았고 내 가족 중엔 군부대 근처에서 얼씬 대는 사람이 없었다.

공부와 별 상관없이 얼치기 대학생이었던 나는 휴강 공고가 반가워 친구와 혹은 남자친구와, 데모대와 최루탄이 난무하는 교정을 피해 술 마시고 노래하고 싸이폰으로 뽑아낸 비싼 원두커피를 마시며 부모님 주머니를 축 냈었다.

그 시절에는 내 품 하나 가득 슬픔이 아닌 기쁨과 희망으로 충만

하던 싱그러운 젊음이 있었다. 고래 잡으러 삼등 완행 열차 타는 어리석은 짓은 하지도 않고 분위기 좋은 커피숍과 근사한 음악 감상실 혹은 생맥주하우스만 찾아다녔다.

튄 플리오가 해체되고 어니언스가 양파로 바뀌고 패티 김이라는 가수가 김혜자라는 이름으로 뒤바뀌면서 아침이슬이 낭랑하게 울려 퍼지면 카펜더즈와 비틀즈를 찾아, DJ 유명한 음악다방을 찾아 헤매던 그런 그리운 시절이 나에게도 있었다.

박정희 대통령이 시해 당하고 최규하 국무총리가 대통령에 취임하고 전두환 대통령이 하루 아침에 별 넷을 달고 퇴임하던 무섭고도 어수선한 세상이었다. 민주화를 갈구하던 국민들이 곳곳에서 신음하고 있었어도 그 시절 대학교정은 낭만과 풍요가, 공포와 함께 넘쳐나던 나날이었다.

갑자기 생겨난 대학가요제와 강변가요제, 풍성한 대학축제, 낭만 동아리클럽, 교수들도 감히 학생들을 나무라지 못하던 거꾸로 가는 별세계였다. 교내에는 학생들 사이에 중정요원이 자리 잡고 있다는 흉흉한 소문이 돌고 "어용교수는 물러가라"는 학생들의 요구가 무섭게 빗발치던 시절이었다.

죽음 그 무서운 공포

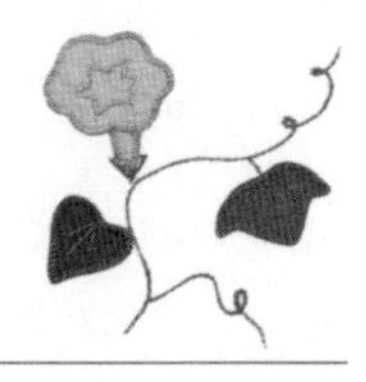

기쁘고 슬펐다.

살아있음에 감사하고 죽어감에 슬펐다. 죽음이 이리도 무섭고 고통스러운데 왜 그걸 모르고 천방지축 날뛰었을까? 그 무슨 오만이었을까? 감히 생명을, 목숨을 별 거 아니라고 잘난 척 하다니. 천벌이었다. 그 서슬 푸른 교만과 오만방자에 대한 천벌이었다.

나는 처참히 무너져 내렸다.

손을 뻗어보아도 허공뿐이었고 아무도 잡아 주지도, 잡아줄 수도 없었다. 어제 죽어간 사람들이 그토록 원했던 오늘을 살고 있으면서도 오늘을 제대로 인식조차 못하고 있었던 것이다.

무서워서 감히 하늘을 원망할 수도 없었다. 그랬다가는 그나마 내 목숨 더 빨리 거두어가실까 철렁하여 날라리 기독교인은 단칼에 무너져 왜 하필 나인가? 원망할 수도 없었다. 그런 의문조차도 하나님의 노여움을 살까봐 무서웠다. 두려움과 공포에 입을 뗄 수가 없었다. 그냥 떨었다. 언제 이 공포에서 해방될 수 있기나 할 건가? 하는 막연한 마음으로 끊임없이 중얼거렸다.

"주여! 어찌 날 버리시나이까? 왜 날 데려가려 하시나이까? 난 아직도 할 일이 남았사온데 내게 주어진 생은 얼마이오리까? 꼭 오라시면 가겠나이다. 내 삶이, 내 생이 나를 배반 하나이다. 여호와여! 당신을 멀리한 죄를 이리 벌하시나이까? 세상열락에 취한 벌이 이토록 가혹하나이까? 가능하다면 이 잔을 내게서 거두소서!"

목숨은 그렇게 소중하고 그렇게 아까웠다. 훔칠 수 있으면 훔치고 싶었고 돈을 주고 살 수 있으면 사고 싶었다. 영혼을 놓고 악마와 거래라도 하고 싶었다.

조건만 맞으면 파우스트처럼 젊음과 건강과 더불어 약삭빠르게 부와 명예까지 얹어서 챙기고 싶었다. 내 자식, 내 남편 건강과 부와 명예도 덤으로 얹어서 보이지도 만질 수도 없는 내 영혼을 사겠다는 작자만 나서면 얼른 팔아먹고 싶었다.

"이제 그만 멈추어라. 너는 정말 아름답도다."

메피스토펠레스에게 말도 해줄 수 있을 것 같았다. 지금은 아니고 나중에, 살만큼 살았을 때 말해주고 싶었다. 살아 멀쩡히 숨 쉬는 육신도 못 지키는데 그 깟 영혼이 대수랴…….

명제

어차피 인간은 신이 될 수는 없다. 그러므로 누구나 죽는다. 언젠가는 그 본향으로 돌아가야 하는 것이다. 그것은 준엄하고도 확고한 하나의 명제였다.

모두들, 단지 그 머무르는 시간을, 이승에서의 삶을 조금이나마 연장하고 싶을 뿐인 것이다. 냉동인간도 줄기세포도 장기이식도 오로지 연장을 위한 수단일 뿐 불멸의 방법은 결코 될 수 없다.

울어서 해결될 수 있으면 천 년을 울라 해도 울 수 있겠다. 싸워서 해결될 수 있으면 야곱이 브니엘에서 씨름한 것처럼 밤새 싸워 환도 뼈가 탈골되는 한이 있어도 아무하고도 싸울 수 있겠다.

그러나 누구도 나를 확실하게 살려주겠다는 사람은 없었고 교회에서는 하나님만이 살려줄 수 있다고 기도하자고 내 등을 치며 목소리 높여 내 가슴을 누르며 나도 익히 알고 있는 말로 기도했다. 그나마도 가끔씩 예배를 빼먹던 교회에서는 내가 미국에서 아들 밥 해주는 걸로 되어 있었다.

나는 얼치기 신자였었다.

영악하게 필요한 것만 챙기면서 교회에 다녔던 것이 새삼 무서워 집 가까운 교회에 아침부터 시간만 있으면 들어갔다. 집회가 아니면 평일 교회본당은 거의 텅 비어 있었다. 텅 빈 교회당 안에서 가슴 깊이 참회의 기도를 열심히 드렸지만 역시 하나님은 하나님이셨다.

내 기도는 메아리조차 되지 못했다.

"주여! 하실 수만 있다면 이 잔을 내게서 거두소서. 아니 거두어 주소서. 앞으로는 오로지 주님 경외하며 한 눈 팔지 않고 열심히 살겠나이다."

응답은 없었고 교회의 젊고 건강한 목사와 사모와 전도사들에게, 그들의 건강에, 하나님과 친한 척, 천국을 아는 척, 물질에 욕심 없는 척에 질투가 나기 시작했다.

'저들은 무슨 복에 그리 확실한 믿음에 맘 편하고 노후와 사후세계까지 완벽하게 설계해놓고 사나?'

나를 우롱하는 것 같았다. 아무에게나 시비 걸고 싶었다. '내가 무얼 그리 잘못 했나? 전생에 나라를 팔아먹었나? 그럴 위인도 못 되는데! 우리 엄마가 이씨인데 그리고 외할아버지가 부자이셨다는데 이완용 이와 가까운 친척이었던가? 내가 그 벌을 받나.' 오만 가지, 벼라 별 생각이 다 들었다.

갑자기 성경말씀이 머리를 쳤다. 십일조와 헌금에 대한 준엄한 말씀이었다.

"사람이 어찌 하나님의 것을 도적질 하겠느냐. 그러나 너희는 나의 것을 도적질하고도 말하기를 우리가 어떻게 주의 것을 도적질 하였나이까, 하도다. 이는 곧 십일조와 헌물이라. 만군의 여호와가 이르노라. 너희의 온전한 십일조를 창고에 들여 나의 집에 양식이 있게 하고 그것으로 나를 시험하여 내가 하늘 문을 열고 너희에게 복을 쌓을 곳이 없도록 붓지 아니하나 보라."

두려웠지만 아직까지 십일조 냉큼 할 만큼 정직하지 못 했다. 지난 날 나는 십일조도 절기 감사 헌금도 꼬박꼬박 한 번 제대로 하지 못 했었다. 건축헌금도 쪼끔씩 아껴가며 했었다. 주일도 슬쩍 슬쩍 빼먹고 새벽기도는 잠자느라 이불속에서 아멘 한 적도 있고, 안 한 적이 대부분이다. 그래서 벌 받나보다.

십일조 지키지 않으면 하나님 거 도둑질 하는 거라는데, 황충이 다 물어간다는데, 그래도 '십일조나 헌금보다 황충이 물어가는 돈이 적을 것 같다'는 약삭빠른 계산을 했더니 드디어는 열 배도 더 넘게 물어가 버렸다.

십일조를 꼬박꼬박 하면 열 배 백 배로 돌려주신다는데 나는 많이 주시기만 하면 '십일조가 아니라 십의 이조 아니 십의 삼조도 하겠습니다'며 후불제로 돌려놓았더니 하나님께서 나도 모르게 거래 중단 통보를 내리셨나보다.

모르지, 십일조 꾸준히 했어도 암 걸리고 남편이 돈 들어먹고 아이들이 학교 잘못 들어갔을지? 그건 가보지 않은 '프로스트의 가지 않은 반대 쪽 길'이니 하면서 아직도 반신반의 그 모양이니 믿음은 꽝이다.

악한 자의 집은 망하겠고 정직한 자의 장막은 흥하리라 하셨으나 그 수많은 기독교인 정치가, 기독교인 재벌들이 십일조를 제대로 했을까? 아니면 가난한 목사님은 십일조를 떼먹었을까? 또 과부의 두 렙돈은 나중에 새끼를 치고 불어나 재벌 사모님이 되었을까?" 아는 척 핑계도 많았다.

일종의 보험이랄까?

지옥은 무서우니까 면류관 절대 못 쓰고 개털 모자래도, 아니 대머리라도 천국 끄트머리에 엉덩이 들이 밀어볼까 하고 다녔다.

이제 천국은 틀렸고 극락이라도 가 볼 수 있을 건가?

"차라리 용왕님을 믿지 그래! 용궁이 훨씬 좋은데……. 거기서 내가 일급 서기관이었거든!"

진주가 조용히 비웃는다.

"차라리 국무총리를 하지 그랬니? 진주야."

남들은 아프면 더 믿음이 강해진다는데 오기 많고 게으른 나는 믿음 강해질 자신 없어서 차라리 아무것도 몰랐었기를 원했다.

또 '내가 죽을 만큼 무얼 그리 잘못했을까. 이 세상에서 나에게 무얼 주셨다고 이리 모질게 벌하시나! 이게 시험이라는 걸까?' 하는 알 수 없는 배반감에 사로잡혔다.

또 '난 시험은 꽝인데, 자신 없는데'하며 삶에 대한 비루한 미련 때문에 울었다. 시험에 들까봐 차라리 신앙이 없었으면, 아예 몰랐었다면 싶어 남편과 애들 앞에서 '교회 같이 가자' 소리도 쏙 들어갔다.

가끔씩 어머님이 전화하셔서 말씀하신다.

"교회에 가거라. 기도 하거라. 그저 주님께 매달려라. 내가 네 이름 부르며 매일 기도한단다. 너 예전에는 교회 열심히 갔었잖어."

막내 사위가 목사이고 사위가 장로인 어머니는 무조건적 신앙이시다.

그랬다. 나도 한때는 교회에 열심히 다녔다. 사업하는 남편을 위해, 공부 못하는 아들을 위해, 더 넓은 평수의 집과 더 좋은 자동차를 위해…….

큰 맘 먹고 시누이 교회에 에어컨을 달아 주기도 해봤지만 내 삶은 조금도 달라지지 않았고 돈이 궁하거나 시누이가 얄미우면 치사하게 에어컨 생각이 났다. 그래서 십일조는 하지 못했다. 주일도 정성껏 지키지 못했다. 목사님 공경도, 전도사 대접도 제대로 하지 못했다. 그게 걸렸었나보다.

처음 암이란 소릴 듣고 내 입에서 나온 게,

"주여! 제가 잘못했나이다. 저를 벌하지 마시고 용서 하소서!"

이었으니까…….

주여! 날 살리소서!

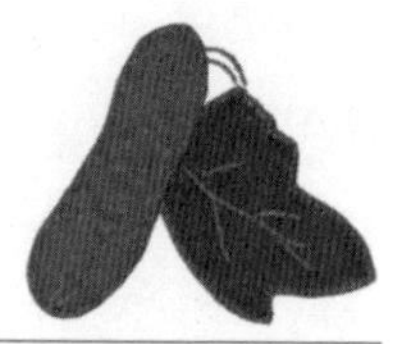

집 옆 가까운 교회에 무작정 들어가 무릎 꿇고 두 손 모아, 의자에 앉지도 않고 바닥에 엎드려 간절히 기도했다.

다니엘처럼 재를 무릅쓰지도 베옷을 입지도 굶지도 않았지만, 머리 다 깎이고 입성도 초라하게 추운겨울 교회본당에 혼자 앉아서 '제 잘못이었노라'고, '제발 용서해 주시라'고 회개했다.

니느웨의 왕처럼 백성들이 있다면 부추기고 다 동원시켜 같이 금식하고 같이 통성기도라도 하고 싶었다.

교회본당은 공명시설도 훌륭하여 기도소리가 울려 잠깐씩 예수님 음성이 들리나, 가브리엘천사가 따라 들어왔나, 환청이 들리기도 했다. 하지만 게으른 내게는 예레미아 같은 선지자도 옆에 없었고, 하나님께서는 용서해 주시지도 않고 나무라시지도 않으시니 일 년도 안 되어 더 이상 기도도 않게 되었다.

누구는 평생을 기도해도 될까 말까한데 딴 데서 한 눈 팔고 있다가 병들자 갑자기 찾아와서 울고불고 하니 뭐가 예쁘다고 냉큼 소원을 들어주시겠는가? 나라도 내 자식이 그러면 얄미워 냉큼은 절대 안 들어줄 것 같았다. 그리고 어디 독실한 암환자 신도들이 한둘이던가?

큰 교회 목사님도, 유명한 '울지 마 톤즈' 신부님도, 공기 좋은 산속에서 채식하며 홀로 수행하던 스님조차도 암에 걸려 그 많은 신도들 기도 다 말아치우고 암으로 돌아가시지 않던가?

"그래! 내 진주가 비뚤어지면 그리 무섭다니까?"
조개가 허리에 손을 척 얹는다.
"진주야, 너는 손이 어디서 나왔을까?"

암은 정신도 육신도 갉아먹는다.

안 그래도 후줄근하고 뚱뚱하고 못생긴 나는 이제 머리조차도 비 맞은 새 꼬랑지처럼 축 늘어진 채, 잘 보이지 않는 두 눈 찌푸리고 열심히 컴퓨터를 들여다본다.

참 좋은 세상이다. 나 같은 사람도 이렇게 컴퓨터 앞에 앉아 키보드를 두들길 수 있으니 항상 불공평하고 야속하던 세상이 조금은 나아보이기도 한다.

오십 년 넘게 살면서 난 항상 세상이 불공평하다고 생각했고, 손해 본다고 생각했다. 그 흔한 보물찾기 놀이와 또뽑기 놀이에도 단 한 번 당첨된 적이 없었다.

공짜라고는 길에서 주운 천 원 정도가 몇 번 있었을 뿐이다. 만 원도 한 번 주워봤는데 '이게 웬 공 돈이냐?' 횡재한 기분에 가슴까지 벌렁거리면서도 주인 찾아주기는 고사하고 누가 볼까 봐 얼른 주머니에 집어넣었다.

어릴 적 엄마 따라 간 점쟁이 집에서 사주팔자 좋으니 큰 부자로 부귀영화 누리고 이름 날리며 잘 살 거라는 소리 기억해 두어 평생 '언제 부자 되나' 손꼽아 기다리다 늙어버렸다.

내 남자 사업도 신통찮으니 아들 덕이나 볼 수 있을까? 공부 못하는 내 아들 돈 복은 있을 건가? 열심히 기다리고 또 기다리며 한평생 살다가 이제 다 죽게 생겼다.

암에 당첨된 거였다.

'또뽑기' 한 번 뽑아보지 못하고 맨 날 '꽝'만 뽑아들던 내가, 처음으로 당첨되어 받은 것이 싸구려 양재기도, 재생 플라스틱 소쿠리도 아닌 암이었다.

그것도 썩 좋지 않은 암이었다. 갈수록 양양이라더니 악성 종양 두 개에 삼중음성에, 림프절 전이가 골고루 하나씩 걸쳤다. 투 스트라이크도 아닌 쓰리아웃에 걸리게 생겼다. 표적치료제도 없단다. 늘그막에 복 터졌다.

내 가슴속 진주조개는 보기 드문 진주 핵을 품은 불량 진주조개였고 나는 바보처럼 비뚤게 그걸 키워갔던 것이다.

평생 하나를 얻으면 둘을 토해 놓아야 하는 그런 팔자였다.

팔자는 전염 되는지, 아니면 비슷한 사람끼리 만나는지, 남편과 나는 둘 다 비슷하여서 백 원 생기면 이백 원이 날아간다. 만 원 생기니 이만 원이 날아간다. 놀랄만한 운에 놀랄만한 재능이다.

그렇다고 마냥 두 손 놓고 놀아라, 할 수도 없었다. 아이들과 먹고는 살아야 되지 않겠는가? 그래도 사람이 평생에 세 번은 큰 운이 있다는데 죽기 전에 그 운이 있겠지 믿으며 열심히 살았다.

"그 마지막 운이 암인가? 알량한 보험금인가?"

중얼거리며 치사하고 더러웠지만 얼른 가서 보험금도 타왔다. 쥐꼬리만 한 보험금 얼른 타다놓고 '하나만 더 들어 놓을 걸!' 후회했다.

생전 처음 공돈이다. 공돈이라 좋았지만 사업 급한 남편이 '얼씨구나!' 곱으로 가져갔다. 역시 팔자도망은 못 하나보다.

"맛있는 거 사 먹고 예쁜 구두 사지? 바보."
저도 한 몫 끼고 싶은 진주.

매일 매일 슬프고 한심스러웠다.

내 주위의 모든 이들은 다 건강했고 아직 젊은 여동생과 나만 암이었다. '기막혀, 기가 막혀' 하며 오 년 전에 수술 해치운 동생 붙잡고 같이 울었다.

이 세상이 노엽고 허망해서 내게 닥친 재앙을 버텨내기가 쉽지 않았다. 다른 모든 일들은 쉽게 잊히고 금방 지나간 과거가 되건만 그 재앙은 잊혀지기 고사하고 내 가슴속에 단단히 뿌리를 내리고 가지 치며 무성한 잎까지 펼치고 있었다.

"쯧쯧 늬들 팔자도 차암!"
진주도 혀를 차고 있었다.
"내가 생각해도 기가 턱턱 막히는구나. 진주야!"

한심하고 노엽기는 했지만 부정하거나 분노하지는 않았다.

스데반처럼 '내 주여! 이 죄를 저들에게 돌리지 마소서.'까지는 아니어도 내 목숨 부지하기 위해 애원하고 변명하지는 않았다. 그러나 예수 그리스도께 내 영혼을 받아달라고 기도할 수는 없었다.

나는 내 목숨을 위해 애원하지는 않았지만 야곱처럼 기도했다.

"내 나그네 길의 세월이 일백삼십 년도 아닌 오십삼 년 이나이다. 내 아직 어리오나 우리 조상의 나그네 길의 세월에 미치지 못하옵고 험악한 세월을 보내었나이다. 나는 아직 어리고 무지한 아들을 둘이나 둔 어미로소이다. 잊지 마소서. 그 아이 둘은 내 것이 아니고 당신의 것을 잠시 맡았사오니 끝까지 책임지게 하소서."

모든 암환자는 부정, 분노, 타협, 우울, 수용의 단계를 거친다는데 나는 평소 잘난 척하던 대로 단번에 타협의 단계로 건너 뛰어버렸다.

하나님과 타협하고 세상과 타협하고 가족과 타협하면서 서서히 암을 받아들일 준비를 하고 있었다. 타협하고 받아들이기는 했어도 담담하게 받아들이지 못하고 절망하고 원망하며 시간을 멈춰 당기고 싶어 했다.

부정한다고 아무것도 달라지지 않을 거라는 걸 약삭 빠르게 알아차리고 암 덩어리가 없어지게 해달라는 기도는 입 밖에 내지도 않았다. 약 올라서 독 오른 가을고추처럼 쪼그리고 울었어도 분노하지는 않았다.

이집 저집 암의 홍수인 시대에 살면서 내 집에도 나 하나쯤 암에 걸려야 내 남편과 아이들이 무사할지 모른다는 교활한 계산과 함께 그저 수술이 잘 되기를 바랐다. 그러면서도 한편으로는,

'수술을 계기로 더 건강해지고 더 열심히 살자. 노루 때린 막대기 삼 년 울거먹 듯, 필요하면 여기저기 협박용으로 내 병을 한 삼 년 울거먹고, 조자룡이 헌 칼 쓰듯 남편 슬쩍슬쩍 협박하고 아이들 정신 차리게 하자. 그러노라면 애들은 공부 더 열심히 하고, 사업하는 남편은 내 말 잘 듣고 헛돈 고만 날려먹지 않을까? 시댁에도 슬슬 덜 가고. 꿩 먹고 알 먹고 털 뽑아 베개 속도 만들고 뼈다귀는 우려내어 몸보신도 좀 하자. 그리고 둥지 털어 겨울날 곁불도 좀 쪼여보자.'

준비하고 타협하면서도 우울했다.

타협은 했지만 우울에서 벗어나기는 어려웠다.

아침에 눈만 뜨면 내가 암에 걸렸구나! 이게 꿈이었으면 싶어 손

을 꼬집으며 시시때때로 울었다. 모든 것에 무감각해져 있어서 손을 꼬집어도 아프지도 않았지만 백 번을 죽었다 깨어난대도 암은 변할 수 없는 사실이었다.

나는 하루하루 내 자신을 들볶으며 내 불운에, 내 한평생에, 내 지난 날에, 원망과 회한을 곱씹고, 또 곱씹었다.

살면서 남에게 당한 조그만 서러움도 '못 잊어! 못 잊어!' 괴로워하는데 나 자신에게 이렇게 큰 배반을 당하다니 이게 대체 웬 횡액인가 싶었다.

'왜 이 세상은 나에게 이렇게 잔인하고 모질게 구는 걸까? 내가 세상에 태어날 때 손에 쥐고 온 패는 어떤 것이었을까? 잘 좀 골라오지, 뭐가 급해서 이따위 패를 잡았을까.'

마치 도박판에서 흑싸리 껍데기 한 장 손에 쥔 사람처럼 초라하고 슬프기만 했다.

얼른 죽고 싶기도 했다. 다시 태어나고 싶어서. 그때는 삼팔 광땡이나 아님 장 땡이라던가, 아무튼 찬찬히 야무지게 잘 골라잡아 나올 수 있을 것 같았다.

우울증이었다.

아침이 싫었고 세상의 소리가 싫었고 전화도 싫었다. 안부전화도 싫었다. 안부전화는 내 염려가 아닌 저들 자랑으로 들려 괴로웠다.

"건강이 제일이야. 몸조심해!"

나도 안다. 근데 이제 어쩌라고?

"아무나 걸릴 수 있는 게 암이야. 억울해 하지 마! 그냥 받아들여."

너는 아니잖어?

"나도 연전에 암이라고 오진 나와서 일주일을 죽다 살았어. 그때 내 심정이 어땠겠니?"

그걸 말이라고 하나. 이 돌대가리야?

"요즘은 암은 병도 아니란다. 별거 아니야."

그래? 그럼 너도 한 번 암에 걸려 보든지.

제일 듣기 싫은 소리가,

"왜 조기검진 안하고 멍청하게 그냥 있었냐?"

는 것이었다. 난들 그러고 싶어 그랬겠냐? 이 바보 천치야! 왜 암은 너 따위 잘난 인간은 비켜가고 우리같이 맹한 사람들만 골라 공격하는지 나도 불가사의다. 이 잘나고 똑똑한 인간아!

돈에 환장해 병에 몸까지 팔아먹은 여자가 되니 부끄러워 어디론가 사라져 버리고 싶었다. 에녹과 엘리아처럼 하늘나라까지는 아니라도 어디론가 들려가 먼지처럼 숨어버리든지 아니면 공중에 드리워져 증기처럼 승화되어 버리고 싶었다.

그 어떤 위로에도 내 귀는 절벽이었고, 유명 배우가 자살하면,

"죽긴 왜 죽어 지 남은 목숨 나나 주고 가지."

하며 중얼거렸다.

나보다 나이는 조금 많지만 장애를 가진 수필가이며, 영문학자였던 고 장영희 교수가 몇 달 전 유방암으로 죽었다는 생각에 새삼

가슴이 쿵 내려앉으며 '저렇게 똑똑하고 유능해도 의사들이 못 살리는구나. 하나님도 안 살려 주시는구나.' 두려웠다. 그 교수는 자신의 글에서 "신은 사람이 일어나는 법을 가르치기 위해 넘어뜨린다"고 할 정도로 하나님을 겸손하고 착하게 섬기는 분이었다.

갑자기 의사들은 몇십 년 전이나 지금이나 항암주사약 그대로 쓰면서 사람 잡고 맨날 세미나에 발표에 연구한다면서 놀고만 있나보다, 싶은 생각에 심정이 상해 친구고 친척이고 연락두절하고 사랑하는 아들과 남편과 여동생하고만 연락하고 지냈다.

그래도 먹을 건 열심히 챙겨 먹었다. 생전 처음이었다. 키 작고 못생긴데다가 살까지 퐁퐁 찐 여자는 평생 배가 고팠었다. 일제 식민지 시절도, 6 · 25도, 1 · 4 후퇴도, 겪어보지 못했건만 철들고 배불리 먹어보지 못했었다.

매일 백 그램 이백 그램 연연했어도 원수 같은 살들은 나날이 불어갔고 거기에 열등감까지 생겨서 될 수 있으면 안 먹으려 노력했었다.

살이 찌면 당당하기라도 하면 좋았을 것을, 한 많은 이 세상에서 한평생 배 힘주어 끌어당기다가 호흡곤란으로 질식하게 생겼다.

그래도 타고난 체질 덕에 얼굴은 동안이다. 팔도 다리도 짤막짤막, 손가락도 남보다 반 마디쯤은 없어 오동통 너구리같아도 얼굴은 전형적인 몽골리언임을 증명하듯 약간 가무잡잡하고 양파처럼 동글 넓적해서 동안은 동안이다.

키가 조금만 더 작았으면 난쟁이 장애인 등록 할 뻔했다.

그때 그 시절이었으니 망정이지 지금 같았으면 시집도 못 갈 뻔했다. 어찌 어찌 순진하고 어수룩한 남편 꼬드겨 결혼하고 아들 둘 낳고 깊이깊이 삼십여 년 사랑했다.

내 남편이 새삼스레 고맙고 안쓰러워 넌지시 한 마디 건네 본다.

"나중에 혹시 나 죽으면 키 크고 늘씬한 여자 만나 살어……."

"좋지!"

냉큼 내 남자 맞장구친다.

"나는 다시 태어나면 키 크고 예쁘고 늘씬하고, 공부도 잘하고 부자로 살 거야. 나중에 그런 젊은 애 보면 난 가부다 해."

"니 맘대로 하세요."

실없이 주거니 받거니 하면서도 가슴 시리다. 그냥 이렇게 오손도손 쭈욱 같이 살았으면 얼마 좋을까? 한 번 맺어졌으면 나이 칠십은 넘게 살아줘야 할 텐데…….

저 남자는 무슨 복에 못난 여자, 무능한 여자 만나 한평생 잔소리만 듣고 돈만 뜯기다가, 힘 없고 늙어가니 옆구리 시리게 여자가 도망치려 하는가! 나이가 젊기를 한가. 딸이 있기를 한가. 아들이 곱살 맞기를 한가. 딸이 없으니 아들이 사위 노릇이나 해 줄 건가?

이제 마누라도 없어지면 효자손과 핫 팩이나 껴안고 늙어 갈 건가!

평생 무능하고 못생긴 여자는 하는 짓마다 똑같아서 아들 둘마저도 키도 작고 공부도 못하고 인물도 그저 그렇게 만들어 이 험한 세상에 내어놓고 오래 지켜주지도 못하게 생겨 먹어서 슬펐다.

"진주야. 진주조개야. 제발 날 좀 봐 주렴!"

"아부해도 소용없어. 이제 늦었어."

진주는 냉정했다.

해·찬·들 표 고추장과 아들

굼벵이도 뒹구는 재주가 있다는데 나는 오십 년 넘게 숨 차게 살았어도 아무런 재능을 찾지 못했다.

욕심만 많고 또 많아서 갖고 싶은 건 꼭 가져야 직성이 풀리고 집도 남보다 작고 낡아서 속상하고 남처럼 예쁘지 못해 불만이었다.

공부만 빼고 모든 걸 잘하고 모든 걸 다 갖고 싶었다. 나 자신은 공부 못했지만 아이들 둘만은 똑 소리 나게 공부시키고 싶어서 서초동 부자동네 허름한 집 옥상에 터 잡고 이십 년을 넘게 살았다.

그 덕분에 재개발이고 재건축이고 다 소외되고 아파트 가격은 천정부지로 뛰는데 나는 옥탑 방에서 팔 학군 하나보고, 겨울에는 시원하게, 여름에는 더더욱 따뜻하게 버티면서 '돈 복도 지지리 없다'고 혀 차며 살았다.

누구, 누구는 집이 몇 배로 뛰었다는데…….

누구는 오십 평으로, 누구는 팔십 평으로 늘려갔다는데…….

그러면서 배 아프고 약 오른 욕심쟁이 여자는 제 가슴속의 조개를 쓰다듬곤 했다.

"진주야! 냄새가 좀 이상해! 약간 상해가나? 잘 좀 씻지."

진주는 내 아들놈처럼 먹고 자고 뒹굴고만 있었다.

유명부속 초등학교에 서초중, 서울고, 이제 서울대까지만 가면 되겠다, 의기양양 했지만 아이들은 지어미 인물에다 머리까지 쏙 빼다 닮아서 성적이 바닥을 기다 못해 지하로 파고 들어가 부속 초등학교 줄 서고 전학시켜 보낸 제 어미만 무색하게 만들어 주었다.

그래도 착했었다.

초등학교 시절에는 말도 잘 듣고 시키는 대로 학원에, 수영에, 선행학습까지 무던히 따라 주었지만 거기까지였다. 착한 아들은 초등학교까지였고 선행학습의 효과는 중학교까지였다.

덩치 커진 아들은 툴툴거리기 시작하더니 안 그래도 낡아서 흔들거리는 방문 경첩 빼먹자고 덤비고 성적표는 안 오고 거짓말이 늘기 시작했다. 급기야는 용돈가지고 협박하는 어미 덕분에 지 애비 지갑까지 '같이 나눠쓰자' 말없이 덤비다 돈에 귀신같고 성질 사나운 어미에게 반 죽게 얻어맞고 파출소까지 끌려가는 촌극을 벌이고, 서로가 서로를 할퀴며 깊고 깊은 생채기를 내었다.

어미가 무식하고 상스러우니 아이도 같이 눈 내려 깔고 저도 함께 무서워져 가고 지 애비는 더더욱 고함치며 무서워져 갔다. 그것 때문에 얼마나 속앓이를 했던가! ……

대학은 어땠나?

지방으로 원서 내러 다니면서, 담임 만나 상담하면서 전국 모르는 대학이 없었다. 서울대, 연, 고대는 쳐다보지도 않았다. 한양대, 서강대 등등은 거들떠보지도 않았다. 세종대, 서경대, 안양대, 수원대도 안 보는 게 수였다. 용인대, 한세대, 강남대……. 별 수 없다. 가, 나, 다 순 으로 뛰자. 가야대에서 대불대, 영동대를 거쳐 제주대, 초당대, 한라대까지.

손재주가 하도 좋으니 대불대 목탁디자인과를 보낼 수 있나? 뚱뚱하고 둔하니 탐라대 잠수학과를 보낼 수 있나? 식탐 있고 먹는 대로 살로 바꾸는 재주 비상하니, 초당대 두부공학과를 보낼 건가?

희한하게도 내 아이들 수능만 다가오면 교육과정이 7차로, 8차로 바뀌곤 하니 저들이 내 아들 고3인지 어찌 알았나 싶어 '해 · 찬 · 들'상표 고추장은 쳐다보지도 않았고, 이놈의 '해 · 찬 · 들' 상표 고추장에서 구더기라도 나왔으면 싶었다.

희한한 일은 또 있었다.

큰 녀석은 국민학교를 다녔고 작은 녀석은 초등학교를 다녔는데 똑같은 장소에 똑같은 건물에 똑같이 육 년을 다녔다.

실력은 역시나 막상막하다.

수능 시험 날은 전쟁이라도 나든지, 컴퓨터 오작동으로 시험성적이 뒤죽박죽이 되어 내 아들 성적이 잘나오든지, 아니면 시험이 무효라도 되든지, 하는 터무니없는 바람까지 들어 서울대학교 나온 친구와 "난 너같이 학벌 좋고 능력 많은 애가 젤 재수 없고 싫어!" 농담하며, 한탄하며 술만 늘어가고, 내 가슴속의 조개는 불량 진주를 조금씩 키워 가고 있었다.

"진주야. 너는 대체 어느 별에서 왔니? 언제 내 안에 들어왔니?"

"나? 예전에 어린왕자와 같이 살기도 했지. 그때 뱀과 싸우고 사과 한 알 들고 바다로 갔단다."

진주는 오래 전부터 살아온 듯 했다.

공부 못하면 명랑하든지, 당당하고 뻔뻔하든지, 키 크고 날씬하며 잘생기든지, 아무 축에도 못 드는 아들은 뚱하니 자기 방에서 나오지도 않고 기만 죽어 가고 어미는 애가 타서 애꿎은 물만 들이켰다. 애비는 지 아들 들볶고 어미는 전 남편 자식 데리고 들어온 후처마냥 남편 눈치 보며 전국구로 뛰었다.

속은 마른 삭정이처럼 타들어가고 한 잔 맥주에 몸무게가 '퐁, 퐁' 늘어가는 악순환이 되풀이 되었고, 드디어는 유니버시티만 대학이냐? 칼리지도 대학이고 군대도 대학이다, 유식한 척 결론 내렸다.

겨우겨우 칼리지로 정하고 '인 서울' 시켜 한숨 돌렸는데 그나마 눈 높으신 우리 아드님 입학식 하루 가더니 이렇게 후진 학교 첨 봤다고 재수한다고 입학금만 날리고 때려 엎었다.

서초동 좋은 학교만 주욱 다녔으니 오죽하랴.

하루 입학식에 70만원 줬다.

하루 전에만 그만뒀어도 전액 환불이라고 서무과 직원이 이죽이죽 비웃으며 말해줬다.

"여기 그만두면 갈 데도 없을 텐데."

서무과 직원은 옆 직원과 함께 나지막이 우리를 비웃고 있었다.

잘 새겨뒀다. 작은 놈이 있으니까.

"진주가, 모양이 이상해."

진주가 고개를 갸우뚱했다.

"그거, 진주 네가 관리해야 되는 것 아니야?"

작은 놈은 작은 놈대로 긴 머리 휘날리며 오토바이 타며, 학교 담타고 넘다가 떨어져 나를 학교로 불렀다.

"늦었으면 밥을 굶고라도 가지 왜 담을 타고 넘어? 네 놈이 도둑놈이냐? 아니면 괴도 루팡이라도 되냐?"

악을 쓰고 물으니,

"밥도 안 해줬으면서."

작은 눈 부라린다.

어쩌다 한 번쯤 늦게 일어나 밥을 못 해준 적은 있어도 일부러 안 해준 적은 한 번도 없었다. 맹세할 수도 있다.

작은 놈은 어려서는 가와사키라는 이상한 병에, 또 백혈병 오진까지 나서 지어미 혼 줄을 쏙 빼놓더니 자라면서도 만만찮게 내 속을 태웠다.

아파서 조퇴했다는 아이는 멀쩡하게 남의 여학교 축제에서 쌍쌍이 놀고 있었고 안 그래도 나쁜 성적 더 나빠질까봐 전전긍긍하다가 할 수 없이 병원에서 가짜 진단서 끊어다 주었다. 성적이 바닥을 기다가 지하 10층으로 추락한 아이는 담임과 상담하면서,

"형은 어디학교 다니느냐."

고 물으니,

"저는 형하고 별로 안 친해서 잘 모르겠는데요."

라는 기상천외의 답을 해 결손 가정 아니냐고 담임이 불러 등본까지 보여주며 해명하고 나왔다.

학교 갔다 와서 작은놈에게 확실하게 알려줬다.

"형은 XX 대학교에 다닌다. 이놈아! 너만 알고 절대 아무한테도 말하지 마라. 필요할 때만 암호처럼 써 먹어라. 이건 국정원에서도, FBI에서도 모르는 비밀이다."

라고 말하니,

"진짜? 진즉에 알려주지."

그 어미에 그 아들이다.

오토바이에, 멋 내기에 분주하고 작은 키 원망하며 잘 놀던 작은

놈은 "직업반 가라"는 담임의 친절한 권고 물리치고 "뚜껑 없는 자동차 사 준다"고 사기 친 어미 말에 홀려, 그나마 간신히 '인 서울'에 성공했다.

내 가슴속 조개는 가만히 한숨을 내쉬었다.

"에고! 에고! 진주를 품으니 가슴이 쓰라려, 그리고 아파……."

"재생연고를 발라 보든지 아님 레이저 시술을 받아 보든지"

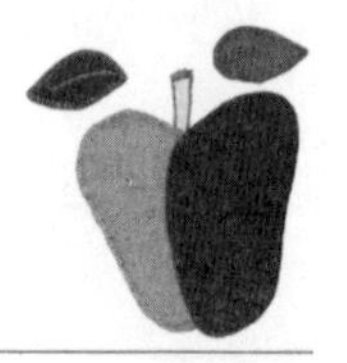

아무튼 삶은 나에게 이리저리 고달프고 까다롭게 굴었으며 남편은 남편대로 IMF며, 카드대란이며, 심지어 9 · 11사태까지 모든 위기를 어찌 알고 귀신처럼 앞질러 덮어쓰고 다녔다.

오죽하면 내가,

"당신만 놀고먹었으면 우리 벌써 재벌 됐다."

헛소리를 다 했을까.

또 나는 나대로 경제관념이나 돈도 없는 주제에 강남 여자답게 돈 있는 여자들과 어울려 펀드며 부동산 주식 다 기웃거리다가 그나마 몇 푼 홀랑 들어먹고 말았다.

우리나라 국무총리도 경제부총리도 모르는 주제에 그린스펀을 알고 버냉키를 알고 루비니와 워렌 버핏과 친한 척하며 조지 소로스를 따라 다녀 봤댔자 다 헛거였다.

나는 저들을 잘 알고 나 혼자 친한 척했지만 저들은 날 아는 척도 안하고 내 푼돈을 다 뜯어먹더니 끝내는 '리먼 브라더스'라는 요상한 물건이 합세하고 BNP 파라바인지, 파라솔인지 하는 놈까지 태풍에 흔들거렸다. 우리나라에서는 호그와트의 맥고나걸 교감을 사칭한 미네르바라는 반미치광이 경제대통령까지 부추겨서 구렁이 씨알 같은 내 쌈지 돈마저 홀랑 다 알구어 갔다.

대통령 각하께서 종합지수 삼 천의 시대가 도래한다고 우리를 풍요의 꿈에 젖어 미리 돈을 쓰게 만들었지만 주가는 천 마저 위협하고 지하로 내려앉았다.

과거 IMF시대가 도래하고 모라토리움에 더하여 디폴트라는 말에 직면하고 있음에도 그 당시 대통령은 청와대 깊은 숲속궁궐에서 칼국수만 삶아 드시면서 골프 같은 건 쳐다보지도 않고 '펀더멘탈이 튼튼해서 우리나라 경제는 아무 이상 없다'고 '학실히, 학실히' 말하며 '건강만 지키면 머리는 옆 사람의 두뇌를 빌릴 수도 있다'는 명언을 남겼다.

'학실이는 백치 아다다의 이름인데 그것도 모르면서 대통령을 할 수도 있구나!'싶어서 나는 그때부터 '장관 국회의원 따위는 못해도 대통령은 아무나 할 수 있구나!'싶어 대통령도 좀 우습고 만만하게 보였다. 그래서 '사업 신통찮은 내 남편 대통령 선거에 출마 시켜볼까?', '아니면 내가 최초 여성대통령이 되어볼까?'하는 시답잖은 생각도 했다.

그 대통령은 돈 한 푼 없어 아들이 버는 돈과 넓고 넓은 바닷가에 오막살이 집 한 채 짓고 고기 잡는 아버지가 보내준 돈으로 연명하고 계신 듯 했다.

"오 마이 달링! 오 마이 달링! 오 마이 달링! 클레멘타인."

서민들은 그분보다는 살림이 윤택하니 칼국수에 계란쯤은 톡 풀어 넣어 먹었지만 그분은 멸치 육수만 내어 장관들을 대접하곤 하셨다. 우리는 멸치도 비싸니 된장찌개에 두 마리만 퐁당, 퐁당 떨어뜨려 국물 우려내고 건져내어 고기까지 우물우물 씹어 먹었다.

나중에는 멸치가 빨간 베레모 쓰고 식탁위에 턱하니 들어 앉아 뼈 없는 낙지와 문어를 걷어 제치고 '나는 뼈대 있는 집안 자손이라' 으스대기까지 하고 있었다.

내 눈에는 고추장 머리에 찍고 사람들 입속으로 들어가는 게 훤히 보였건만 대통령은 '걱정마라' 장담하면서도 내 돈을 지켜주지 못했다.

그 다음 대통령은 IMF 조기졸업을 두 눈 지그시 감고도, 조는 것처럼 앉아서도, 힘없이 서서도, 외치시던 민주항쟁 투사이셨다.

노벨상 받아 그 상금까지 국민을 위해 아낌없이 희사해 가며 비바람 몰아치는 어두운 날에도 꿋꿋이 햇볕정책을 외치시던 훌륭한 분이셨다.

비록 그 아드님은 베란다에 돈 냄새를 악취처럼 펄펄 풍기고 있었지만 노벨평화상은 평화상으로 끝이지 경제상은 아니었다.

오로지 소비조장을 위한 카드남발을 경기부양의 수단으로 삼으니 우리네 어리석은 국민들은 근사한 사탕발림에, 달콤함에 젖어 나른하게 '단맛이나 즐겨볼까?' 미리 행복했다.

언감생심, 카드대란은 내 남자의 사업까지 뒤흔들고 우리는 '세상에 믿을 놈 하나도 없구나!' 한탄하며 또 졸아들어갔다.

미네르바는 지혜의 여신이고 통찰력이 뛰어나 인간에게 현명한 상황판단을 할 수 있게 도와주는 여신인데 시절이 하 수상하니 웬 남자 녀석이 지혜의 여신을 흉내 내고, 여신을 숭배해 지혜를 빌린 것처럼 떠들어 대고 있었다. 심지어 신문과 잡지에서조차 진짜로 뒤에서 지혜의 여신이 조종하고 있는지 모른다고 부추기고 있었다. 선천적으로 팔랑 귀를 가진 나는 귀신에 홀린 듯 그놈을 따라다니며 나라 걱정에, 범 세계경제 걱정까지 가슴속에 보탰다.

우리 집은 주택 담보대출은 한 푼도 못 받아보고 '모기지론이 무슨 여름철 뇌염모기 소탕작전인가?'라며 아무것도 모르는 주제에 '서브프라임 모기지론'이라는 어려운 미국말에 부부가 사이좋게 무릎 꿇고 고개를 떨어뜨리고 말았다.

통장 잔액은 바닥나고 귀 얇은 나는 드디어 '이 나라 경제가 망한다'고 생각하고 마지막 도박, 지노귀 굿판을 벌였다.

천재 과학자 뉴턴조차도 '전체의 움직임을 계산할 수는 있지만 인간의 광기는 결코 계산할 수 없다'며 폰지 사기를 당했다는데 나는 그 난해한 금융 도박장에 광기를 가지고 뛰어들었고 결국에는 도태되어 버리고 말았다.

폰지는 스펀지의 예명인줄만 알고 있던 나에게 메도프라는 거대한 괴물이 무덤에서 고이 자고 있던 "찰스 폰지"라는 사기꾼까지 깨워내어 또 나를 경기하게 만들며 내 돈을 탐내고 있었다.

"그래, 피할 수 없으면 맞닥뜨려 보자."

"내 온 몸으로 맞이하자."

용감하게 마이너스 통장에 주식담보 대출까지 껴서 우리나라 경제가 '망한다'에 걸고 보지도 듣지도 못한 '콜과 풋'을 부르짖으며 펼친 도박패는 정석대로 처절한 실패로 끝나고 말아 술과 함께 내 가슴속의 조개는 질 좋은 진주 만들기에 거듭 실패를 반복하고 있었다.

"진주가……. 삐뚤어진 것 같아, 어쩌나!"

조개가 속삭여도 듣지 못했다. 진주조개 대신 홍합 잡아 안주로 삶아 먹었다.

"홍합이 더 맛있구나. 진주야."

일찍이 스트레스에 대처하는 방법을 배우지 못했던 나는 그저 모든 상황을 온몸으로 받아들이고 우직하게 버텨내는 방법밖에 없어서 피하는 방법도 적당히 해소하는 방법도 몰랐다.

매일매일 가슴에 벼락을 맞는 느낌으로 살았다.

어리석은 여자는 스스로 미친 세상에 뛰어들어, 스스로 고통 받기를 자처하고 나서며 자석처럼 가난과 불행을 끌어당기고 있었다. 항상 나의 현재는 과거와 미래의 족쇄가 되어 불쌍하고 서러운 내 발목을 옥죄어오고 있었다.

십 년 전, 이십 년 전, 아니 오십 년 전, 엄마가 아버지가, 남편과 시댁이, 아들과 내 주위의 사람들이, 나를 압박하고 피곤하게 했어도 나는 항상 조개처럼 입 꼭 다물고 뒤돌아서서 뽀골뽀골 불만을 토해내곤 했다.

명절이나 제사 때도 열심히 일하다가 뒤돌아서서 '내가 일복 하나는 제대로 타고났지' 중얼거리고 어머니 앞에서는 아무렇지도 않은 듯 헤벌쭉 웃었다. 집안일 서툰 직장여성 막내동서, 헐레벌떡 늦게 오면 아무 하는 일 없는 '돈 벌어 나주냐'고 비아냥거렸다.

나는 그런 여자였다. 작고 못생긴 여자는 속도 좁고 자꾸만 비뚤어지고 있었다.

손아래 동서는 유명한 스카이대학 중 하나인 명문 Y대학교, 영어 교육과도 아닌, 영어영문과 출신이었고, 나는 이름도 성도 희미한 삼류 대학교 출신이었다. 영어 회화도 자유자재로, 자식들도 척척 가르쳐내며 돈도 잘 버는 그녀가 그녀의 가족이 슬슬 부러워지고 있었다.

"지금이래도 뭘 해보든지……. 평생 놀고 먹는 주제에…… 나는 진주라도 만들지!"

진주가 가만히 날 비웃었다.

"그래, 조개잡이라도 할 걸!"

그러던 찰나에 사건이 생겼다.

기억도 가물가물, 십 년도 훨씬 더 전인 어느 날이었다. 어머니께서 그래도 내가 미더우셨던지, 아님 마침 내가 그 자리에 있었던지, 넌지시 한 말씀 하셨다.

어머니는 서울도 아닌 서울 외곽도시에 노후대책으로 자그마한 아파트 한 채를 당신 명의로 가지고 계셨다.

"얘! 늬 시동생이 그 아파트 저를 주면 다달이 백만 원씩 갚아 준댄다. 아버지께 여쭤봤는데 가타부타 대답이 없으시다?"

속으로는 '나주면 나는 다달이 백 십 만원도 드릴 수 있는데' 발끈했지만, 시동생은 직장이 그 근처란 명분이라도 있지 싶어 나 혼자 흥! 욕심은? 하고 말았다.

내가 달랜다고 내 것이 될 리 없어서,

"그럼, 서방님한테 그렇게 해주세요. 어머니."

하며 너그러운 형수마냥 태연히 대답하고 가슴에 담아뒀다.

오기 많고 뒤 둥그런 나는 매양 그 모양이다.

"제에발 이제 철 좀 들지 그래?"

진주가 말한다.

"그래, 녹슨 못이라도 삶아 먹어 버릴까?"

결국 그 아파트는 아무도 가지지 못하고 팔아버렸고 나는 동서와 시동생이 얄미우면 슬슬 꼬질렀다. 형님이나 남편에게……. 그

말이 돌고 돌아 일이 커졌다. 아버님 이하 모든 식구가 알게 되고 확인 작업에 들어갔다.

나는 여우처럼 교활하고 쥐처럼 약아서 입빠른 방정맞은 소리는 잘해도 탄로 날 거짓말은 절대 안 하는 사람이다. 거짓말은 앞뒤가 맞지 않으면 아예 하지 않는다. 아마 살인을 해도 완전범죄로 감쪽같이 저질러 낼 수 있지 싶은 사람이다.

"그 때 어머님이 그러셨잖아요? 서방님이 그 아파트……."

"천만에."

내 말이 끝나기도 전에 어머님이 길길이 뛰신다. 미치고 팔짝 뛸 일이다. 어른이 천길 만길 잡아 때시니 큰일 났다. 그때서야 '아차. 내 발등 내가 찍었구나!' 번개같이 생각했지만 유리병은 이미 산산조각 나고 우유는 엎질러져 쓸어 담을 수도 없다.

아무것도 몰라도 오로지 예수님 이름으로 기도하면 다 이루어지는 줄 알고 하나님 경외하시는 분인데, 하늘에 대고 하나님 걸고 덤으로 예수님까지 걸고 맹세하신다. 그런 얘기는 '듣지도 보지도 못했다'고 딱 잡아떼신다.

나는 분명히 들었는데 귀신이 곡을 할 일이다. 아버님은 무섭고 내 남편은 남의 편이 되어 "쓸데없는 소리하고 다녀서 집안 분란만 일으키고 있다"고 소리치며 몰아붙였다.

나는 동네방네, 온 집안에 나이 들어가며 덕지덕지 욕심덩어리, 헛소리 지껄이는 여편네 되었다.

시부모님이 아무리 며느리를 자식이라 장담하셔도 시동생은 금쪽 보다 더 귀한 막내아들이었고, 나는 벗어 던져버리면 그만인 낡은 의복 같은 며느리였던 것이다. 아무 소득 없이 나 혼자만 가슴에 대못 치며 몇 달 벽보고 억울하고 분해했다.

"나랑 살림 합치자니까? 같이 예쁜 진주 만들자고, 팔아 반 나눠줄게……"

진주가 속삭였다.

진실은 지금도 알 수 없다. 영원히 미궁에 빠질 모양이다.

누군가 대나무 숲에 들어가 "임금님 귀는 당나귀 귀"하고 외치기 전에는 아무도 모를 일이다.

어쨌든 며느리인 내가 가서 두 무릎 착 꿇고 빌었다.

"제가 잘못 들었나 봅니다. 제가 잘못했으니 죽을죄를 지었으니 용서해주세요."

입으로만 빌었다. 두 손은 가만히 늘어뜨린 채로 앉아 있다가 두어 달 출입 금지 먹고 풀렸다.

두 달 동안에는 그 흔한 제사도, 생신도 명절도 없어 시댁에 안 가니 '얼씨구나'해야 할 판에 얼마나 가슴 졸였던지 속이 다 썩어 문드러졌다.

어린아이들은 속도 없이,

"엄마 이번 주엔 왜 할아버지 댁에 안가?"

두 눈 초롱초롱 물었다.

그때 할아버지께서는 매번 한 놈, 한 놈, 용돈을 만 원씩 주셨고 집에 오면 천 원 지폐 두세 장과 교환하던 아이들이었다.

"나 이제 못 나가! 진주를 품었거든……."
조개가 당당히 말했다. 나는 듣지 못했다.

고통은 나누면 나눌수록 눈덩이처럼 아메바처럼 배수로 불어가서 아들의 잘못과 성적은 남편 모르게, 남편의 사업실패는 시댁 모르게, 내 판단착오와 통장잔액은 남편 모르게, 내 가슴속에 작은 알갱이를 만들고 있었다.

나는 그야말로 폐기 처분해야 할 불량 진주조개였다. 가슴속에 불량한 핵을 품고 서서히 다듬어가고 키워가고 있었던 것이다. 스스로 자초한 불행에 그때그때 괴롭고, 내 스스로를 학대하며 한 잔 술에 고통을 담고 상황이 종료될 때까지 압박감에 온몸을 쪼그리고 벽에 붙어 앉아 기다릴 뿐이었다.

구불득고求不得苦가 바로 이것이었다.

구하여도 얻지 못하는 고통이 바로 여기 있었다!

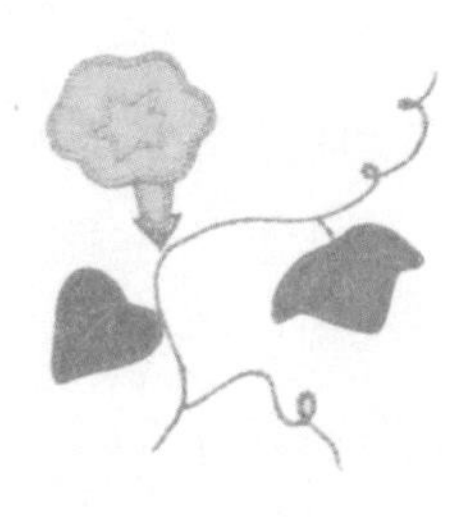

소망, 그리고 탐욕

잘 살고 싶었다.

언젠가 외국영화에서 보았던 귀족들의 성처럼, 프시케의 궁전처럼, 아름다운 집 짓고 도, 레, 미, 노래 부르며 살고 싶었다.

예쁜 아이들 까르륵 소리 들리고, 같이 합창 부르며 그네 태우고, 비록 못난이 피오나 공주 같지만 아라크네가 짜놓은 하늘하늘한 천으로 예쁜 옷 만들어 내 몸매 가리고, 부채로 얼굴 가리우면서 사뿐사뿐 살려고 꿈 꿨었다.

값비싼 도심이 아니어도 좋았다.

충청도 산골도 강원도 끄트머리라도 반듯하고 터만 넓으면 될 일이었다. 마당 넓은 잔디 위에서 잘 차려입은 내 남자와 멋진 스윙하며 모자위에 손 얹고 '내 공은 어디 떨어졌을까' 멀리 찾고 싶었다.

그 꿈은 '점, 점' 더 멀어져가고, 내 마음은 쪼그라들고, 주위사람들은 '점, 점' 더 부자가 되어가고 있었다. 태연한 척 아닌 척 해도 그들이 부러웠다.

"아 배 아파 속이 쓰리네. 누가 땅 샀나봐?"
진주가 눈을 찌푸렸다.
"너보다 내 배가 더 아파. 맹장이 터질 것 같아!"

어쩔 수 없었다.
모든 게 끝이었다.
오음성고五陰盛苦에 더하여 돈 욕심도 끝이었다.
산다는 것 모두가 괴로움이었다.
잘난 척도, 내 건강도, 시댁에서 신임도, 내 남자 새로운 사업도, 내 남자 모르는 펀드와 주식도, 심지어는 아이들 성적까지도 끝장이었다.
멈출 수밖에 없었다.
아무것도 모르는 어리석은 여자는 나라가 허락해 준 거대하고 미친 금융도박판에 끼어들었다가 세계경제와 테러까지 걱정하며 금융위기로 죽어가고픈 심정이 되었다. 살면 살수록, 살아온 세월의 무게가 뭉쳐진 수은덩이가 되어 나를 짓누르고 있었다.

"아파! 아파!"

내 인생에 위험하지 않은 일은 없었다. 더욱이나 그것이 탐욕의 실체일 때는…….

내가 탐욕을 부렸는가?

아니다.

탐욕의 정의는 지나친 소망이랬다.

지나친…… 지나친…….

내가 얼마나 지나친 행동을 했던가? 내 탐욕 때문에 도둑질을 했나? 사기를 쳤나? 남을 해치기를 했던가? 단지 불우한 이웃을, 형편 어려운 친척들을 모른 척 했을 뿐이고 나중에 여유로워지면 그때 더 많이 도와주려고 했는데…….

작은 걸 탐하며 산 게 그리 큰 잘못인가?

삼십 년 노랑이 짓하며 모은 돈 다 들어먹고 술 마시며 울며 남편 앞에서 '나는 그저 남보다 조금 더 부자로 살고 싶었을 뿐이고, 조금 더 가지고 싶었을 뿐'이라고 하소연 했다. 확실한 미래를 보장받고 싶었고 조금쯤은 즐기고 싶었고, 먼 훗날에는 봉사활동도 하고 불우이웃도 도울 작정이었다고 고백했다.

희망이 넘쳐 소망이 되고, 소망이 지나쳐서 탐욕쯤은 됐어도, "그리 크게 잘못하진 않았노라"고 훌쩍이며 자백하니, 이미 엎질러진 물인지 총기 있게 알아차린 자린고비 내 남자가 "괜찮아! 내가 더 많이 벌어다 줄께!" 하며 등까지 토닥여 줬다.

하긴 내 남자는 평생 버는 족족 날려먹었으니까…….

일생 노랑이 남편인데도 그 말에 감동 먹어 술상 거하게 차려 같이 술 먹고 우리는 다시 미래를 공유하며 또 여기 저기 기웃대며 기울어 가고 있었다.

몸무게 늘리며 수라상 차려 며칠 수발 잘 들어줬더니 사업하는 내 남자, 또 귀신처럼 앞질러 금융위기에 휩쓸려 나보다 더 많이 날려 먹었다. 미쳐 버릴 것 같았다.

미웠다. 소크라테스의 악처나 베토벤의 악처로 변하고 싶었다.

악처가 남편 바꾸고 싶으면 과부차인 오토바이 사준다는데, 남편은 바꾸고 싶진 않았지만 돌아다니며 일 못 저지르게 '할리 데이비슨이나 한 대 뽑아줄까?' 고민했다. 할리 데이비슨이란 오토바이는 크고 튼튼해서 넘어져도 별로 위험하지는 않고 조금만 다칠 것 같았다.

먹고 있는 밥그릇도 숟가락도 뺏고 싶었다. 구멍 난 팬티도 그냥 입히고 구멍 난 양말도 그냥 줬다.

내 가슴도 구멍이 송송 뚫려 쓰라리고 아팠다.

아이는 커 가고 돈은 줄어가고 남의 아파트는 다락같이 올라가고 내 집은 낡아가고 있었다. 한참을 미워하고 눈 흘기다가 마침내 '이혼하자'며 죽자고 덤볐다. 집 팔아 반 나눠 갖자고 매일 밤 등 돌리고 잤다.

처음에는,

"그래. 너 다 가져라."

통 큰 남자 흉내 내더니 진짜인 것 같아 보이자,

"집 살 때 니가 한 일이 뭐 있다고 집을 반이나 줘? 돈 한 푼 벌어 봤어? 못 하나 박아 봤어? 나가려면 맨 손 쥐고 그냥 나가!"

본색을 드러내며 치사하게 억장을 질렀다. 이혼 안하려고 억지 소리했다고 나중에 변명했지만 진심인지 아닌지 내가 어찌 믿겠는가?

툭 하면 알량한 집 팔아 반 나누자 소리 입에 달고 살아 그런지 드디어 집이 깜짝 놀라 흔들거리는 소리를 냈다.

"어지러워! 그리고 추워!"

진주가 엄살을 떨고 있었다.

"애야! 나는 더 춥고 더 어지럽고 그리고 쓸쓸하단다."

그 잘난 아파트도 아닌 이십 년도 더 지난 허름한 집을 싸게 팔면 몰라도, 땅값 밖에 집값은 누가 쳐 주지도 않는다. 우리 집은 걸핏하면 "팔아 반 나누자" 소리에 놀라 구멍까지 숭숭 뚫려 겨울에는 더욱 시원해졌다.

돈은 그렇게 소중하고 사랑스러웠다. 많이만 준다면 남편과도 바꿀 수 있을 것 같았다. 그래도 아이들은 아니었다. 거기까지는 안 가 봤다.

그건 내 남편도 마찬가질 테니까 피장파장이다.

누가 돈이나 주긴 주겠나? 어디 써 먹을 데도 없는 중년 늙은이들인데. 멍텅구리 새우 잡이 배도, 흑산도 주점에서도 안 잡아갈 나이가 다됐다. 한참 이혼 운운했지만 이 나이에 혼자 살 일도 막막하긴 했다.

천성이 게을러 집안일도 제대로 못하는 내가 어디서 무얼 해 먹고 살 것인가? 재주가 있길 한가? 미모가 빼어나니 룸살롱의 호스티스를 할 수 있나? 목소리가 아름다워 노래방 도우미를 하겠나? 동네가 부자동네이니 인형눈알 붙일 데도 없고 기울어가는 사업 붙잡고 있는 내 남자, 떠나는 여자 뭐가 예뻐 돈이나 제대로 챙겨주길 하겠나.

어영부영 화해하고 주저앉았다.

평생 내가 한 일 가운데 제일 잘한 것 중에 하나다. 그 사건 후, 2년도 안 되어 암 선고 받았으니까…….

수술 후에 처연하기도 하고 어리광도 좀 나고 해서 남편에게 콧소리까지 섞어 물어봤다.

"그때에 만약 우리가 이혼했으면 지금 당신이 나 찾아왔을까, 성균."

"내가 미쳤냐? 그때 이혼했으면 웬 횡재냐 그러지! 왜 돌아와? 개똥 밟으러?"

무식한 내 남자…….

돈에 홀리면 간도 쓸개도 떼어 줄 것처럼 덤비는 치사한 남자는 이미 쓸개도 없는 남자였다. 오래 전에 담석증에 걸려 수술로 쓸개 떼어 병원에 팔아버렸다. '진심일까? 반반일까?' 의심했지만 그래도 날 찾아와서 다시 합쳐 줬을 것 같다.

금융위기를 우리 부부는 온 몸으로 받았다. 추운겨울이었다. 집은 지레 겁부터 먹고 창틀까지 뒤틀며 덜덜덜 무서워 떨고 있었다. 부모 잘못 만난 우리 아이들은 이 좋은 세상에 실내에서 담요까지 두르고 지냈다. 그 후유증은 지금도 남아있다.

그게 암의 원인이었을까? 불량진주가 좀 더 컸겠지…….

"진주야! 진주조개야! 내 말이 맞긴 한 거니?"

"그래 네가 다 옳아, 너는 나름대로 삶에 충실했어. 비록 방법이 틀렸지만."

상념은 꼬리를 물고 후회는 가슴을 후빈다.

모든 일이 마음먹기에 달렸건만 아무리 일체유심조一切唯心造를 되뇌어도 'everything depends on the mind'라고 중얼거려도 내 마음은 허공을 둥둥 떠 다녔다.

어린 여자아이

나는 참 외로운 여자 아이였다.

그 시절 배운 부모님 덕에 깔끔하게 머리 묶고 예쁜 핀 꼽고 피아노도 배우고 과외하며 자랐었다. 그러나 평생 열 손가락 꼽을 만큼의 친구밖에 가지지 못했고, 또 그 만큼 인색하여 평생을 아끼고 조바심 내며 살았다.

엄마가 욕심쟁이고 부지런하고 멋쟁이여서 예쁜 원피스에 구두 신고 정교한 유리소꿉놀이와 커다란 인형을 가지고 있었지만 친구들이 따돌려서 우울하고 조금은 슬펐다.

혼자 잘 놀고 잘난 척하며 애들을 무시하면서도 은근히 부러워 했다. 그 당시 명동 코스모스 백화점에서 산 지갑처럼 생긴 바둑

판 무늬의 가죽 필통과, 미제 색연필과, 일제 잠자리 연필을 열심히 챙겼다.

솜씨 좋은 엄마는 전주시 소문난 지주 막내딸이었고, 아버지는 전주시보다 더 시골인, 완주군 시골 읍의 땟거리도 없는, 가난한 개천에서 태어난 막내 이무기셨다.

고조할아버지가 어느 척박한 시골현감을 끝으로 벼슬길이 마지막이었다는 지독히 가난하고 몰락해가는 이름만 양반이신, 게으르지만 머리는 기막히게 좋으셨다는 아버지는 논 한마지기 밭 한 뙈기 없이 형이 공부시켜주어 영어도 독일어도 잘하셨다고 한다. 당연히 일어도 하셨으니 우리 말까지 합하면 4개 국어를 하신 셈이다.

고등학교 시절 나에게 성문종합영어를 들이대며 질리게 하셨으니 사실인 것 같다. 하지만 종합영어가 처음이자 마지막인 자녀 교육이셨을 뿐 고등교육을 받았던 아버지는 자녀교육에는 무관심이셨다.

대학 때는 내가 몇 학년인지 한 번 묻기도 하셨다. 중 고등학교 삼 년씩 다니다가 사 년을 다니며 돈만 타가고 맨 날 노는 것처럼 보이니 '저 아이가 왜 아직도 학생인가?' 궁금 하셨나보다.

애면글면 엄마가 알아서 과외 시키고 혼내키고 때리곤 하셨다.

아버지는 딸인 나를 딱 한 번 밥풀 하나 안 붙은 밥숟가락으로 머리통을 때리셨는데, 얼마나 야무지게 내려 치셨는지 지금도 그 자리가 조금 들어가고 머리가 나빠졌다.

그때 아버지의 아동폭력으로 원래 시골에서 전교 1, 2등 하던 애가 중학교 들어가자 귀와 뇌에 이상이 생겨 수업시간만 되면 아무 소리도 안 들리고 '멍' 하니 공상 속으로 빠져 들어가는 이상한 병이 나버렸다. 그래서 대통령이 뺑뺑이 돌리기로 안 바꿔 줬으면 고등학교도 못 갈 뻔 했다.

내가 듣고 싶은 소리는 아주 잘 들리는데, 수업시간이나 관심 없는 소리는 저절로 귀가 닫혀 아무소리도 안 들리고, 다른 소리로 바뀌어 버리는, 희귀한 병에 걸렸는데 내가 알아본 바로는 전 세계에 단 세 명만이 이 병에 걸려 약도 없단다. 나와, 내 아들과, 그리고 또 내 아들…….

나는 국민학교 6학년 실력으로 대학도 들어가고 지금까지도 버티고 산다. 그 희한한 아동폭력사건의 발단은 5학년 때인가, 6학년 때인가 확실치 않지만 트로트 메들리 때문이었다.

'동백 아가씨'와 '노란 셔츠 입은 말 없는 사나이'에 홀딱 반해 있던 나는 늦은 저녁 아버지 밥상머리에서 메들리로 노래를 불러 젖혔다.

그 시절 아버지 밥상은 항상 독상이었고 우리들 밥상보다 찬이 훨씬 정갈하고 먹음직스러웠다. 우리들은 그냥 기름도 소금도 없이 구워진 맨 김을 두 장씩 배급 받고, 아버지 밥상에는 기름 발라 정갈하게 구워져 네모반듯한 김이 접시위에 올려 졌다.

이 노래 저 노래에 아버지께서 오랜만에 빙그레 웃으시니 나는 신이 나서 다음으로 넘어갔다. 콧소리를 내며,

“놀다 가세요.〉 자고 가세요.〉 하루 저녁에 삼백오십 원.〉 오십 원은 고데에 값이요.〉 삼백 원은 하루 비로다.”

불이 뻔쩍했다. 후렴까지 갈 수도 없었다.

“이 집안 말아 먹을 놈의 지지배!”

아버지의 호통 속에서도 나는 눈물 줄줄 흘리며 노래를 흥얼거렸다.

“얼씨구, 절씨구, 차차차! 지화자 좋구나. 차차차!”

큰 눈에 불을 켜신 아버지,

“당장 나가거라. 못된 년!”

아버지는 키가 작지만 호상이셨고 목청도 크셨다. 영문도 모른 채 쫓겨난 나는 내 방에 가서 이불 뒤집어쓰고 울면서도 오기로,

“때는 좋다. 이내 청춘, 아니 노지는 못하리라. 차차차.”

노래를 끝냈다.

아버지께 맞은 기억은 그것 하나밖에 없다. 그때 안 맞았으면 변호사가 돼 있을까? 아니면 의사? 국회의원? 누구처럼 여성최초 법무장관은 따 논 당상인데. 아버지는 숟가락 하나 땜에 엄청난 손해를 보셨다.

내가 잘됐으면 용돈도 듬뿍듬뿍 드리곤 했을 텐데 그 숟가락에 맞은 후유증 탓인지 머리통 앞쪽이 지금도 조금 파이고 뒤통수도 촌스럽게 납작해졌다. 물론 아이큐도 확 낮아졌다.

머리 좋으시고 유토피아를 꿈꾸며 마르크스 레닌에 심취하셨다던 아버지는 그 시절, 그 좋은 머리로 공부하여 독일 외교관이나

되어볼까? 아니면 러시아에 가서 무역이나 해볼까? 생각하며 백계 노인도 만나며 지상낙원에서 살 꿈을 꾸셨다고 했다.

고등보통학교 시절 바이올린 켜고 기타도 잘 치시고 영시집을 줄줄 외우시던 분이셨다는데 바이올린이고 영시집이고 간에 나는 못 봤으니 확인할 길은 없다. 이태백의 낚시 바늘과 당시선을 논하시고, 유비보다는 조조를 더 인물이라고 우기시며, 술 드시면 제갈공명은 순 날사기꾼 취급하시고, 애드가 앨런 포우의 애너벨 리와 엘리엇의 황무지를 논하시던 아버지.

그 분은 물 말라가는 개천에서 숨 막혀 기를 쓰시다가 이무기가 답답하고 싫어서, 용이 되어보려고 큰아버지와 좌익에 가담해서 '드디어 소원 성취 하겠구나!, 독일이 좋을까? 러시아가 좋을까?' 환상 속에 기다리셨단다.

며칠 완장 차고 고위 공무원 하시며 유토피아 꿈꾸다 깨시니 하룻밤 사이 나라가 바뀌어 버렸고 판단 빠른 큰아버지는 월북하시고 게으른 당신은 따라가지도 못하고 할 수 없이 방바닥 뚫고 숨어서 대소변 받아가며 천재적인 머리 다 썩히며, 국군이 무서워 떨고 계셨단다. 나중에는 동서기, 면서기, 말단 공무원도 한 번 못 해보고 장사꾼, 혹은 농사꾼 비슷하게 한을 품고 사셨다.

그 시절 우리 아버지는 연좌제란 죄목에 걸려 이사만 해도 무슨 범죄자 집단인 양 경찰이 찾아와 조사를 하곤 하니 나중에는 이사도 안하고 그 집에서 아들 딸 분가시키고 거기서 운명하셨다. 때때로 열등감에 엄마를 들볶긴 하셨지만 우리 어린 시절 축음기에 선

풍기, 카메라까지 사들여 우리남매들 자라는 모습 고스란히 남겨 놓으셨다. 사진이야 아버지가 엄마의 성화에 찍었겠지만 그 덕분에 우리들은 남보다 풍성한 유년기 추억을 고이 간직할 수 있었다.

처녀 적에 전주에서 처음으로 구두를 맞추어 신고 다니셨다는 신여성이셨던 내 엄마, 국민학교에 입학한 딸을 위해 예쁜 이불을 만들어 입학선물로 주신 엄마는 욕심 때문에 자신을, 자식을 들볶았지만 그래도 전주시내의 유명한 현모양처이셨다.

엄마는 여학교에 다니시며 수도 잘 놓았고 옷본도 가지고 있어서 예쁜 원피스도 레이스 달아서 척척 만들어 우리 자매 곱게 입혀 키우셨다. 일제고사 시험날이면 연필 정갈하게 깎고 지우개 챙겨 학교까지 바래다주시며, "시험 잘 보라"고 알사탕 하나를 입에 넣어주고 집으로 돌아가시곤 했다.

일 년에 한 번씩 못생긴 딸들 화장까지 시켜서 예쁜 옷 입히시고 사진을 찍어서 사진첩에 곱게 보관하셨다.

내가 국민학교에 입학하자 딸을 위해서 두꺼운 파랑 천에, 노란 커다란 해바라기를 수놓아 이름까지 박아 신발주머니를 만들어주셨다. 내 신발주머니는 단박에 모든 이들의 눈에 띄었고 어린 나는 문구점에서 파는 비닐로 조악하게 만들어진 신발주머니가 부러워 신발주머니를 책가방 안쪽으로 숨기곤 했다.

국민학교 입학선물인 이불은 동화 같은 이야기가 아롱진 조각그림이 수 놓여 있었고, 늦은 밤 술 드시며 안 들어오시는 아버지를 기다리시며, 엄마는 하나하나 그림을 집어가며 동화를 꾸며서 우리들에게 들려 주셨다.

엄마는 아들을 더 귀하게 여기셨지만 딸도 귀하게 여기셨다.

그때 그 시절이 그리워, 엄마 돌아가시고 장 정리할 때, 다 낡은 동화 같은 그 이불 들고 왔다. 나중에 손녀 보면 옆에 끼고 오손 도손 얘기해 주고 싶었다. 그래서 침대도 널찍한 걸로 새로 샀었는데…….

남편과 둘이 가운데 손녀 누이고 그 이불 덮어 부채질 해주며 옛날 이야기해 주고 싶었는데……. 아! 아! 언제 그 이불 꺼내 덮어줄 손녀 볼 수 있을 꺼나. 내 아들은 아직 학생인데…….

누구를 붙잡고 말할까?

날 좀 봐 달라고, 살려 달라고. 내 아이는 아직 어리다고, 아직은 내가 필요하다고.

누구를 붙잡고 하소연 할까?

남편도 내가 필요하다고, 아직 세탁기도 못 돌린다고. 여름, 겨울 이불 구분도 못 한다고…….

누구를 붙잡고 애원할까?

그들은 아무 잘못도 없는데 왜 쓸쓸한 날들을 살아야 하냐고…….

"진주야! 조개야! 뭐하니?"

"나도 슬퍼. 내 부모님도 아오지 탄광에 끌려 가셨거든."

진주도 덩달아 우울하다.

금쪽같은 내 새끼

나는 이제 탄식 없이는 그 이불을 볼 수가 없다.

아직 어린 아들도 목 메이지 않고 그 이름을 부를 수가 없다.

"불쌍하고 가여운 내 새끼. 우리 아들. 금쪽같은 내 새끼."

내 새끼를 보면 왜 허허벌판에 헐벗고 굶주리게 버려둔 것 같이 안타깝고 죄스러운 마음이 드는 걸까? 왜 내가 줬던 아픈 상처, 아픈 기억들만 생각이 날까?

왜 나는 엄마라는 명분 아래 그 아이들을 학대 했을까? 아! 아! 나는 왜 아이들에게 상처주고 때리기까지 했을까?

문둥병환자가 문드러진 자식을 보는 것처럼 못난 어미는 못난 자식을 보며,

"나는 평생을 죽을 때까지, 죽어서도 다시 태어나더라도, 너희들을, 사랑한다고, 아픈 기억일랑 다 잊으라."
고 벽에 기대어 앉아 하염없이 울었다.
"우수한 머리도 몸매도 성격도 주지 못해서 미안해, 아가야! 더 좋은 부모 더 잘난 부모 만났으면 좋았을 걸, 욕심만 많아서 평생 들볶고 상처만 입혀서 미안해! 그냥 평생 엄마 탓하며 원망해도 좋아! 공부 못하는 것도 엄마 탓, 키 작은 것도 엄마 탓, 뚱뚱한 것도, 노력 못하는 것도, 다 엄마 탓이야. 미안해! 아가야! 내 아들아! 아빠를 닮았으면 좋았을 걸……. 그렇게 만든 것도 엄마 실수. 쉿!"
누구에게 물어 볼까? 누가 알려 줄까?
나는 항상 그 사람이고 그 자리에 가만히 있는데 세상이 날 버려두지 않는다고…….
난 항상 그 자리에 서 있었다. 이 세상은 소용돌이치며 변해 가는데 아무것도 모르는 나는 그 속에서 항상 어지럽고 두려웠다.
이 세상에 나만 모르는 거대한 음모가 숨어 있는 건 아닐까?
이제 내가 죽으면 저들은 좋은 약 개발하여 오래오래 불사조가 되어 살 건가? 나는 죽고 저는 살겠으니 영생을 누릴 건가! 항상 소외되고 잊혀진 여인이 되어 서럽고 초라했다.
'이 세상은 왜 이렇게 나에게 가혹할까?'
작은 것을 탐하며 산 게 그리 잘못이었나?
'지옥이 달리 지옥이겠는가?'

절망의 끝에 다다르면 그곳이 지옥이거늘 나는 왜 늘 패자이어야 하고 왜 불안해 해야 하는가? 나는 왜 이 미친 세상 속에 뛰어들어 흔들리고 있는가?

프로메테우스처럼 불을 훔치지도 않았건만 매일매일 독수리는 내 가슴을 쪼아대어 나는 가슴을 부여잡고 신음했다.

"여호와여! 원컨대 저를 구원하시고 내게 복을 주시어 날 평안케 하시고 이 지옥에서 날 건지소서! 주신자도 여호와시고 취하신자도 여호와시오니 날 구하소서!"

핑계가 없어 못 울지 매일 울 일 천지였다.

나는 수술을 했고 진주조개는 못생긴 진주를 잃어버리고 말았다.

"다시는, 다시는 진주를 품지 말아라. 조개야!"

나는 애원하고 진주는 한탄하고 있었다.

"인간은 참 잔혹하구나. 정말 너무 하는구나. 공기 좋은데 가면 같이 살 수도 있는데."

나는 내 가슴을 쓰다듬으며 자그맣게 한숨을 내 쉬며 또 울었다. 욥이 생일을 저주함같이 나도 태어남을, 몸의 암 덩어리를 저주하며,

"죄 없는 자가 어디 있는가? 인간은 모두 원죄를 쓰고 태어났다는데 왜 나만 병들었나?"

울부짖었다.

세상이 원망스러웠다. 그래서 '나의 분함과 억울함을 달아보며 나의 재앙을 저울에 달 수 있으면 바다 모래보다도 무거울 것이라.' 중얼거리면서도 한편으로는 나의 생각과 행위가 경솔하였구나, 싶어 하늘이 두렵기도 했다. 그야말로 삶과 죽음을 오가며 이율배반적인 삶을 살고 있었던 것이다.

울고 먹고 자고 드레싱하고 일주일 만에 옆구리에 수류탄같이 생긴 피 주머니차고 퇴원하니 '감개무량이 이런 거구나!' 싶었다.

쑥스럽게 아침저녁 아들, 남편 문안인사에, 삼시 세 끼 수라상에, 약사발까지 이제 상처만 아물면 감쪽같을 것 같았다.

완전 절제도 아니니 수건으로 슬쩍 가리면 목욕탕에서도 잘 모를 거고 두어 달 후에 미국에서 돌아왔노라고 밥 한 끼 사고 이제 옛날로 돌아가면 그만이었다.

잠적 두 달도 안 돼 스물스물 두고 온 세상이 그리워지기 시작했다. 얼른얼른 치료하자. 맘이 급해지고 다시 희망이 생기기 시작했다. 조금씩 세상 속으로 들어가고 싶었다.

그냥 잘 살 것이라, 믿고 싶었다.

"그 동안은 참 행복했었구나! 이제 이 세상 전부를 사랑하며 살자. 감사하며 살자."

다짐하고 감사도 했다. 사랑받기보다는 사랑하고 싶었다. 기도하고 싶었다.

"여호와여! 하나님은 우리의 피난처이시오, 힘이시니 환난 중에서도 큰 도움이시라. 그러므로 땅이 변하든지 산이 흔들려 바다가 운데 빠지든지 바닷물이 흉흉하고 뛰놀든지 그것이 넘침으로 산이 요동할지라도 우리는 두려워 아니하리로다."

착해지면 내 목숨도 하나님께서 조금은 연장해 주시겠지…… 십 년, 이십 년, 아니 거기에 오 년만 더…… 감히 생명을 별거 아니라고 잘난 척 하던 건방진 여자는 한 방에 나가 떨어져 겸손해지고 비굴하기까지 했다.

'항암치료 한 오 년만 하면 된다니까 십 년은 너끈히 살겠지.'

'그 다음엔 또 어떻게 되겠지.'

어차피 내 팔 내 흔들고 지 팔 지 흔드는 인생인데 나 혼자 지고 가야하는 평생의 업을 떠안았구나! 갑자기 달관 하듯이 나는 중얼거렸다.

"내일 일은 내일 생각하자. 내일은 내일의 태양이 뜨겠지."

작고 통통하고 못생긴 여자는 세상에서 제일 예쁘다는 비비안 리인 것처럼, 아니 스카렛 오하라처럼 엄숙하고 비장하게 그 무섭다는 '공포의 항암'을 하러 겁도 없이 병원에 들어섰다…….

2부

·

할망! 그 무서운 노래

항암 병동

항암!

그 단어의 무서운 고통을 누가 알까?

그 진하고 빨간약의 공포를 누가 알까?

빨간 색만 보아도 속이 울렁거리고 주황색 음료도 마시지 못하는, 그런 사람들의 고통을 경험해보지 못한 사람은 상상도 할 수 없다. 항암환자들은 매일 달력을 바라보며 항암주사를 기다리고 두려워하며 삼 주에 한 번씩 목숨 걸고 항암주사실로 향한다.

나 역시도 반 년 이상을 그렇게 살았다.

항암 당일은 아침 일찍 집을 나서야 한다. 지방에서는 미리 하루 전에 서울로 올라와 대기하기도 한다.

아침을 굶고 채혈을 해야 하니 일찍 가서 피 뽑아주는 게 상책이다. 채혈실에 들러 빈속에 피를 한 잔 뽑아주고 꾸역꾸역 밥을 먹는다. 살겠다고, 살아보자고 시커멓게 죽은 얼굴과 손톱을 가지고 채식을 하고 백혈구 수치를 확인한다. 그래야 의사 면담하고 항암주사 맞고 할 수 있다.

맨 처음 항암이니 백혈구 걱정 없고 고혈압 당뇨 이상 없으니 됐지만 피는 여러 병 많이도 뽑는다. 아프고부터는 별 게 다 아깝다.

"아. 내 피. 아까운 내 피."

흡사 드라큘라라도 된 양 입맛도 다셔보고 스적스적 병동으로 향한다.

기나긴 하루를 위해 밥은 꼭 챙겨먹는다. 철들어 세 끼 꼬박꼬박 챙기긴 처음인 것 같다. 두어 시간 후 의사 면담하고 몸무게, 키 측정하는데 이건 항암제 제조상 필수란다. 평생 나도 잘 모르는 비밀이었던 몸무게와 키가 소수점 이하까지 정확히 찍혀 나온다. 병원에서는 키를 반올림 할 수가 없다. 몸무게도 소수점 이하를 버릴 수가 없다

그리고 또 기다린다.

항암제는 신선해야 하니까 그때그때 약제실에서 바로 바로 조제해서 올라온다니 하염없이 기다린다. 기다리다 또 김밥이라도 사서 우적우적 씹어 먹는다. 긴 하루를 보내기 위해선 어쩔 수 없다.

항암주사실에 들어가면 아는 얼굴이 여럿 있다. 병동에서 자주 마주치지만 항암주사는 대부분 삼 주 간격이니 아는 얼굴이 많은

것이다. 반갑다. 혼자가 아니라는 생각에 위로 받고, 상대편의 어린 나이가 조금은 위안감을 준다.

모든 암은 나이가 젊을수록 예후가 좋지 않다. 내 나이는 평균치보다 어느 정도 많다. 어린 나이보다는 생존확률이 조금이라도 높아지는 셈이다. 그것조차도 위안이 되어 어린 사람 앞에서 우쭐해진다.

목숨 앞에서는 그렇게 치사해진다. 어떠한 수단과 방법을 통해서라도 더 살고 싶다는 본능적 욕심의 추함과 비루함, 오로지 동물적 본능만 남아 있다.

아무리 암의 홍수시대에 살고 있다고 하지만 비를 피해가면 쾌청하게 맑은 날이고 빗속에 있으면 홀딱 젖어버리고 마는 법이다. 나는 이미 홍수에 휩쓸려 떠내려가는 불행한 중년 여인네였다. 암이 홍수가 되어 쏟아진다고 고통이 희석되지는 않는다. 남의 눈에 박힌 들보보다 내 손의 가시가 더 아픈 법이다.

항암주사실에는 정말 많고 다양한 환자들이 손과 발에 링거를 꼽고 그야말로 표본실의 청개구리처럼 아니 흰개구리처럼 시트 덮고 누워있다.

나도 침대 하나를 배정받고 길게 호흡하고 팔목에 팔찌 하나를 얻어 건다. 흰 팔찌에는 내 이름과 분류번호가 찍혀있다.

〈C 509.〉 C는 Cancer, 캔서다. 즉 암이란 소리다.

죽음과도 같은 공포가 엄습하고 속이 울렁거린다. 긴장이 머리끝에서 발끝으로 훑어 내린다. 심박동수가 오르락내리락 거리며 혈압이 순식간에 백에서 백오십을 넘나든다.

항히스타민제 오십 알을 한꺼번에 먹고 삼십 분을 또 기다린다. 세상에 오십 알이라니 다섯 알도 아니고…… 이걸 한 알로 만드는 재주도 없나. 바보 같으니……. 중얼거리며 먹고, 먹고 또 먹으니 또 준다. 진정제라나 진통제라나, 또 먹는다.

드디어 시작이다. 말로만 듣던 공포의 항암, 얼른 얼른 해치우자. 얼굴은 겁에 질려 있지만 애써 태연한 척 팔을 내밀어준다. 조심스레 팔을 찌르는 간호사가 예쁘게 말한다.

“아프거나 조금만 부어도 바로 말씀하세요. 약이 독해서 한 방울만 새어도 그 자리가 타버려 괴사가 되요.”

“으악, 살려주세요! 제발 살려주세요.”

진주 뺏긴 진주가 애처롭다.

“그러게 왜 내 안에 들어왔니? 나도 괴로워!”

이 빨간 항암제는 이차대전 중 독 가스로 사용하려고 개발한 물질이었단다. 즉 적군을 사살하려고 만들다가 우연히 개발되었다는 소리다.

암세포 잡으려다 사람 잡게 생겼다. 자그마한 암세포 때문에 온몸에 독을 쏟아 붇는 격이니 빈대 한 마리 잡으려고 초가삼간 불태우고 있는 격이다. 운 없는 나에게 닥치는 일은 매양 그 모양이다.

이름 하여 〈염산 독소루비신〉 이름도 무섭다.

괴사소리에 움직이지도 못하고 빨간 어린이 감기약같이 생긴 것 한 병 다 맞고, 흰 약 한 병을 또 맞고, 또 수액 맞고, 또 다른 약 걸고도 암말 안하고 얌전히 있었더니,

"이제 다 돼 가요. 힘드시죠?"

간호사가 안쓰러운 듯 웃으며 묻는다.

"아니 힘 하나도 안 들어요. 많이 놔 주세요. 맞는 김에 확 나아 버리게 많이 놔 주세요."

천연덕스럽게 바보 같은 소리를, 오십 넘은 여자가 열 살도 안 된 어린 소녀처럼 애기했다.

항암주사를 맞으면 온 몸에 식은 땀이 흐르고 온 몸의 세포가 발악을 하며 지쳐 쓰러질 지경에 이른다. 그래도 다들 열심히 물을 마셔댄다. 몸에 좋다니까 맹꽁이배가 되어도 물을 마신다.

"얼마나…… 얼마나 더 살 수 있을까?"

일체유위법一切有爲法이 여몽환포영如夢幻砲影이며 여로역여전如露亦如電이고! 몸이나 생명이나 항체 있는 모든 것은 꿈 같고 환상 같고 물거품 같고 그림자와 같으며 이슬과 같고 또한 번갯불과 같은 것이니, 응작여시관應作如是觀이라! 이를 잘 관찰하여 사는 지혜가 필요하다.

뛰어넘을 수 없는 장애물이면 밑으로 기어가자. 아니면 돌아가면 되리라.

넘실대는 죽음

죽음의 그림자는 항암주사실 구석구석 드리워져 있었다. 그래도 항암 주사실에서는 편하다. 삶과 죽음이 넘나들고 저승사자가 유령처럼 스쳐도, 가발도 모자도 다 벗어버려도, 아무도 안 바라보니 편하다. 그저 자신의 병에 자신의 앞날이 걱정이지 남의 병에는 관심이 없다.

오후 6시가 되니 스피커에서 기도소리가 들린다.

"주여! 주님께 애원하는 저희 기도를 들으시어 이 모든 환우들의 건강을 허락하시고, 주님의 손으로 일으키시고 주님의 팔로 감싸주시고, 주님의 힘으로 굳세게 하시어 더욱 힘차게 살아가게 하소서. 원하옵건대 이 환우들에게 건강을 도로 주소서……."

긴장하고 얼어있던 나는 전신에 포근한 느낌이 들며 눈물이 왈칵 솟는다.

"주여! 저를 잊지 마소서. 주여! 나를 버리지 마소서. 나의 하나님이시여! 여호와여! 나를 멀리하지 마소서. 여호와여! 나를 용서하사 내가 떠나 없어지기 전에 나의 건강을 회복시키소서."

병상에 누워 다윗처럼, 돌아온 탕자처럼 울었다.

암에 걸려 놀란 난 갑자기 착한 사마리안이 된 것처럼 가난하거나 병든 나이 어린새댁이나 암세포에 붙잡힌 사람을 보면 진심으로 마음 아팠고 안타까웠다.

그 지겨운 하루가 끝나고 어둑하고 텅 빈 병원 화장실에 앉아 힘주어 소변을 보니 환타 오렌지가 한 병 가량 나오는데 냄새가 영 고약하다. 그 뒤로 일 년 넘게 아니 지금도 빨간색 공포주문에 걸려 그 비싸게 주고 산 빨간 비타민 에센스도 다 버렸다.

누군가 빨간 망토 입고 지팡이 들고 나를 향해 "아드리아—마이시인" 혹은 "싸이—토옥신"이라고 주문을 외우면 나는 꼼짝없이 뒤로 벌러덩 넘어가서 경련을 일으키고 토하며 온몸에 발진까지 돋는다.

호그와트에서 해리포터와 그 친구들이 오기 전에는 일주일 이상 그 마법 안에서 풀려날 길이 없다.

"마법학교에 등록을 해. 호그와트에서 수시 모집도 한대."

지친 나에게 진주가 가만가만 속삭인다.

"너는 기운도 좋구나! 진주야."

저녁에 가까운 거리인데도 차를 가지고 나를 모시러 온 남편과 함께 추어탕이 몸에 좋다고 해서 두 그릇 시켜 남편만 몸보신 했다. 암 선고에, 나는 남 보기 부끄럽게 더 살이 찌고 내 남자는 옆에서 보기에도 안쓰럽게 혼자 더 말라가고 있었다.

항암에 좋다는 추어탕을 한 순갈 먹으니 영 먹을 수가 없어 그냥 멀겋게 국물만 두어 번 뜨다 말았다. 새삼스럽게 암이라는 사실이 피부에 와 닿으며 목이 메었다.

약이 구메구메 한 보따리였고 그동안 더 쪼그라진 남편은 생수도 못 믿는다니까 펄펄 끓인 물 식혀 안 보이는 눈 찌푸려가며 약봉지 뜯어 내 손에 컵이랑 약이랑 쥐어준다.

전에는 아무리 내가 옆에서 끙끙 아파도,

"지 몸 지가 더 잘 알지, 내가 약사에게 뭐라 설명해?"

그러던 남자다.

"아이고! 별 일이야. 나도 손 있어."

하면서 또 슬펐다.

만날 내 말 안 듣고 남의 말만 잘 들어 남의 편이 되어버린 남자가 서서히 내 편으로, 내 남편으로 돌아오고 있었다. 나도 새롭게 그 남자 옆에 찰싹 달라붙어 옆에 있는 '옆편네'가 되어가고 있었다.

남자는 남의 편이라 남편이고 여자는 옆에 있어 '여편네'가 되었단다.

제우스와 황소

약 부작용인지 안정제와 수면제도 잘 듣질 않고 텅 빈 머리로 멍하니 며칠을 보내며 문득문득 무섭고 아프고 서러워서 울었다. 그냥 울어지기도 하는구나, 생각하면서 '아! 그동안 내가 참 잘못 살았었구나!' 라는 생각이 섬광처럼 내 머릿속을 스쳐 갔다.

나는 인색했고 교만했고 모질었으며 내 남편과 아이들에게만 사랑을 아낌없이 베풀었다. 불우한 이웃은 나보다 더 나은 이웃에게 아낌없이 양보하고 불의를 보면 얌전히 참고 지나쳤으며 메마른 심성을 가지고 하루하루 물질만 헤아리며 살았었다.

항상 상대적 열등감과 박탈감에 분노를 느끼며 내가 들인 시간과 노력에 비해 결과가 부족하다고 느꼈다. 결과가 부족함을 느꼈거나 노력이 정당하게 보상받지 못했다고 느꼈으면 그에 대한 명쾌한 해결책은 당연히 더욱 정진하며 노력해야 하는 게 답이었다. 하지만 나는 항상 내 노력에 상대적 박탈감을 느껴 오히려 그에 상응하도록 내 노력과 시간을 줄이고자 애썼다.

매일 매일 바다 위를 떠도는 검불처럼 흔들렸다.

지난 세월 오만하고 약자에게 강하고 강자에게 더 강한 척하고 서슴없는 독설을 퍼부으며 상처 입히면서도,

"나는 솔직하노라."

자랑스레 떠벌리곤 했었다.

교활한 여우처럼 빠져나갈 길과 숨을 길을 알았고, 죽은 척하고 때론 덤비고, 때론 타협을 시도하고 거짓말하며, 항복하고 포기하며 세상을 살았다.

하나님께도, 날 낳고 키워주신 부모님께조차도…….

또 보기와는 달리 신경질적이며 호, 불호가 분명하고 화를 잘 내고 참을성이 적어 나보다 엄청 똑똑하고 잘났다 싶으면 슬며시 참을 줄도 알지만 나보다 못하다 싶으면 가차 없이 무시하고 싫은 소리를 해댔다. 그러던 사람이 갑자기 선해져 전부 다 잘못하고 잘못 산 것 같아서 숨 쉬기조차 황송했다.

"고쳐야지. 반성하고 사랑하자. 모두 다 사랑하자. 죽는 날까지 모두 다 사랑하자."

다짐하고 또 다짐했다.

미워했던 사람들이, 미웠던 감정들이 조금씩 녹아 내렸지만 전

부는 아니었고 욱, 욱 토하면서도 날 모른척한다고, 전화 한 통 없다고, 김치 한 쪽 안 담가 준다고, 서운하고 미운 감정들은 단단히 챙기고 있었다.

내 암 덩어리는 수술 후 석 달도 되지 않아 친척 모두에게 잊혀 가고 있었고 나는 내 존재의 미미함에 퍽 서러워했다.

“나는 파출부였구나! 아니 파출부도 되지 못하는 존재였구나!”

삼십여 년 한 집에 파출부로 살았대도 병 들면 안부 인사라도 챙기는 게 도리이건만 어찌된 영문인지 주변인들은 내 전화번호도 잊어버린 척하고 있었다. 불가사의가 달리 불가사의겠는가? 나는 항암 중에 모든 인간관계의 불가사의를 다 경험하고 아파했다.

누구는 암이 축복이고 행복이라고 하는데 나는 그걸 팔아버리고 싶었다. 아니, 덤이라도 얹어서 남에게 거저 주어 버리고 싶었다.

얼마나 살지, 일 년일지 이 년일지, 혹은 오 년일지 십 년일지도 모르면서 하늘을 우러러 한 점 부끄럼 없기를 기도해도 시원찮을 판에 하늘을 우러르면 천 점 만 점 부끄럽게 내 병을 저주하고 원망했다.

건강한 사람을 시기하고 어느 종교에서는 ‘하늘과 땅이 붙어버린다는데 그 일이 일어나지는 않을까?’ 기대하면서, 아니 그런 일이 일어나면 ‘사랑하는 내 남자들은 어떻게 하나?’ 반성도 하면서 고개 숙이고 땅만 보고, 눈 많고 추운 겨울 이를 갈며 병원엘 다녔다.

이를 갈긴 했어도 집에서 병원까지 매일 눈 속을 헤치며 걸어 다녔다. 걷는 게 건강에 좋다고 하니 조금이라도 건강해질까 평소에

택시 타던 거리를 중환자가 되어 뒤늦게 걸으며 외양간을 고치는 척하고 있었다.

“이제 소만 찾으면 되는데. 그것도 제우스가 변신한 소처럼 크고 아름다운 황소이어야 될 텐데…….”

그러면서 중얼중얼 하얀 눈을 보며 기도 했다.

주기도문과 사도신경을 외우고 또 외우며 행여 꿈이었으면, 꿈으로 바꾸어 주셨으면, 턱도 없는 기도도 해보았다. 여기가 고래의 뱃속인가? 그동안 내가 잘못했으니 회개하고 이제 삼 일만 기다리면 밝은 세상에서 주님을 찬양하며 살 수 있을까? 나도 요나처럼 고래 배 밖으로 나가 볼 수는 있을 건가? 내가 지금 사망의 음침한 골짜기에 있을지라도 해를 두려워하지 않는 것은 주께서 나와 함께 하신 것이라 스스로 용기를 주기도 했다.

‘성모 마리아님은 뭐하실까? 부처님은 혹여 날 살려 주실 건가?’ 내가 아는 신과 종교는 다 기웃거렸다.

늙은 쥐의 겨울잠

몇십 년 만에 처음이라며 눈은 매일 매일 쌓이고 또 쌓였다.

바다 건너에서도 내가 암에 걸렸는지 어찌 알았는지 전 세계가 이상 한파로, 폭설로 또는 폭우로 몸살을 앓고 있었다.

이상 한파와 아무 상관도 없는 나는 더 추워져서 동굴 속의 늙은 쥐처럼 겨울잠만 잤다. 병원과 집만 오가며 외부와 접촉을 끊었다.

약을 먹고 겨우겨우 잠이 들면 암환자답게 꿈은 온통 지저분하게 더럽혀진 수묵화 같았고 비몽사몽간에도 '나는 사형수다'라는 비참한 생각이 끊임없이 날 괴롭혔다.

잠수복 속에 갇혀버린 한 마리 나비가 되어 버린 것 같았다. 그냥 숨을 쉬니까 살고 있었고 항암 도중에 흘러내리는 침을 삼킬 힘조차 없었다. 아니 침이 흘러내려도 느끼지 못하고 있었다. 왼쪽 눈 하나 깜빡이기도 힘에 부쳤다.

『잠수복과 나비』의 장 도미니크 보비처럼 살 수는 없었다. 그 지경에 이르기 전에 내 스스로 내 삶을 정리하고 싶었다.

인생을 살아 내면서 온 몸과 마음이 산산조각 부서져 버리는 바위계곡에 떨어지거나 벼락을 맞을 일은 결코 흔치 않다. 그러나 나는 이미 벼락을 맞았고 바위에 부딪혔으며 몸과 마음이 모래알처럼 흩어져 내리고 있었다.

더 이상의 추한 꼴은 보이고 싶지 않았고 더는 가여워지고 싶지 않았다. 불평과 원망은 행복에 겨운 자의 사치스러운 신음이라고 하지만 나는 행복의 그림자조차 찾을 수 없었고 내 입에서는 사치스러운 신음이 아니라 절망의 신음소리와 아울러 썩어가는 냄새까지 풍겼다.

'사형수의 심정이 이럴까? 어린 송아지 뒤로하고 도살장에 끌려가는 어미 소의 심정이 이럴까?' 사형수는 빌고 빌어 논 팔아 집 팔아 변호사 사서 무기징역으로 감형이라도 될 수 있지만 나는 오갈데 없이 백도 끄나풀도 없어 꼼짝없이 죽어야하는 도살장 어미 소의 심정으로 내 생명의 밧줄을 갉아먹고 시간을 갉아 먹고 있었다. 황금보다 더 귀하고 값비싼 '지금'을 소리 없이 축내고 있었던 것이다.

나야 그렇다 쳐도 남편과 아이들은 무슨 잘못이 있어 앞으로 쓸쓸한 날들을 살아야 하는가? 아들은 나에게 반짝이는 보석이었고 남편은 보배로운 금강석이었다. 나 때문에 그들은 찬란한 광채를 잃어버리고 흙속에 파묻혀 진가를 알 수 없게 될까봐 죄스럽고 미안했다. 그들이 가엽고 안쓰러워 슬프고 눈물이 났다.

쉰도 훌쩍 넘어 예순 줄에 다가서는 내 남자의 뒷모습이 작고 초라해 눈물이 났다. 누구를 붙잡고 말할까? 날 좀 봐 달라고, 누구를 붙잡고 말할까? 내 남자는 아직 내가 꼭 있어야 된다고, 꼭 필요하다고…… 내 아이는 아직 어려 내가 꼭 필요하다고.

나는 이탈리아 쿠마에의 무녀처럼 조롱에 매달려서라도 살고 싶었다. 아폴론에게 청하여 내 아들의 아들 자라는 것 볼 때까지만 살고 싶었다. 한 주먹의 먼지만큼 목숨은 천만에, 젊음을 아니 받아도 괜찮았다.

끊임없이 늙어 쪼그라들어 새 조롱 속에 갇혀 다른 이들의 조롱을 받더라도, 그 속에서라도 내 아들 자라는 것만 보여주면 아무 상관 없노라고, 꿈과 희망은 없어져도, 살아서 아이들 장가 드는 것만큼은 꼭 보겠노라고 애원하고 싶었다.

가능하다면 착하고 순수한 여린 여자 찾아 내 남자도 좀 부탁하고 싶었다. 내 남자는 팔랑 귀보다 더 얇은 습자지 두께 만한 귀를 가졌기에 내 자식들의 장래를 위하여 그 정도의 마무리쯤은 해 놓아야 될 성 싶었다.

"너 하나쯤 없어져도 다 잘 살아. 걱정 하지 마! 이 세상은 다 돌아가게 돼 있어."

진주가 성숙해지고 있었다.

"고지가 바로 저긴데 여기서 그만 둘 수는 없잖니?"

우리 집 강아지는 복실이 요키

싫어하는 강아지가 없어져도 허전해 하는 남편을 보면서 못 생기고 무능하기까지 한 마누라였지만 그래도 '내가 없으면 얼마나 허전해 할까? 내가 없는 빈자리가 얼마만 할까?'하는 생각에 또 아득해 했다.

우리 집에는 칠 년 넘게 같이 살아온 나이 든 개가 한 마리 있었다. 이 년쯤 된 강아지를 얻어왔으니 십 년 정도 살아온 요크셔테리어 순종이었다. 중성화수술까지 당해서 암컷인지 수컷인지 잘 분간도 안 되고 가끔은 발을 들고 소변을 보고 쪼그리고 앉아서도 소변을 보곤 하니 저도 나도 구분이 애매했다.

어쩌다가 대소변 가리기에 실수하면,

"네 요년. 거기가 아니고 여기다. 응?"
하기도 하고,
"너 이놈. 거기는 네 침대가 아니고 내 침대다."
하면서 키웠다.

그 늙은 영감 개는 강아지 행세 하며 귀여운 척하여 사람만 들어오면 발밑을 졸랑졸랑 따라 다녔다. 우리가 밥 먹고 있으면 고기 달라고 조르고 과일도 탐내며, 혼내키면 눈 착 내리깔고 한 구석으로 숨어 삐진 척도 할 줄 알았다.

라면도 자장면도 꼭 나눠줘야지 안 그러면 그놈 발톱에 긁혀 생채기 나고, 심하면 옷자락을 물고 으르렁대기까지 하던 개였다. 침대위도 소파위도 제 마음대로 올라가고 안방, 건너 방, 맘대로 들락거리며 사람처럼 눕고 뒹굴었고 심지어는 목욕탕도 같이 나눠 쓰며 자기가 사람인 줄 착각하며 살고 있었다.

잠 잘 때면 내 옆이나 아들 옆에 날름 올라와 같은 이불을 덮자고 조르고 이불 한 자락 내어달라고 팔을 긁어대며 잠 못 들게 보채곤 했다.

남편은 그런 개를 싫어했다.

개는 마당에 있어야지 집안에서 사람행세 하는 게 아니라고 철저히 강아지를 개 취급하고 있었다. 그러니 우리 집 강아지는 남편만 들어오면 으르렁 대고 짖으며, 남편만 들어오면 싫어했다. 자기보고 짖으니 속 좁은 좁쌀영감 남편은 주인도 못 알아보는 무식한 개라며 더 싫어했다.

항암을 하게 되면 면역력이 떨어지니 애완동물도 있으면 안 된단다.

남편만 빼고 온 가족이 사랑하던, 우리 집 늙은 영감 개는 내 항암 때문에 멀리 귀양을 갔다. 노구를 이끌고 큰 눈망울 불안스럽게 굴리며 겁에 질려 덜덜 떨며 멀리 멀리 물설고 낯선 동생네 집으로 보내졌다.

늙은 개를 보내며, 그 슬픈 눈망울을 보며 나는 또 슬프고 우울했다.

개는 밖에서 남은 음식 찌꺼기나 먹고 집이나 지키는 거라며 강아지를 발로 밀쳐버리곤 하던 남편이, 강아지 귀양 보낸 저녁에 그 녀석이 안 짖으니 뭔가 허전하고 이상하다고 했다. 또…… 슬펐다.

"있을 때 잘 해. 없어지고 나면 꼭 그립고 아쉬워지는 거야."

옹알대는 진주 뺏긴 진주.

"그걸 알면 내가 사람이겠니? 네가 부처고 내가 아만다로구나! 진주야."

어차피 인생은 혼자인 것을 왜 그리 모지락스럽게 살았을까? 사람은 죽을 때 안다는데 내가 죽으면 누가 울어줄까? 누가 슬퍼 해줄까?

이건 내 이기심인가?

"아직 나는 죽을 준비가 안 되었나 부다."

중얼거렸다.

진짜로, 진짜로 남편과 아이들에게 미안해하면서 마음 아파 울었다. 남편이 미울 때, 사업한다고 돈 날려 먹을 때, 이혼하고 싶을 때, 그때마다 입술을 깨물곤 했었다.

"아이들이 구세주다. 내가 애들 땜에 참고 산다. 애들만 아니었어봐라."

그런데 새삼 그를 깊이 사랑하고 있음을 깨닫고, 그 어느 누구보다 나의 그 사람 때문에 마음이, 가슴이 더 아팠다. 지금에야 깨닫고 보니 서로가 누구를 갈망하고 누군가를 간절히 원하던 딱 그런 시기에 서로 만나 끌렸고 서로 사랑했다.

그런 기막힌 타이밍에 서로의 인생에 자연스레 등장하고 자연스레 동화되어 우리는 서로가 서로에게 그리움이 되고 자석이 되어 버린 것이다.

그것은 운명이었다.

"나 진주 빼앗겼어, 가슴이 아파 너무 아파!"

진주도 울고 있었다.

"아무리 내 가슴만 할까? 진주야."

살려 주세요

항암은 지독하고 무서웠다.

병원로비에 들어서면, 아니 입구를 바라다만 보아도 냄새가 나고 속이 울렁거리며 식은 땀이 난다.

요즈음 병원로비는 호텔을 능가하게 아름답고 깨끗하며 카페도 있어서 은은한 커피향이 풍기면서 약냄새는 나지도 않는다. 그렇지만 항암환자들은 항암소리만 들어도 속이 울렁거린다. 속이 뒤집어져도, 팥죽 같은 식은 땀을 흘릴지라도 빨리 항암을 해치워 버리고 싶은 게 우리네 암환자들이다.

항암주사실에 입원하고 침대에 누우면 빨간 약이 내 혈관을 타고 들어가고 온 몸을 구석구석 탐지하게 된다. 영락없이 빨갱이가 떼 지어 쳐들어오는 형상이다.

빨갱이가 쳐들어오기 시작하면 나는 지푸라기에 묶인 해삼처럼 온몸을 늘어뜨리고 빨간 약은 암세포와 함께 내 온몸의 세포를 같이 갉아먹고 파괴시켜갔다.

입안은 온통 염증이고 피부는 색을 잃어 윤기 없이 검어 죽죽 변해가고 혈관은 굳어갔으며 심지어 항문점막까지 헐고 종기가 났다. 얼굴이 기미에 뒤덮이고 손, 발톱이 들뜨며 까맣게 변해갔다.

"진주 팔아 연탄 샀니?"

진주가 슬픈 척하며 아니꼽게 물었다.

"연탄만 샀을까? 약도 사고 수술도 했단다. 다 네 덕이야, 진주야!"

머리카락 뿐아니라 온몸의 털이란 털은 다 빠져나가 눈 뜨기도 힘들고 콧속도 시리다. 코로 숨을 쉬면 눈까지 시리어 숨 쉬기도 어려웠고 목에서 코와 눈까지 뻥 뚫려 같이 시렸다. 입으로만 숨을 쉬니 입안이 갈라지고 목이 마르고 따가웠다.

내 앞 병동의 젊은 환자는 아무 의식 없이 몸부림치다가 손과 발이 묶인 채 신음하고 있었다.

"영애야! 영애야!"

"아파! 아파! 머리아파!"

그녀는 의식 없는 몸부림 때문에 MRI도 찍을 수 없었다. 나보다 더 젊은, 한창의 나이에 이제 고등학교 갓 입학할 딸의 이름을 목메게 부르고 있었다.

영애 엄마는 유방에서 난소로 간으로 나중에는 뇌까지 전이가 되어, '원이나 없게 시골에서 부랴부랴 빚까지 내어 서울로 올라왔다'고 귀 어둡고 다리 저는 남편이 큰 소리로 설명하고 있었다.

"영애야! 영애야! 얼른 일어나 밥 먹어."

영애는 고등학교 입학금도 없는 상태라고 귀 어두운 남자가 큰 소리로 울먹이고 있었다.

그 여인은 …… 어찌되었을까?

썰렁한 가슴 부여잡고 병원 지하에서 순한 치약, 약한 칫솔 비싸게 사다가 살살 양치하다가 보니 혓바닥까지 보라색이다.

빨간 주사 맞고 머리 빠지는 게 무서워 매일 매일 거울을 들여다봤었다. '안 빠지네? 오늘도 괜찮구나? 나는 안 빠지는 체질인가 보다.' 안심했지만 웬 걸? 어느 날부터 침대가 머리카락 범벅이다.

머리를 감으니 세면대가 막힐 정도로 머리카락이 빠져 나간다. 한 번 빠지기 시작하니 일개 대대가 빠져나간다. 서로 먼저 나가겠다고 아우성치다가 급기야는 저들끼리 엉켜버리는 불상사가 일어났다. 살살 쓸어내리니 점점 골룸이 되어가고 있다.

늦은 밤 혼자서 어슬렁대며 멀리 아무도 모르는 미장원에 찾아갔다.

"어떻게 잘라드려요?"

"싹 잘라주세요!"

"네?"

눈 똥그래진 미용실 아가씨더러,

"확 밀어 달라고요! 나, 절에 들어가 스님 될 거예요. 내일!"

했다. 그제야 미용실 아가씨 수긍이 된다는 듯이,

"아! 아프시구나! 네."

대답하며 배시시 웃었다.

"예쁘게 잘라주세요."

한 마디 하다가 목이 메었다.

원래도 메두사처럼 탐스럽지도 않았고 아무에게도 자랑할 만한 머리카락도 아니었다. 누구와 미를 견주려는 생각은 꿈에도 없었는데 내 머리카락은 뱀처럼 변해지기도 전에 깎여 버렸다. 그렇게 깎여 버린 머리카락은 정확히 여덟 번을 빠지고 또 났다.

매일 아침 거울에 비친 내 머리통을 보며 텅 빈 TV 화면에 반사된 내 알 머리통을 보며 깜짝깜짝 놀랬다. 미처 빠지지 못한 머리칼은 듬성듬성 몇 가닥 남아서 예전에 본 모 스포츠신문 만화 일지매의 성게를 연상시켰고 그 머리통을 쓰다듬으면 한심하고 우울했다.

거울에 비친 머리가 날 슬프게 하고 남은 투병과 남은 세월이 날 우울하게 했다. 또 갈 곳 없이 서성이며 암이라는 소리에 꽁꽁 숨어버린 내가 서러워 우울했다.

수술 이후 그렇게 마음을 다잡고 '괜찮아! 괜찮아!' 다짐했건만 갈피를 잡을 수 없었다.

"진주야. 내가 간음을 했니? 나치에 협조한 프랑스 여인이길 하니?"

힘겹게 물으니,

"레지스탕스가 너 찾더라."

진주 빼앗긴 조개는 힘이 없었다.

빨간 약 한 병에 초죽음이 되어 일주일 온 방을 네발로 기며 눕지도, 앉지도 못하고 침대에 기대앉아 소파에 기대앉아 울었다. 울다가, 울다가 지치고 머리 아프면,

"고만 울자. 오늘은 여기까지만 울자. 내일 울자. 이게 뭐 하는 짓인가? 매일 뭐 하러 진을 빼나."

중얼거리면서 또 울었다

밥도 물도 제대로 못 먹으면서 약은 꼬박꼬박 잊지 않고 챙겨먹었다. 눈 뜨자마자 바로, 식전, 식간, 식후, 취침 전…….

정신 바짝 차리고 약을 먹으며 나른하게 누워 늘 생각했다.

'내가 누구인가? 내가 살아나긴 할 건가?'

눈 감으면 땅속으로 하염없이 꺼질 것만 같았다.

"너 지금 디멘터에게 입맞춤 당한 거 같아 보여! 나도 아즈카반이 두렵단다."

진주도 항암을 두려워하고 있다.

엄마, 엄마 우렁이 엄마

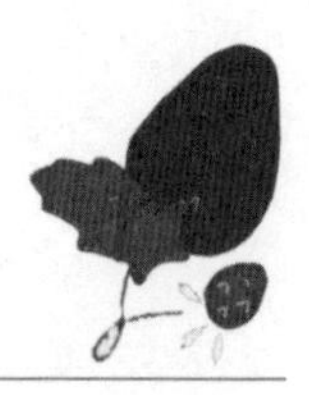

누워있기도 괴로울 때면 개구리처럼 때론 새우처럼 엎드리고 구부려서,

"엄마! 엄마!"

가만, 가만 불렀다.

오십 넘어 손자도 보게 생긴 여자가 옛날 옛적 어린 소녀가 되어서 훌쩍거리며 엄마를 불렀다.

"엄마! 엄마! 내가 아파! 많이 아파! 지금 좀 오면 안 돼? 예전에는 내가 잘못했어. 그러니까 지금 좀 와 줘……."

엄마는 꿈에도 오지 않으셨다.

"내가 그리 미운 걸까? 그 쪽 세상이 그리 좋으신 긴가?"

엄마에게 잘못해서 항상 죄책감이 있던 나는 지쳐서 중얼거리고 있었다.

"엄마! 나 아파! 죽을 것 같이 아파! 어떻게 좀 해주면 안 돼? 제발 좀 와 달라니까? 와서 내 입에 맞는 죽도 좀 쑤어주고 반찬도 좀 해줘. 응?"

팔십도 넘으셨을 노모에게 어리광 피우고 싶었다. 엄마가 와서 내 머리에 손 얹고,

"아이구, 내 새끼! 열이 있구나. 왜 이리 아프누!"

하면 좀 나을 것 같았다.

내가 미운지 엄마는 끝내 안 오셨다.

"이미 늦었어! 너도 알지?"

진주가 얄밉게 종알거렸다. 나는 할 말이 없었다.

"유구무언이 이런 거로구나! 진주야!"

"엄마! 내가 다음 세상에 태어나면 엄마한테 잘할께. 진짜로 잘할께! 날 좀 용서해줘! 하나님께 말 좀 잘해줘! 응?"

엄마는 화가 단단히 나셨는지 대꾸조차 없으셨다.

"엄마! 다음번엔 엄마가 내 딸로 태어나. 난 엄마한테 평생은 잘할 자신 없어. 자식한테는 아마 잘할 거야. 그러니 우리 다음에는 엄마가 내 딸로 태어나고 내가 엄마로 태어나자. 내가 엄마로 태어나면 정말 잘할 자신 있어. 전부 다 해줄게! 원하는 것은 뭐든지 다

해줄께! 그러니 날 좀 봐 줘."

엄마한테 길게 잘할 자신 없고 약아 빠진 나는 그 와중에도 환생을 꿈꾸며 거래를 하고 있었다. 아! 아! 가여운 내 새끼도 내가 없으면, 아프고 어려운 일이 생기면 엄마를 부를 수 있을까? 누가 내 새끼 아플 때 그 입에 맞는 죽이라도 끓여 넣어 줄까?

나도 한때는 엄마가 아니면 못 살 것처럼 엄마를 사랑하고 그리워했던 그런 시절이 있었다. 우리 엄마는 분가시킨 자식도 열심히 거두셨고 나는 배추 절이는 방법도, 이불 호청에 풀 먹이는지 밥 먹이는지조차 몰랐다.

진자리 마른 자리 자식생각에 모든 걸 다 걸고 살점까지 뜯어 먹인 우렁이처럼 엄마는 점점 늙고 가벼워지셨다. 살점조차 없어져 가자 늙은 우렁이 엄마는 물에 둥둥 뜨기 시작하시고 자식들 손이라도 잡고 다시 물속으로 내려오고 싶어 하셨다.

자식들에게 모든 걸 다 주어버리고 살점조차도 뜯어 먹여준 엄마는 다 커서 분가한 자식들에게 손주 돌보기, 아니면 밑반찬, 이불 호청 등을 가지고 아부하기 시작하셨다.

이미 늙어 가진 게 아무것도 없으니 자식 놈들은 엄마살점까지 뜯어 먹은 건 기억도 하지 못하고 다시 늙은 엄마의 마지막 남은 노동력마저 훔쳐갔다. 아무것도 남지 않고 힘조차 빠져버린 엄마는 점점 자식에게 기대고 싶어 하셨고 못된 자식은 부모가 키워준 것은 당연하다 여기면서 부모는 나 몰라라 지 새끼 거두기에만 바빴다.

심지어 가벼워져서 논 위에 둥실 떠있는 엄마우렁이보고 뱃놀이 그만하고 부드러운 풀 뜯어 내려오라고 졸랐다. 영양 많은 무공해 자연산이고 연하고 깨끗한 풀이니 지 새끼 입에 넣어 주고파 엄마를 부려먹기까지 했다. 그 힘조차 없어지자 자식들은 서서히 엄마를 멀리하고 제 새끼 거두기에만 바빴다.

엄마가 자식한테 의지하려는 그 순간부터, 엄마보다 제 자식이 더 귀해지던 그 순간부터, 이미 자식들은 자식이 아니었다. 이제 내 어머니는 다시 만나면 예전처럼 따듯하게 손 맞잡아 주시며,

"어서 오느라. 기다리고 있었다"며 등 다독여 주실 건가!

엄마의 탯줄을 부여잡고 이 세상에 태어난 자식들은 그 사실도 잊은 채 배 아파 내 놓은 제 자식만 소중하고 귀했다.

"엄마, 미안해! 기다려줘! 나 갈 때까지 기다려줘, 응? 내가 많이 잘못했어! 엄마 다시 만나면 그때 내가 빌께! 엄마 껴안고 많이 빌께! 보고 싶은 우리엄마! 엄마!"

때늦은 사모곡을 부르며 울었다.

"어쩌면 나도 곧 엄마 곁에 갈지도 몰라! 그때는 엄마, 예전처럼 머리 쓰다듬으며 어서 오라고 반갑게 날 안아 줄 거지? 설마 독한 년이라고 냉정하게 뒤돌아서지 말아줘, 엄마! 사실 그때는 나도 고달팠어. 지금도 고달프지만 그때는 너무 고달프고 사는 게 힘들어서 그랬어. 한때는 삶이 지겹기까지 한 적도 있었거든. 엄마, 내가 잘못했어. 미안해! 한때는 엄마의 지나친 애착이 지겨운 적도 있었어, 난 정말 못된 딸이었지? 엄마 나 이제 어떻게 해? 용서해 줘!"

"우리 엄마도 어느 날 둥둥 떠내려 가셨어."

진주가 울먹이며 아기인 척 코맹맹이 소리를 낸다.

엄마는 나에게 이런 고난의 삶도 있다고, 이런 삶도 살아야 한다고 알려 주시는 것 같았다. 사랑하는 엄마! 얼마나 더 기다려야 엄마를 만나볼 수 있을까?

기다림과 그리움

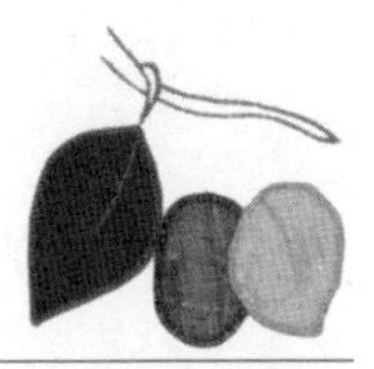

나는 기다림에 지쳐갔다.

항암을 기다리느라 지치고 병원은 나를 끊임없이 기다리게 하며 지치게 하고 약은 내 온 몸을 파괴시켜 나를 아프고 지치게 만들었다. 그래도 시간은 지나가고 있었다.

눈이 녹고 싹이 돋고 죽은 땅에서도 라일락 피워내며, 봄이 저 멀리서 냄새를 살랑살랑 풍기며 다가오고 있는데 나는 또다시 백혈구라는 놈한테 발목이 잡혀 버렸다.

그놈은 끊임없이 내 속을 썩였다. 닭 잡아 그 발목을 삶아 먹어도, 개 때려잡아 고아 먹어도, 삼백. 백오십. 칠십 바닥없이 내려갔다.

"네 아들 성적 같아!"

항암에 진주 뺏기고 토라진 진주가 나른하게 삐죽거렸다.

"도대체 백혈구가 누구니? 어떻게 생겼을까? 지가 날 언제 봤다고 이리도 날 괴롭히는 걸까, 진주야."

"난 본 것도 같아. 아주 작아서 네 눈에는 안 보이지!"

진주가 없어도 조개는 아직 살아 있었다.

암세포는 일반 정상세포와 달리 무제한적으로 자라고 급속히 성장하는 특성을 가진다. 항암제는 이 암세포의 증식과 성장을 억제시키는 역할을 해야 하는데 암세포 뿐만 아니라 모낭세포, 골수세포와 같이 빠른 증식을 필요로 하는 세포들의 분열마저도 함께 억제하게 된다. 그래서 항암주사를 맞으면 체모가 다 빠지고 백혈구가 감소되어 빈혈이 생기고 호중구 수치가 저조해져 면역력이 바닥을 헤매게 된다.

백혈구 수치가 이천 개 이하면 항암주사를 안 놔준다. 오백 개 이하로 떨어지면 과일도 삶아 먹으라 한다. 할 수 없다. 백혈구 생성 촉진제로 그놈의 수치 말아 올린다. 세 번, 네 번, 맞으면 이천 개가 넘어간다.

항암환자들은 백혈구 숫자에 목숨 건다. 백혈구 숫자가 이천 개 이하로 떨어지면 항암주사는 물 건너간다. 한 번 거부당하면 일주일이 뒤로 미뤄진다. '일주일 그까짓 거.' 지금은 대수롭잖게 그러지만 당시에는 일각이 여삼추였다.

매일 목숨 걸고 피 말리는 시간 싸움을 해본 사람만이 알 수 있다.

그리신 또는 류코젠 따위의 멋진 이름을 가진 백혈구 생성 촉진제는 저혈압, 빈맥, 발진, 탈모, 뼈의 통증, 심하면 실신에 비장비대까지 일으키는 무서운 약이다.

하나를 얻으면 하나를 잃는 게 인생사라고 하건만 항암제는 결코 아니다. 암세포 하나 잡자고 온몸이 죽을 만큼의 고통에 시달리고 머리카락에서부터 발톱까지 잃어야 한다. 그리고도 대부분 목숨까지 내 놓아야 하는 게 현실이다.

백혈구생성 촉진제를 맞으면 허리에서부터 꼬물꼬물, 욱신욱신, 뭐가 만들어지는 느낌이 난다. 느낌만 나면 좋으련만 고통도 심하다. 온 몸이 쑤시고 관절이 아프고 뼈마디가 부서질 것 같다.

"쥐가 뼈를 갉아 먹는 것 같아! 아파! 아악! 쥐떼 또 몰려온다."

남편에게 하소연 하니,

"너 언제 쥐한테 물려는 봤냐?"

하며 나가서 안 들어온다.

"어디 고양이 잡으러 나갔나 보다. 나는 아파 죽겠는데 벌써 내 병을 잊어가나……."

힘 없어 화도 못 내고 누워있는데 남편 밤 늦은 시간 온 동네 돌며 진통제 사러 다녔단다. 감동 먹어 세 시간 간격으로 두 알씩 열심히 먹고 속 쓰려 죽는 줄 알았다.

다음 날 이제는 가슴까지 친해진 펠로우 선생께 하소연했다.

“밤새 잠 한숨 못자고 전신이 쑤시고 죽는 줄 알았다. 어찌 이걸 계속 맞을 수 있겠느냐. 항암주사도 죽겠는데 백혈구생성촉진주사는 더더욱 죽겠다.”

어차피 젖가슴도 트고 지내는 사이라 어린 펠로우 선생에게 징징거리니 그때서야 한마디 한다.

“정 못 견디게 아프시면 진통제랑 함께 처방해 드릴까요?”

‘뭐라고? 진통제가 있었단 말이지? 그럼 처음부터 함께 처방해 줄 일이지 내가 모르모트냐? 마루타냐? 나쁜 자식 같으니.’ 속으로 욕 해주고 진통제 맞으니 한결 살 것 같다.

“모르모트 말고 모르핀이 아닐까?”

아는 척 하는 진주.

“아니거든, 모르모트가 맞거든!”

바보 같은 진주.

항암은 할수록 더 고통스러웠다. 온몸의 세포가 다 파괴된다니 그 고통이 어떻겠는가. 어떤 사람은 도중에 항암을 포기하고 그냥 죽어가기도 한다.

그렇게 죽어가는 사람에게, 꿈과 희망이 없어도 죽음이 있기에 삶이 더 소중하다는 어느 종교론자의 이야기는 물 건너 간지 오래다. 평소에 힘들거나 고통스러운 일이 생기면,

“확 죽어버릴까?”

스스로를 협박하고 가끔씩 삶을 시들해도 했지만 힘든 항암을 날짜 하루 안 어기고 꼬박꼬박 치러 냈다.

어차피 혼자 치러 내야 할 일이었고 혼자 가야할 길이었으며 혼자일 수밖에 없는 일이었다.

"고생 좀 할 거야. 두고 봐라."

진주 뺏긴 진주는 힘 없이 앙탈을 부리고 있었다.

"아이구, 무서워라!"

눈이 녹고 겨울이 물러가고 있었다. 동굴 속의 겨울잠에 빠진 쥐는 털이 다 빠지고 살이 더 찌고 군데군데 반점까지 생겨 누가 건드려도 움직일 생각조차 안 하고 있었다.

피할 수 없는 고통

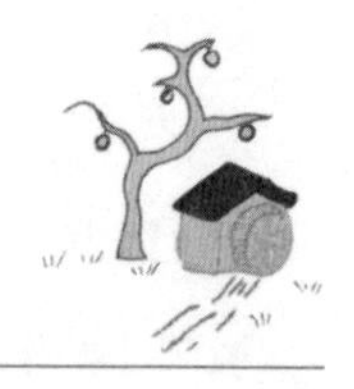

방송에서 누군가가 피할 수 없으면 즐기라고 했다.

"피할 수 없으면 즐기라고? 암을? 항암을?"

참 말이 쉽다는 걸 깨달았다.

"그래 너도 암에 한 번 걸려봐라. 그 소리가 또 나오나 보자."

"Hodie mihi, Cras tibi."

"오늘은 내 차례, 내일은 네 차례."

내가 당해보지 않으면 모른다.

"Memento mori."

"그대도 죽는다는 걸 잊지 마라."

죽음은 삶의 끝이 아닌 삶의 완성이라고 하지만 그긴 산자의 목소리고 건강한 자의 시답지 않은 말장난일 뿐이다. 죽은 자는 말이 없다. 어설픈 충고나 동정은 조롱이다.

"진주만 뺀다고 다 해결될 줄 알았니? 암은 수술과 항암으로 완치될 만큼 만만한 건 아니야!"

진주는 날 미워하기 시작했다.

"나도 네가 싫단다. 진주야!"

암이 문제가 아니었다.

3주 간격으로 여덟 번을 맞아야 하는 항암은 겨울에서 봄을 지나 여름까지 이어지고 있었다. '앞으로 나에게 얼마나 시간이 남아 있을까?' 그냥 시간에 온 몸을 맡길 수밖에 없었다.

닭의 모가지를 비틀 필요도 없었다. 시간은 저절로 흘러가 새벽이 오고 밤이 되곤 했다. 내 몸의 고통도 나날이 강도를 더해가고 있었다.

항암의 고통은 당해보지 않으면, 온 몸으로 치러보지 못하면 아무도 모른다. 임신과 출산의 고통을 두 번이나 치러봤어도 이만큼의 고통은 아니었다. 아무리 혹독하고 온 몸이 찢어지는 고통일지라도 그 끝의 환희를, 축복을 생각하면 얼마든지 치러낼 수 있는 게 입덧이고 출산이다.

항암제 투여 후 열흘 쯤 지나면 매일 백혈구 숫자를 체크하러 병원에 가야한다. 마루타가 되어 채혈실에 들어가면 팔에서 혈관이 숨어버리고 도망갔다고 채혈실 드라큘라들이 주사기를 들고 상냥하게 웃으며 발을 하나 내어 놓으라 했다.

초음파비 떼먹어 구두 사 신은 내 발은, 지은 죄가 커서 아무 말 못하고 살며시 발을 하나 내밀고, 여기저기 굵은 바늘로 쑤셔대도 지금껏 불평 한 마디 못하고 멍만 시퍼렇게 들었다.

항암을 하면 할수록, 심장은 부어 오는지 점점 숨이 가빠오고 잔기침은 나오고, 전생에 중국에서 무슨 큰 죄를 지었는지 온 몸이 포를 뜨는 것 같아 새우처럼 옆으로 구부리고 울었다.

"얼마나 고통스러우면 죽는 게 안 무서울까? 어느 곳에 다다르면 이 끈을 쉽게 놓을 수 있을까?"

한때는 모든 게 시들하고 시시해서, 그래서 죽음조차도 시들했던 여자는 막상 죽음 앞에 서자 무섭고 서러웠다. 어느 누구도 어떤 걸로도, 단 일 초도, 백만분의 일 초조차도 나누지 못하는 게 목숨이라는 걸 나이 오십이 넘어 처음으로 깨닫고 온 몸으로 실감하며 오래도록 울었다. 내 착한 친구는 할 수 있으면 자기 목숨 조금 떼어서 나한테 주고 싶다고 했다. 주고받을 수 있는 거라면 염치 불구하고 '덥석' 조금은 받을 수 있을 것 같았다.

내 남자도,

"나 너랑 같이 죽을 수도 있어!"

그랬지만 그러면 이 세상의 질서가 어떻게 되겠는가? 또 불쌍한 내 새끼들은 누가 돌볼까. 그리고 하나님 말고는 누가 그 일을 할 수 있겠는가?

이미 그 신은 벌써 죽었다고 19세기에 저 멀리 독일에서 니체가 말하지 않았던가! 니체가 누군지는 모르지만 나보다 훨씬 공부 많이 한 사람이니 그가 옳겠지 싶어 가슴 싸안고 '신은 정말 죽었나 보다' 생각했다.

"여호와여 내 주여! 나에게 주어진 목숨은 얼마까지 이나이까? 꼭 내 한 몸 원하시면 그리하오리다. 하오나, 하오나 그 외의 것은 그냥 두시옵소서. 내 가족의 건강과 평안은 꼭 지켜주겠노라 약속해 주오소서. 이 한 몸 재물로 바치오니 그 외의 모든 것은 다 그냥 지켜주소서!"

신은 없다 말하면서도 나는 또 중얼거리고 있었다.

눈이 녹아내리고 여기저기 꽃이 피어났다. 그 봄날은 잔인한 사월을 이겨내고 죽은 땅에서 자디잔 풀꽃들을 피워내고 있었다.

친정 아버지가 농원을 넓게 꾸리셨기에 평생 꽃 귀한 줄, 예쁜 줄 모르고 살았다.

자린고비 남편이 꽃은 시들면 쓰레기라며 평생 꽃이파리 하나 사오거나, 길에서 주워온 적 없지만 불평 한 마디 안 해봤다.

"가슴에 시멘트 발랐니? 너는 만날 그렇게 멜랑꼴리 하고 있으니 병도 생기는 거야, 햇빛을 좀 보렴."

그저 모든 게 고까운 우리 진주.

꽃이 그렇게 예쁜지 처음 알았다.

개나리, 진달래도 병원 뒷동산의 자디잔 이름 모를 풀꽃도 길가의 흐드러진 벚꽃도 눈물겹게 아름다웠다.

꽃보다 나무를 더 좋아했던 여자였다.

개나리는 머리 풀어 헤친 정신 나간 여편네 같아서, 진달래 철쭉은 연지 곤지 찍고 웃음 파는 헤픈 여자 같아서, 못생긴 여자는 꽃조차 질투하며 살았었다.

그런 여자가 갑자기 세상이 다 아름다워 눈시울이 젖어오고 모든 사물이, 모든 소리가 아름다워 오래 오래 살고 싶어졌다. 까마귀도, 날 벌레도, 심지어 길가의 지렁이조차도 귀하고 아름다워 보였다.

하나님께 기도는 점점 시들해 지는 주제에 새들에게는 과자 부스러기를 던져주며 속삭였다.

"새야, 새야. 니들이 할 일이 있어. 이거 먹고 내 암 덩어리 가져다가 저 멀리 바다 한가운데에 퐁당 떨어뜨리렴."

도보 한가운데서 숨차하는, 꿈틀거리는 지렁이는 행여 숲속의 정령이 하루 변신했을까? 싶어 나뭇가지로 조심스레 풀숲 속에 옮겨주며 살았다.

언제 읽었던가? 동화 속의 끈 달린 신비의 금공이 가지고 싶었다. 그 끈은 조금씩 잡아당기면 세월이 조금씩 지나간다고 했다. 그래서 꼭 필요할 때에 아주 조금씩만 잡아당겨야 한다고 했다. 그 공이 가지고 싶었다.

그 끈을 확 잡아당겨 이 고통이 다 끝나고 애들은 다 커서 조링

조랑 지 새끼 거느리고, 아주 좋은 항암제가 개발되어 암이 가벼운 몸살쯤으로 되어버린, 몸도 맘도 편안해진 그 세상으로 가고 싶었다.

그렇게 몽환 속에 지금이 몇 년도 인지 모르며 살았다.

하루하루 토하고 누워 있다가 밥 한술에 약 먹으면 또 토하고, 그러면 다시 약 먹고 입은 다 헐어가고, 눈 밑이 검게 변해가니 내가 봐도 영락없이 죽어 나갈 사람으로 보였다.

"아! 아! 내가 이 산을 넘으면 또 강이 있겠지. 참도 어려운 세상을 살고 있구나."

약을 삼키며 숨이 가빠 숨 몰아쉬며 몸은 점점 더 부어갔다. 항히스타민제 부작용으로 얼굴은 동그랗다 못해 너부데데 터질 것 같았고 손은 바람 불어넣어 뒤집어 널어놓은 고무장갑 같았다.

빨간약 부작용으로 혈관 독성이 생겨 굵고 잘생긴 혈관 두 개가 굳어버렸다. 그 혈관은 이제 바늘로 찔러도 피 한 방울 안 흘리게 독해졌다. 거의 영구손상으로 생각하면 된단다.

아직 림프 부종이 올 때도 아니건만 신장 독성 탓인지 팔도 다리도 점점 코끼리로 변해가는 듯 보였다. 나는 평생 길쭉길쭉 예쁘고 날씬한 여자를 부러워했는데 길지는 못해도 홀쭉이라도 할 것이지 환자가 환자답지 못하게 살이 더 올랐다.

이제 평생 예쁜 옷치장은 못하겠구나. 잠바떼기나 걸치고 고무줄 몸빼바지나 입고 살아야 되나보다 싶어 또 우울했다.

"어릴 때 너 별명이 허영이었지? 돼지 목에 진주라고 알라나?"

진주가 '흥' 하며 잘난 척한다.

"그래, 나도 반성하고 있단다."

아들, 아들 가여운 내 새끼

어미 항암 중에 갑자기 착해진 아들은 자주 외박과 휴가를 나오곤 했다. 시든 풀처럼 침대에 늘어져 있다가도 아들이 오면 아이 붙잡고 힘을 주어 말하곤 했다.

"얘야! 이 세상은 힘 있는 극소수들의 것이야. 우리는 그들을 위해 뼈 휘게 고생하는 거지! 0.1%의 극소수가 되어라. 그들은 그저 생각 하나로 모든 걸 지배하곤 한단다. 지배자가 되어라. 남보다 앞 서거라!"

"엄마! 제에발……."

짜증내는 아들 뒤로 돌아누워 나지막이 한숨을 내쉬었다.

다음날이 되면 나는 눕고 저는 침대 가에 걸터앉아 도란도란 얘

기하다가 또 슬쩍 화제를 돌려,

"강자가 되어라. 피라미드의 맨 꼭대기에 올라앉으렴. 프리메이슨이라고 비밀의 모임도 있단다. 세계를 움직이는 극소수의 사람들이지. 그들이 이 세계를 좌지우지 하는데 우리나라의 재벌 이 아무개도 정 누구도 또 반 누구도 미국의 대통령도 재벌 누구도 그 회원이래. 그들이 돕지 않으면 미국대통령도 할 수 없단다. 어쩌면 이탈리아의 메디치 가문이 그 수장인지 아니면 그들이 맨 처음 만든 단체일 수도 있어. 메디치 가문에서는 교황이 세 명 나오고 프랑스 왕비가 두 명이나 나왔단다. 세계의 모든 돈은 다 그리로 통한다 해도 과언이 아니지. 그들은 우주인과도 교신한단다. 너도 나중에 그런 극소수의 인물이 되어라."

끝없이 중얼거리면 아들은,

"봤어? 엄마가?

하고는 지겨운 표정으로 귀대 하곤 했다.

제대한 아이를 붙잡고 평범하게만 살아온 어미는 다시 아들을 볶았다. 큰 놈은 이미 등록금을 몇 번이나 냈으니 본전 생각에 그냥 내버려두고 이제 한 학기 마치고 군대 갔다 온 작은 놈만 들들 볶았다.

"이제라도 공부해서 저기 남쪽 끝이라도 좋으니 의대에 가면 어떨까?"

아프면서 의사에 한 맺힌 어미가 사정하면,

"엄마 실력도 안 되지만 나중에 개인병원이라도 차리려면 돈이 얼마나 드는 줄 알어?"

아들놈이 대꾸하면 나는 돈푼이나 있는 양 으스댔다.

"의사만 돼 봐라. 없는 논 팔고 집 팔아 병원 만들어 줄 수도 있어."

"엄마 그럼 비행기 조종사는 어때? 조종사도 돈 잘 버는데. 엄마도 일등석 거저 타고 세계일주도 할 수 있어!"

"그래? 그것도 괜찮겠다."

평생 이코노믹밖에 모르던 어미가 어차피 아들 실력 뻔히 아는 지라 혹시나 기대 걸고 대답하니,

"그럼 비행기 사 줄 거지? 보잉 707로?"

맙소사, 그래 내가 졌다. 결국 편입으로 결론 짓고 열심히 공부하는지 안 하는지 나는 도무지 알 길이 없다. 지금도 모르겠다.

"아직도 자식을 믿어? 너 자신을 돌아보렴. 네 안에 네 아들이 있단다."

못된 진주가 중얼거린다.

"깨닫게 해주니 고맙다. 진주야."

탁소티어

우여곡절 끝에 빨간 약 네 번을 다 맞으니 이번에는 탁소티어라는 무색의 약으로 바뀌었다.

탁솔 혹은 탁소텔, 도세탁솔이라고도 불리는 이 약의 주성분은 주목나무에서 추출한 천연물질로 그 열매와 이파리를 잘못 먹으면 눈이 멀거나 죽기까지 하는 독한 약이다.

평소에도 눈이 좋지 않던 나는 이제 더듬고 비틀거리기까지 하게 되었다. 그래도 이 약은 부작용이 훨씬 덜 할거라고 귀띔해주어서 조금은 맘이 놓였다. 그동안 네 번의 항암 경력도 있어 별로 불안하지 않고 기도도 지쳐가는 중이었다.

전혀 알지도 못하는 여자가 갑자기 머리 깎고 나타나 바쁜 목사님 붙잡고 항암 때마다 기도해 달라고 하기도 계면쩍고, 추레한 내 몰골로 깨끗하고 멋있는 목사님 앞에서 등에 손 얹고 기도 받기도 미안했다.

또 내가 갈 때마다 전도사는 등록부터 하자고 졸랐다. 내 집은 따로 있는데 먼 길 잠시 쉬어가자고 문 두드리니 주민등록 옮기지 않으면 문 못 열어준다는 고까운 소리로 들렸다.

길 잃은 한 마리 어린 양은 초라하게 한쪽 구석에 앉아 주인 눈치만 보다가 슬며시 빠져 나오곤 했다.

그때 나는 온 몸에서 약 냄새를 향수 냄새처럼 퐁퐁 풍기고 입만 열면 썩은 냄새가 진동해서 가족 말고는 다들 내 앞에서 숨을 참고 고개를 돌리곤 했으므로 더 더욱 몸 둘 바를 몰랐다.

"그래, 이번에는 그만두자. 기도 받는다고 뭐가 달라지나?"

게으른 여자는 벌써 핑계를 대고 있었다.

"더 이상 내 목숨에 비루해지지 말자. 치사해지진 말도록 하자. 어차피 이미 돌아올 수 없는 다리를 건넜는데 그냥 시간에 몸을 맡기자. 기도 받고 암 덩어리 없어졌다는 이는 예전에 A모씨 말고는 하나도 없더라. 그녀는 봉사라도 열심히 하며 살지 나는 아무 한 것도 없으니 그냥 가자."

잘난 척하며 항암주사실로 향했다. 모든 통과 절차 마치고 주사 바늘 꼽자마자 10초도 안 돼 또 주문에 걸려 버렸다. 투명 망토 입은 마술사가 지팡이 들고 나를 겨냥하며,

"탁소오르 티어."

외쳤고 나는 즉각 쇼크 상태에 빠져 심장이 턱턱 막히고 경련이 나며 온 몸이 오그라들었다 펴졌다 난리법석이 나고 하늘이 노래졌다.

"아! 여기서 이렇게 죽는구나."

눈앞에 별이 반짝인다.

"내 남자, 내 아들, 내 아들……."

긴급명령 떨어져 간호사 호출 의사 오더 떨어지고 수액으로 씻어내고 약 다시 집어넣고 부하 의사만 발바닥에 땀이 났다. 고명하신 대장 의사 선생님은 명성만큼 바쁘시니 사람이 죽어도 부하 의사들이 다 처리한다.

나는 항암주사로 죽어 가는데 인턴 레지던트만 잠깐씩 들여다볼 뿐 사실은 간호사만 숨차게 뛰어다니며 내 생사 여부를 열심히 체크하고 있었다.

나중에 저 멀리 영국에서 호그와트의 교장이신 알 버스 덤블도어 교수까지 나서서 마법 해제 시켜주어 다시 살아났다. 드디어는 초죽음이 되어서 집에 오니 빨간 약보다 부작용이 더 심하다.

나는 교과서에 나오는 모든 부작용을 다 겪어내고 있었다.

"아! 기도 한 번 안 받았더니 또 이렇게 벌 하시는구나. 나는 왜 상급은 아니 주시고 벌만 이리 듬뿍 주시는가?"

참 공정하신 하나님이시라고 불퉁거렸다.

그러니 욥을 그리 들들 볶으셨지. 하지만 욥은 미리 재산도 많이 주고 건강도 듬뿍 줬으니, 믿음도 강하고 순진하고 참을성 강해서

다 돌려받고 몇 배로 더 돌려받았지. 나는 애초 성질머리 글렀으니 일 단계도 못 가 타락천사 루시퍼한테 홀랑 넘어가지 싶었다. 아니! 세상 부귀영화와 장수를 삼 대까지만 보장 받으면 루시퍼를 유혹이라도 하고 싶었다.

천 대, 만 대까지는 내 알바 없었다. 우리아들의 아들까지만 보장해 주면 타락 천사와 손잡고 같이 가고 싶었지만 믿음 없는 내 앞에는 미가엘도 루시퍼도 그림자조차 없었다.

"가보렴! 온갖 부귀 영화가 네 것이래. 너 돈 좋아하잖아."

진주가 유혹했다.

"생각 중이야!"

임실 성수산

그 즈음의 나는 같은 처지의 유방암환자 외에 아무도 만나지 않고 있었다. 나를 아는 이를 만나면 그들의 연민의 눈동자가, 또는 그들의 건강과 희망찬 앞날이 질투를 불러 일으켜 오로지 같은 길을 가고 있는 환자만 만나고 있었다.

그들과 같이 있으면 편안했다. 왠지 앞으로 앞서거니 뒤서거니 동무되어 같은 곳에 갈 것 같았다. 평소 나는 낯가림이 심하고 강박불안증까지 있어 쉽게 사람을 못 사귀는 편이라 평생을 살아도 친한 친구는 열 손가락을 꼽을까 말까 하는 사람이다.

"모든 인간관계는 불과 같아서 너무 멀리 있으면 추워서 얼음장이고 너무 가까이 하면 뜨거워 데기까지 한다."

는 친정아버지의 말씀을 잘 기억해 두었다가 친구조차도 적당한 거리를 두고 은근한 온기를 즐기며 평생 실천하며 살고 있었다.

그런 여자가 일주일도 안 되어 언니 동생하며 친한 친구가 둘이 생겼다. 평생 낯가림이 심하던 여자가 암환자들과 언니 동생하며 덥석덥석 사귀었던 것이다.

그 언니와 동생, 셋이 나란히 항암을 마친 어느 날 무서운 백혈구 수치도 무시한 채 편백나무 숲이 좋다고 해서 항암독도 뺄 겸 요양도 겸해서 임실 성수산에 찾아갔다. 마침 그곳에는 내 오랜 친구가 숲 해설가라는 새로운 직업을 가지고 내가 낸 세금을 야금야금 축내고 있었다.

일자리 늘리기란 명목아래 여러 가지 직업이 나이든 사람을 위해 저렴하게 제공되어 지고 있는 중이라고 했다. 친구는 뒤늦게 복터졌다며 자기직업에 아주 만족해하고 있었다.

오십 넘은 펑퍼짐한 여자가 운동화 끌며 숲속을 거닐고 사람들 상대로 숲에 대해 설명해주며 잘난 척도 하고, 저는 운동도 되고 돈도 벌고 있으니 늦복 터졌다며 축하해 줬던 기억이 새롭다.

중·고등학교 시절 주구장창 붙어 다니며 수업 빼먹고 영화관 가고 시험기간 중에 남 안보는 소설 빌려보고 칼국수 먹고 빙수 먹던 친구다.

그 시절 박계형이라는 기가 막힌 연예소설 작가가 있었다. 우리는 톨스토이나 황순원 단편집이나 김동리 소설보다 그이의 작품을 훨씬 더 높이 평가하고 있었고 더 많이 읽었다. 그이의 소설이라면 수업시간에도 시험기간도 상관없었다.

"요즈음 그 작가는 왜 작품 활동을 안 할까?"

아무튼 뭐가 바쁜지 결혼 후 전화만 했지 한 번도 안 만나고 살았다. 내 머리 속에는 대학시절 그 모습이 그대로 남아있었다. 목소리는 항상 똑같았으니까. 그러나 내 목소리는 항암과 방사선 탓으로 약간 쉰 소리와 탁한 뚝배기 소리로 바뀌어 가고 있었다.

친구 만나러 가기 전 전화통 붙잡고 가만히 속삭였다.

"나야."

왜 이리 오랜만이냐고 묻는 친구.

"친구야! 사실은 내가 좀 아팠어! 많이 아팠거든. 저기 있잖아. 유방암이란다."

또 목이 메었다.

갑자기 말문 막혀 한참 뜸들이던 친구.

"야! 우리 뒷집 아줌마 오래전에 유방암 수술했는데 오늘 아침에지 남편하고 밥그릇 깨부수면서 악 쓰며 씩씩하게 싸우더라. 괜찮아! 한 번 와라. 우리 집 심야전기라 방 절절 끓어!"

딸과 단 둘이 사는 친구는 빈 방 있고 마중까지 나온다며 나를 유혹했다. 멀리 외국은 다니면서도 바빠서 전주 친구는 이십 년 넘게 못 보고 살았다.

기운 없어 널 부러진 채 암환자 셋이 그곳에 찾아갔다. 가는 길은 굽이굽이 절경이었다. 한 폭의 수채화가 화사하고 수줍게, 혹은 요염하게 펼쳐지고 있었나.

성수산의 오월은 추운 듯 따뜻한 듯 변덕을 부리면서 아름답고 평화롭게 우리를 맞아주었다. 머리카락조차 홀랑 깍은 병든 여자 셋이 갔어도 그 산은 너그럽게 자신의 품을 한 자락 내어 주며 수줍게 웃어주고 반겼다.

전주에 오래 살았어도 가까운 임실에 그렇게 아름다운 절경이 숨어 있는 줄 모르고 유명한 경치만 찾아 다녔었다. 찾아간 그곳에 덩치가 더 커지고 키도 더 커진 것 같은 웬 아줌마가 날 안았다.

"야! 너는 그대로네. 똑같다야."

덩치 큰 친구는 목소리도 걸걸하게 나를 안고 말했다. 결혼식을 마지막으로 전화로 목소리만 확인했었다.

"내가 그때와 똑같단 말이지? 얘! 나, 다섯 살 때 사진이랑 지금 똑같아."

오리처럼 뒤뚱거리며 큰 엉덩이 흔들며 발병 이후 처음으로 크게 웃었다.

결혼 후 처음으로 남편도 아이도 다 잊고 친구와, 같이 간 새로운 친구와 편백나무 열매 줍고 쑥도 캐며 도란도란 2박 3일을 지냈다. 쑥, 민들레, 머위 천지였다. 우리는 건강했던 지난 추억과 암울한 미래의 욕망을 뒤섞으며 쑥과 머위와 모든 나물을 가득 담고 뿌리들을 깨우고 다녔다.

그 산의 봄은 우리에게 평화롭고 포근하게 다가오고 있었다.

절절 끓는 방에서 옛날 그 시절로 돌아가 지난 과거를, 그리운 추억들을 낡은 앨범처럼 펼쳐내고 다른 친구들의 소식도 들었다.

그때 그 아이는, 그 친구는, 누구는 미국에, 누구는 의사고 혹은 판사 마누라고, 누구는 암으로 아들이, 남편이, 본인이 죽었다고 친구가 내 눈치를 슬쩍 슬쩍 보며 말해줬다.

암은 매연 가득한 도시에도, 공기 좋은 시골에도, 전염병처럼 소리 없는 아우성처럼 여기저기 창궐하고 있었다.

"나는 어디든지 갈 수 있어!"
조개가 악마처럼 속삭였다.
"그래, 프라다만 입으렴."

즐거웠지만 지치고 힘들어 패잔병이 되어버린, 젖가슴 잃어버린 세 여인이 다시 서울로 병원으로 돌아왔다.

토끼와 항암 무서운 그림자

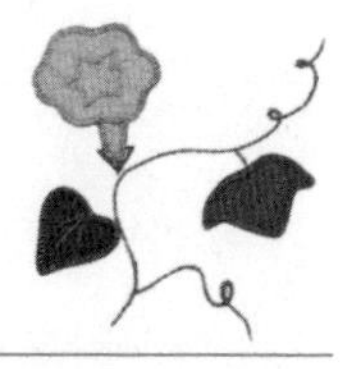

누군지 내 손끝 발끝을 송곳으로 찔러대고 발뒤꿈치는 디딜 수조차 없었다. 입에는 쇠수저를 물고 있는 것 같은, 이가 시리고 기분 나쁜 느낌이 계속됐다.

설상가상으로 백혈구수치는 열흘도 안 되어 백, 오십, 삼십, 후루룩 낙하를 하고 있었다. 게다가 열까지 치솟아 온몸이 허공에 둥둥 떠다니는 것 같아 발을 디딜 수도 없었다. 계단 오르내리기도 힘들었다. 발뒤꿈치는 디딜 수조차 없어 계단도 뒤로 발끝으로 내려가야 했다.

원수 같은 내 집은 엘리베이터도 없는 사층 꼭대기 옥탑방이었다. 다리 절며 의사 찾아 병원에 가니 병실이 없으니 일단 응급실에서 기다리라고 한다.

일단이고 이단이고 간에 응급실은 시끌벅적 와글와글 여름날 해수욕장 같아 둥둥 떠다니는 병균이 내 나쁜 눈에도 다 보였고 없는 병도 생길 것 같았다. 백혈구가 없어 무균병동에 들어가도 시원찮을 판에 응급실이라니!

집이 가까우니 조금만 이상이 있어도 곧바로 오겠다고 우겨 집에 돌아와 손 발 깨끗이 씻고 또 씻고 세수는 뒤통수까지 비누질해서 깨끗이 씻었다. 머리카락이 없으니 머리 감을 일은 없어 편하고 좋았다.

여왕마마처럼 누워서 과일 데쳐다 갈아주면 먹고 김치도 데쳐오라 명령내리고 수도승처럼 토끼처럼 풀만 뜯어 먹었다. 닭 잡아 삶아 먹어도, 개 잡아 고아먹어도, 백혈구가 요지부동이니 다 싫어져서 토끼처럼 풀만 뜯어먹고 잠만 잤다. 밤이나 낮이나 약 먹고 자고 또 잤다. 시간을 잡으려면 그 방법밖에 없었다.

그 시절 내 남자는 사람도 아니고 여자도 아닌, 게으르고 붓고 병들어 냄새까지 나는 한 마리 토끼를 지성으로 떠받들고 보살피며 옆구리에 끼고 같은 침대에서 잠자며 지내고 있었다. 그 토끼는 잠만 자고 입만 오물거리며 누워만 있었고 홀라당 털도 다 빠져버리니 털도 쓸 수 없고 몸이 상해 가니 고기도 쓸 일이 없었다.

가여운 내 남자는 일편단심 토끼 병 고쳐 앙고라 조끼나 얻어 입을까? 아님 배고플 때 토끼고기라도 맛 좀 볼 수 있을 건가? 지성으로 약 먹이고 밥 먹이며 보살폈다.

손끝 하나도 까딱 안하고 아무 의욕 없이 풀만 뜯어 먹고 누워만 있었으니 배고프고 고기 먹고플 때 그냥 '확' 때려잡아 먹어버리고 싶진 않았을까? 병들고 냄새까지 나니 그냥 됐지 하마터면 큰일 날 뻔했다.

병들고 부종까지 생긴 토끼가 냄새 풍기며 잠만 자니, 죽었는지 확인하려고 남자가 자주 흔들어 깨운다.

"나 체체파리한테 물린 거 같아."

토끼는 희미하게 졸면서 대꾸하고 또 잔다.

"체체파리는 소도 잡아먹어. 그렇게 잠만 자면 죽는다. 그리고 아프리카엔 나 몰래 언제 갔다 왔냐? 또 내 돈 꼬불쳤구나. 아프리카는 경비가 만만찮을 텐데."

내 남자는 어떻게든 토끼를 웃기고 싶어 했다.

그렇게 애쓰는 남자 불쌍해서,

"당신 카드 십 개월 무이자로 긁었지."

대답하면,

"앗! 큰일 났다. 또 카드 펑크 났구나. 나 신용불량자 되면 책임져라. 꼭!"

깨우고 다짐받으려 애썼다.

"토끼 간이 얼마나 맛있어? 먹어 봤어? 예전에 용궁에 왔을 때 맛 좀 봤어야 하는 건데 놓쳐버렸어."

진주는 입맛을 다시고 있었다.

비몽사몽 잠결에 엄마도 부르고 오 년 전 유방암 수술한 여동생이 새삼스럽게 가여워,

"이렇게 고통스러웠겠구나. 참 무심했었다. 미안하다. 인휘야. 미안해!"

바보처럼 때늦은 반성과 사과 하며 고통에 시달렸다. 아프며 생각하니 평생을 그리 건강하게 살지 못했다는 생각이 들었다. 살이 쪄 뚱뚱하니 사람들이 튼튼하다고 했지만 '피곤해. 다리 아파 죽겠다'는 소리 입에 달고 살았다.

내 다리는 평생 높은 구두 굽과 과한 몸무게에 시달렸었다. 더더군다나 항암제의 부작용은 체중 증가가 한 자리 차지하고 있었다.

"살을 좀 빼라니까? 비만이 암의 원인일 수도 있어!"

진주는 점점 진화하고 있었다.

"안 빠지는 걸 어떠하라고?"

때려주고 싶었다.

여섯 번째 항암을 마친 날 드디어는,

"못 참겠다. 더는 안 되겠어."

울며 중얼거렸다.

"여호와여! 나의 말에 귀를 기울이사 나의 심사를 통촉하소서! 나를 영영 잊지 마소서! 내가 주께 피하나이다. 어찌 나를 버리시며, 어찌 멀리하여 돕지 아니하시며, 내 신음소리를 듣지 아니 하

시나이까! 나의 영혼이 주를 우러르나이다."

다윗처럼 오래 울면서 '인간이 미치지 않고 견뎌낼 수 있는 고통의 한계는 어느 만큼일까?' 생각했다.

미모사와 세포

내 세포들은 스쳐지나가는 바람결에도 흔들리며 아파했다.

잔잔한 바람에도 내 세포들은 아프다며 소리 없는 아우성을 지르고 나는 방안에 누워서도 희미한 미풍의 방향을 알아낼 만큼 예민해지고 아팠다. 누군가, 바람이라도 나를 살짝 건드리기만 하면 미모사처럼 몸과 마음이 같이 움츠러들었다.

항암제의 부작용은 끝없이 나를 괴롭히고 있었다. 정맥주사의 부작용은 뇌기능에까지 영향을 미쳐 안 그래도 우울한 나를 과거와 미래를 헤매게 하며 혼동에 시달리게 만들었다.

"이제 그만하자. 그래, 그만 끝내자. 진짜로, 진짜로 그만 하고 싶어. 나 너무 아파. 죽을 만큼 아프기만 해. 그러니 이제 나 붙잡지 마. 나 먼저 갈게. 먼저 가서 쉴게. 다들 천천히 와. 안녕!"

인사하고 예쁜 구두 찾아 신고 사뿐사뿐 걸어서 나비처럼 가벼이 저승문 넘어가고 싶었다. 그러면서도 무서워서 날 것은 김치 한 쪽도 집어 먹지 못하고 좋아하는 생선 초밥 한 알도 못 먹었다. 그렇게 죽을 것처럼 엄살을 부리면서도 살고 싶은 욕망이 봄날 우후죽순처럼 여기저기 솟아났다. 지난 삶을 돌아보니 내 삶의 시간들은 주옥같았고 잘 자라 꿰어진 진주 목걸이 같이 값지고 아름다웠다.

남편은 남편대로 나는 나대로 아프고 괴로워했다. 그러나 내 남자가 아무리 괴로워하고 힘들어해도 내 아픔과 고통을 나누어 가질 순 없었다. 자식과 꿈과, 과거와 미래를, 심지어는 몸과 마음을 나누어 가졌건만 내 고통과 아픔은 터럭 끝만큼도 나누어 가질 수 없었다.

"이제 두 번만 하면 오래오래 잘 살 거다. 나 보다 더 오래 살 거다. 아니면 내 손에 장을 지진다."

남편이 어르고 달래서 항암 여덟 번을 겨우 마치고 임무 완수한 KGB 요원처럼 의기양양 오랜만에 내 주치의이자 수술 집도해 준 교수님 만나러 갔다가 또 뒤집어졌다.

"이제 놀래지 좀 마. 경망스럽기는. 세상은 만만한 게 아니야!"

현명해진 진주가 더욱 바보가 되어버린 날 나무라고 있었다.

트리플 음성 입니다

유방암환자들은 항암주사 후에 거의 다 오 년쯤 약을 먹는다.

재발방지목적으로 혹은 수용체 과발현으로 타목시펜이나 아르미덱스라는 알약을 정기 복용하거나 아니면 허셉틴이라는 주사약을 정기적으로 투여한다. 타목시펜이나 아르미덱스는 보험적용이 되어 가격이 아주 싼데 그 당시 허셉틴은 보험적용이 안 되어 한 번 투여하는데 거의 이백만 원 가까운 돈이 들어갔다.

라파디닙이라는, 이름도 세련된 항암제는 만들자마자 일 년에 육천만 원 가까운 고가임에도 불구하고 환자들이 줄서서 자기 몸을 내어주고 있었다. 백혈구 생성 주사도 백혈구 수가 오백 개를 넘어가면 보험적용이 안되어 주사 한 방에 십만 원이 넘나든다. 죽게 생겨야 오천 원 내외가 된다. 목숨이 걸렸는데 오천 원으로 내릴 때까지는 못 기다린다.

더욱이나 의사는 부추기기까지 한다. 어디선가 항암주사 도중 백혈구 저하로 누군가 죽었단다. 목숨이 걸리면 돈이고 뭐고 당장에는 아무 필요 없다. 얼른 내 몸뚱이 내어 주는 게 상책이다.

병원에서 사귄 언니는 집이 부자인데도 남편 퇴직금으로 삼 주에 한 번씩 일 년을 허셉틴이라는 약을 맞으니 집 기둥뿌리가 흔들려,

“암치료해서 살아봐야 어차피 굶어죽고 말 것 같다.”

고 농담하며 우울해 했었다. 그러면서 말했다.

“내가 명품가방이라고는 딸년이 십 년 전 취직했다고 사준 것 하나밖에 없다. 어디 여행을 가도 딸라 원화로 환산하며 머리 굴리다가 항상 그냥 왔었는데 꼬박꼬박 삼 주에 하나씩 개똥가방 잡아먹고 있다.”

그때는 너도나도 그 가방이 유행이어서 어디가든 그 로고가 찍힌 가방 하나쯤은 들어야 옷맵시가 나 보이고 가방에서 카드 꺼내기도 당당하고 기분이 좋았었다.

“내 진주도 저 멀리 불란서제 진주야. 알려나 모르겠네?”
진주는 코스모폴리탄이 되어가고 있었다.

‘항암도 끝났으니 이제 약만 먹으면 오 년 간은 재발 안하고 편히 살겠구나. 오 년간 부지런히 여행도 다니고 하고 싶은 일 눈치

안보고 해보자. 타목시펜을 달라할까? 아르미덱스를 달라할까? 허셉틴은 너무 비싸니 경구복용 약으로 달라고 하자.' 꿈도 야무지게 교수님 면담하니,

"트리플 음성이군요. 섹터가 없어요. 약이 없으니 식이요법에 충실하고 그냥 스트레스 안 받게 즐겁게 사세요."

한다. 스트레스는 지가 다 주면서 헛소리하고 앉아 있다.

임실 성수산에 같이 휴양 갔던 동생이 오년간 타목시펜을 먹을 거라며 얘기 했었다.

"언니! 우리 최소한 십 년은 살 거야. 의사들이 우리 죽게 내버려두진 않을 거야. 우리가 병원에 가져다 준 돈이 얼만데?"

그녀는 호르몬 수용체도 양성이어서 재발방지약을 오 년이나 준다고 했다. 그 약은 부작용이 많지만 재발방지에 탁월한 효과를 보여 전 세계에서 재발방지용으로 사용되어지고 있다고 했다.

나는…… 부작용마저도 부러웠다. 약이 없다는 의사의 말에 반 남은 가슴이 철렁거렸다. 나도 약 좀 주지! 소화제라도 주면서 안심 좀 시켜주지! 의사들은 플라시보 효과도 모르는 것 같 았다.

하긴 내가 림프 육종도 아니고 그들도 1950년대 '크레오비오젠'이라는 암치료제도 모르는데 플라시보란 어려운 단어를 저들이 알기나 알까? 의사들도 모르는 약의 비밀이 수두룩한데 환자의 마음가짐까지 어찌 알까?

건강의 책임은 의사가 아니라 오롯이 나에게 있는 것이어서 외롭고 슬펐다. 내가 가진 판도라의 상자는 이미 열어 젖혀졌고 나는

상자를 빨리 닫지도 못하여 그 마지막 남은 희망조차 살랑살랑 나를 비웃으며 날아가고 말았던 것이다.

에스트로겐도 프로게스트론도 허투 수용체도 없는 삼중음성이란다. 암선고 받을 때 날아가고 반 남은 머리통 반쪽이 또 날아갔다.

"다른 병원으로 갈 걸, 아니 한 군데만 더 가볼걸……."

후회가 물밀 듯 밀려왔다. 오직 암에만 당첨되었을 뿐 더 이상의 행운은 없었다. 모두 다 꽝이었다. 미로게임도 피구게임도 둔한 나는 타이타닉호에 올라탔으면 영락없는 조난자 신세였다.

이제 어떻게 살아나갈 길을 찾을 건가?

"To be or not to be, that is the question! 죽느냐 사느냐 그것이 문제로다."

표적치료제도 없고 이후의 항암치료도 아무 의미가 없으니 추적검사나 열심히 하고 혹시 전이나 재발이 되면 재까닥 수술이나 할 밖에 다른 방법이 없단다.

삼중음성 유방암은 처음에는 치료가 잘 되는 것처럼 보여, 선 항암 시 우수한 치료효과를 보이기도 한단다. 그러나 재발확률은 더 높고 전이가 되면 다발성 전이증상을 보여 '치료의 모순'이라는 오명을 뒤덮어 쓰고 아직도 진료에 난항을 겪으며 많은 제약회사들이 의사와 손잡고 임상실험을 하고 있는 중이라고 한다.

한 번 재발하면 기존의 항암제는 효과가 없는 게 대부분이라고 했다.

호르몬 수용체가 전혀 없고 약이 없고 재발 확률은 더 높고 전이가 되면 더 빨리 확 퍼지는 걸 보면 무슨 '분자유전학적 비밀'이 숨겨져 있는 모양이라고 그야말로 랜덤일 수밖에 없다고 했다.

말하자면 타깃이, 표적이 전혀 없는 것이다.

머릿속이 텅 비어버렸다.

"자기야, 진짜로 바보가 되어버렸네, 어쩌나?"

진주가 불쌍한 듯 날 바라본다.

"내 하나님이여, 내 하나님이여, 어찌 나를 버리시나이까? 어찌 나를 멀리하여 돕지 아니 하오시며, 내 신음하는 소리를 듣지 아니 하시나이까?"

나는 다시 몸부림치며 생명 끈을 부여잡고자 애썼지만 주님의 지팡이와 막대기는 겨자씨만큼도 보이지 않았다. 냉정한 하나님께서는 썩은 동아줄 하나도 안내려 주시니 차라리 예수님 어머니 되시는 성모 마리아님을 찾아가 졸라볼까? 저 양반들은 부자지간에 예루살렘 재건축에 천국 입주자 심사에 바쁘신가보다.

다시 하나님과 예수님을 원망하며 나 혼자만 토라져서 점점 기도도 찬송도 하지 않게 되었다. 나 혼자만 토라졌다 용서 구하기를 반복하고 있었지 내 음성은 메아리조차 없이 사라져 흔적도 없었다.

방사선치료

또…….

방법이 없었다.

지옥에서는 하데스가 케르베르스라는 머리 세 개 달린 명부의 개를 불러내었고, 그 개는 나를 향해 맹렬히 짖어대고 있었다. 죽어도 살고 싶고 죽어도 살아야 했다.

목숨은 끈질기게 나를 유혹했고 더 늙어버린 남편과 덩치 큰 아들들은 추운 겨울 연탄도 보리쌀도 다 엎어버린 나를 조롱조롱 불쌍하고 배고픈 표정으로 바라보고 있었다. 별 수 없이 나는 다시 마루타가 되어서 방사선치료라는 무서운 치료에 동의 아닌 동의를 해야만 했다.

반 잘려버린 내 가슴은 다시 시퍼런 매직으로 죽죽 줄 긋고 비싼 등 받침대 베게 맞추고 아직 어린 방사선치료사들, 친절하게 이리 저리 자세 잡아주니 나는 또 무서워 부들부들 떨면서 주의사항 챙겨 듣고 모의치료하고 사진 찍고 바빴다.

이리 저리 구걸하듯 가슴 내어밀며 이미 모욕감도 감각도, 아무런 수치도 상실해버린 여인네는 다시 고독과 뼈에 사무치는 두려움과 외로움에 몸을 떨었다. '이 세상은 내게 왜 이리 모질게 굴까? 내가 무슨 잘못을 얼마나 크게 저질렀다고 이리 모질게 구는 걸까?' 누구에게 반항할 수도 없었고 누구를 원망할 수도 없었다.

흡사 천형의 나환자가 된 것 같이 가도 가도 붉은 황톳길, 숨 막히는 더위 뿐이었다. 검게 변한 손톱과 손가락을 냇물에 흘려버리고 싶었다.

나는 다시 하나님을 원망하며 울었다.

"하나님! 나의 하나님! 당신께서는 자비의 근원이시고, 사랑의 근원이시며 저버림이 없으시다 하셨는데, 왜 저를 돌아보지 않으시나이까? 우리 구주 예수 그리스도의 이름으로 간절히 기도하오니, 제게도 구원의 은총과 영생의 생명수를 내려 주시오소서!"

미리 챙겨듣는 방사선치료의 부작용은 어마어마했고 치료도 시작하기 전에 나는 또 엄청난 죽음의 공포에 시달려야 했다.

방사선치료란 비정상적인 악성종양을 파괴하고 빠른 성장을 막기 위해 일반 방사선보다 더 강한 고에너지의 방사선을 인체에 조사하는 치료이다. 방사신치료의 부작용은 피부 화상은 당연하고 마른기침, 구강건조, 방사선 폐렴. 폐 섬유화. 림프부종에 심하면 백혈병까지 일으킬 수 있다고 했다.

점입가경에 갈수록 태산이었다.

언젠가 TV 연속극에서 폐 섬유화로 숨도 못 쉬고 서서히 죽어가던 여주인공이 생각나고 히로시마의 원폭이 생각났다.

나는 아는 척하며 의사에게,

"이래 죽으나 저래 죽으나 마찬가지 아니냐?"

며 용기 내어 물었다. 그러자 의사는,

"그럴 수도 있다는 거지 대부분은 다 괜찮다."

며 어쨌든 유방암치료가 우선이라고 대답했다. 저들은 한 번도 안 받아 보았으니 다 괜찮단다.

의사들은 사람들의 칭송에 둘러싸여, 환자들의 간절하고도 진정한 고통의 울부짖음을 못 알아듣고 심지어 귀까지 틀어막고 있었다. 내가 내 돈으로 저들을 부려 마땅하건만 그들은 내 돈 가지고서도 무슨 신의 대리인이나 된 것처럼 내 목숨까지 쥐어틀고 거만을 떨고 있었다.

의사 면허 내줄 때 항암주사 한 방과 방사선치료 한 방씩 맞는 것을 자격시험에 끼워 넣었으면 좋겠다. 내가 대통령이 되면 '꼭 법을 그렇게 바꾸어야지' 마음 먹었다.

지금 의사 면허증 번호는 십만을 넘고 있다고 한다. 즉 의사가 많아 환자가 의사를 선택할 수 있는 것이다. 그러나 내 목숨 내어 맡길 수 있고 내 고통 헤아려 줄 명의가 얼마나 있을까?

"맘을 곱게 먹으라니까? 맘이 고와야 암세포도 자릴 못 잡는 거야."

진주가 눈을 흘긴다.

"그래, 열심히 반성하고 있어!"

총 맞은 것처럼

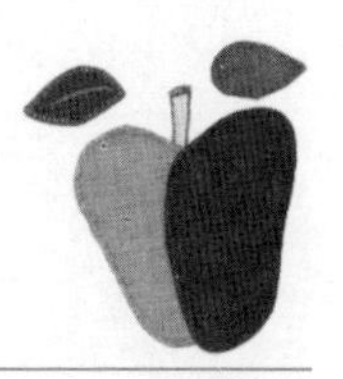

방사선은 매우 위험하고 고난이도의 치료이므로 모의치료라는 컴퓨터 사전작업을 거치게 된다.

모의치료란 실제치료와 동일한 조건, 동일한 자세로 시행하게 되는데 이 작업 역시 까다롭고 돈도 많이 들어간다.

모의치료 이틀 후부터 일주일에 오일씩 서른세 번을, 하루도 거르지 않고, 아니 토, 일요일만 빼고 가슴에 방사선 폭탄을 맞았다. 정말로 총, 아니 폭탄 맞았다.

"총 맞은 것처럼 가슴이 너무 아파, 아파."

중얼거렸다. 내가 왜 그 노래를 그리 좋아했을까? 선견지명이 있었나? 그래서 올해 후쿠시마 일본지진의 원전 피해 때도 우산도 안 받고 잘 돌아다녔다. '방사능 피해, 세슘' 어쩌고 하는 이들이 가소로웠다.

나는 가슴에 몇천 배 몇만 배로 방사능을 맞은 사람이다.

"웃기지들 마라!"

마스크도 안 쓰고 우산도 안 쓰고 생선도 소금도 더 많이 먹었다.

"쓸데없는 오기 부리는 거 너 알지?"

"상관없어!"

진주와 주고 받는다.

방사선치료실 앞 대기실에 가면 만인이 평등해져서 다들 푸른 죄수복 하나씩 걸쳐 입고 가만히 앉아 있거나 혹은 슬슬 거닐고 있다. 단테의 신곡에 나오는 '죽은 자 들의 행렬'이 되어 유령같이 흐느적거리다가 저승사자에게 이름이 호명되어지면 방사선치료사와 함께 다정하게 어깨동무하고 밀폐된 공간으로 들어간다.

그곳에 들어가 비싼 전용베게 베고 등받이 괴고 침대에 누워 방사선치료사에게 내 짝짝이 가슴 내어 맡기면 이리 만지고, 저리 올리고 내리며, 각도 맞추어 고정시키고 나서 치료사는 문 단단히 잠그고 나가 버린다.

오직 나만이 홀로 남아 움직이지도 못하고 조심스럽게 숨만 내쉬며 눈동자의 굴림 정도만 허락된다. 방사선치료시간은 삼 분도 안 되지만 그 시간이 나에게는 악몽처럼, 영원처럼 길었다.

치료실 천정은 스테인드글라스로 꾸몄는지 뭉게구름과 소박한 꽃무늬가 예수님과 어린양과 함께 어우러져 평화롭고 아늑해 보였고 흡사 천국처럼 보이기도 해서 간사한 나는 또,

"주여! 나는 외롭고 괴롭사오니 내게 이르사 나를 긍휼히 여기소서! 그리고 이 지옥에서 이 무서운 사망의 늪에서 저를 건져내소서!"

기도하며 낮게 부르짖었다. 심지어는,

"엘리 엘리 사박다니! 도나 노비서 파쳄! 쿼바디스 도미네!"
하며 알지도 못하는 말을 방언처럼 웅얼거리며 떼를 쓰고 있었다.

방사선과의사는 별로 바쁘지 않아 보였고, 의사가 의사답지 못하게 친절하고 소탈해서 이웃집 아저씨 같이, 혹은 친정 동생같이 생각되었다. 나는 모처럼 맘이 편해져 일주일에 한 번 가슴 X-레이 찍고,

"얼마나 화상 입었나?"
하면서 같이 내 가슴 들여다보면서도 편안했다. 매주 똑같은 요일에 한 번씩, 편안한 이웃처럼, 숨겨둔 연하 애인처럼 만나면 의사는 날 붙들고 똑같은 질문을 매번 똑같이 해댔다.

"어떠세요? 기침은요? 가래는 좀 사라졌나요?"

날이 더워지는데도 가벼운 감기처럼, 기침과 가래를 달고 살던 나는 밤이면 기침과 가래가 더 심해졌다.

"가래는 목 뒤에 늘러붙어 잘 나오지도 않고 뒤로 넘어가니 콧물인지 가래인지도 잘 모르겠어요."

대답하니,

"색깔은 어때요?"

묻는다. 가래 색깔이 다 그렇지, 희여 멀건 아니면 노리끼리하지, 그걸 어떻게 말로 표현할까? 그리고 누가 자세히 들여다볼까?

이미 바닥에 떨어진 걸 다시 주워 올려 들여다 볼 수도 없고 안 그래도 피곤하고 매사 시들해진 나는,

"그냥 밤중에 꼴까닥 삼켜버려 색깔은 모르겠는데요. 자다가 배가 고팠거든요."

대답하니 의사가 웃느라고 배를 잡고 뒤집어진다.

"다음번엔 병에 담아올까요?"

진지하게 물으니 대답도 못하고 웃느라 허리 구부리고 손만 내젓고 있다.

'그럼 그걸 뭐 하러 물어? 바보같이. 빨강 가래를 봤니? 아님 파랑 가래도 있다든?' 똑똑한 나는 '의사 면허증만 있으면 내가 현대판 화타 편작은 따 논 당상이다' 으쓱하며 피곤에 절어 터덜터덜 걸어서 집으로 돌아오곤 했다.

"아이고, 배야! 너 참 웃긴다. 알긴 알아?"

진주도 배꼽을 잡는다.

"너? 배꼽도 있었구나."

배꼽은 포유류에만 있는 줄 알았는데…….

검은 주홍 글씨

여름이 깊어 가는데도 목욕도 제대로 못하고 거의 두 달을 썩은 향수 냄새, 땀 냄새 퐁퐁 풍기며 살고 싶어 애를 썼다.

그 망할 놈의 시퍼런 줄이 지워질까봐 방사선치료할 동안에는 목욕도 조심조심 비누질도 그 자리는 피하며 행여 땀이라도 나면 내 생명줄 지워질까 노심초사 전전긍긍했다.

방사선치료할 동안은 꼭 그 자리를 컴퓨터로 미리 촬영하며 선을 긋는다. 특수잉크로 그려진 그 선은 이쪽 유방에서 저쪽 유방까지, 좌표점까지 찍기에 죄수의 채찍 자국처럼 가슴 여기저기 죽죽 선이 그려지고 점까지 낙인이 찍힌다.

꼭 그 선 안으로만 방사선을 쏘아야 하기 때문에 조금이라도 흐려지기만 해도 방사선치료사들이 '조심하라'며 옐로우 카드를 내민다. 조금이라도 지워지면 레드 카드로 바뀌고 다시 낙인 찍고 줄 긋는다. 설마 그럴 일은 없지만 안 보이게 많이 지워지면 아웃이다. 퇴장 당하고 다시 컴퓨터 촬영하고 모의치료까지 해야 한다.

모든 암환자들이 방사선치료할 땐 다 그런다. 줄 지워지면 행여 방사선 다른 방향에 쏠까? 비싼 잉크니 잉크 값 또 내라고 하면 어쩔까? 전전긍긍 퍼런 줄에 목을 매달고 산다.

맨 처음 방사선치료실의 공포를 어찌 잊을 수 있을까?

온 몸을 허공에 매달아 놓고 전신의 기운을 강력한 진공청소기로 쫙 빨아 들이는 듯 허허로움. 그 허망함. 내 영혼조차도 빨려 들어가버려 껍데기만 남아 내 텅 빈 육신이 다 들여다 보이는 듯했다. 처음에 너무나 고통스럽게 훅 빨려 들어가 놀란 탓인지 두서너 번 후부터는 더이상 그런 느낌도 공포도 사라져 갔다. 느낌도, 공포도 없어도 날이 갈수록 내 가슴은 점점 붉어지고 검어져 가고 화끈거렸으며, 오렌지처럼 구멍까지 뻥뻥 뚫려갔다.

내 왼쪽 팔은 감각도 없이 겨드랑이에 굵은 엿가락 하나쯤 끼워진 것처럼 무겁고 축 늘어져 갔다. 내 어깨에는 늘 살찐 새끼 곰 한 마리가 눌어붙어 잠자고 있었다. 감각이 없는데도 아프기는 아팠다.

새까맣게 타고 군데군데 벗겨져 흉해진 가슴은 끝내 커다란 네모의 낙인이 찍혀 버렸다. 주홍으로 새겨진 A자는 아니지만 한쪽 가슴에 ㅁ 모양으로 검붉게 낙인이 찍혀 버린 것이다.

나는 주홍글씨를 가슴에 단 '헤스터프린'인 것처럼 마스크에 가발에 선글라스까지 끼고 가슴 웅크리며 사람들을 피하고 교회를 피해 멀리 돌고 돌아다니며 쓸쓸하고 슬펐다.

'하나님의 어린양이시고 세상의 죄를 없애시려 우리에게 오셨다'는 우리 주 예수 그리스도께서는 나에게는 몸의 건강도 마음의 평화도 허락하지 않으셨다.

시간은 흘러가고 날은 무더워지고 있었다.

아스팔트가 뜨거운 열기를 내뿜고 태양이 따갑게 내 몸을 달구면 화상에 절어가는 내 가슴은 더 뜨거워지고 더 아파했다. 속과 겉이 함께 몸살을 앓고 있었다. 내 입에서는 단내가 풀풀 나고 잘 씻지 않은 내 몸은 땀 냄새에 절어갔다.

매미와 쓰르라미가 귀 따갑게 울어대면 '칠 일 밖에 못 사는 주제에 떠들기는 홍' 하면서 내 심성은 다시 뒤틀리고 있었다.

항암제로 살해당한다는 그 무서운 항암을 끝내고도 암시험에 통과하지 못한 나는 방사선치료를 받으면서도 치료가 끝나간다는 기쁨보다는 앞으로 아무 약도 없으니 어쩌나. 어디 가서 무얼 먹어야 하나. 이 끝에는 무엇이 나를 기다리고 있을까? 심난했다.

더 우울해지고 소외된 나는 죽고만 싶었다. 누구도 만나고 싶지 않았고 모든 걸 내려놓으려 애써도 무엇이 부족한지 내 안의 또 다른 내가 항상 칭얼대고 있었다.

도플갱어 한 마리가 내 몸 밖으로 나와 돌아다니고 있었던 것이다.

도로에서 엠블런스가 앵앵 지나가는 소리를 들으면, 그 안에 타고 있는 내 모습이 보이고 항암 끝난 다음 사후관리가 중요하다는 소리는 사망 이후의 사후관리 소리로 들려 괴로워서 귀를 틀어막고 싶었다.

강박 · 불안 증세가 나날이 심해지고 타인과 정서적 교류는 점점 힘들고, 심성은 가문 논바닥처럼 메마르고 냉담해져 갈라지고 있었다.

매일 '1박 2일'을 재생시켜 보고 '무한도전'을 보고 '스타킹'을 보고 또 봐도, 모든 코미디 프로그램을 섭렵해도 '저이들이 뭐하고 있는가? 왜 뒹굴고 싸우며 소리 지르나.' 멍해서 아들 작은 키가 생각나면 국민 남동생이라는, 혹은 타고난 MC라는 젊은이의 큰 키와 능력이 부럽고 미웠다.

키 큰 사람은 배우 시키지 않는 법이라도 생겼으면. 나는 나이 들어가고 병들면서 점점 더 비뚤어져 가고 있었다. 마음이 비뚤어가니 가슴도 점점 균형을 잃고 비뚤어갔다.

반 남은 가슴에 염증이 생기고 물이 차더니 드디어는 수술하지 않은 가슴보다 반쪽 자리 가슴이 더 커지는 불상사가 발생했다.

옛날보다도 더 커진 가슴을 내려다보며 이제 눈물도 말라가는지,

"그래, 그냥 죽으면 되지. 지들이라고 천 년을 살까? 만 년을 살까? 중국의 진시황제도 사십구 년밖에 못살고 아들 잡아먹은 영조도 팔십 넘으니 죽더라. 인조도 아들 죽이고 얼마나 더 살았던가? 내가 삼천갑자 동방삭이 같이 십팔만 년 살 것도 아니고 남보다 한

이십 년 빨리 간다고 생각하자."
하면서도 또 한심한 내 팔자를 원망했다.

"동방삭이가 삼천 년이 아니고 십팔만 년이라고? 별 걸 다 들추고 있네?"
그동안 더 똑똑해진 진주가 건방지게 말한다.

날은 덥고 살은 짓무르고 그 와중에도 커다란 주사기로 노르스름한 액체 빼내고 소염제 먹고 또 액체 빼내고 항생제 먹고 점점 내 생명의 밧줄은 줄어가고 있었다. 그래도 의사는 그럴 수도 있다고 방사선 부작용일 수도 있으니 시간이 지나면 좋아진다고 아무런 도움 되지 않는 소리를 했다.

"네 것 아니니 말은 쉽지. 터진 입이라고 말도 잘한다. 그러니 삼십 년도 더 된 항암제 그대로 쓰고 있지. 공부 좀 해서 신약 개발 좀 해라. 제발."

애꿎은 의사만 탓했다.

항암환자에게는 지금도 CMF요법이라는 항암요법이 AC라는 항암요법하고 병행되고 있는데 나는 AC요법을 따르고 어떤 환자는 CMF항암을 하고 있었다.

CMF항암요법은 1975년 림프절 전이가 있는 환자에게 보조항암요법으로 병용투여 한 후 유럽에서 승인되어 지금까지 유방암치료의 표준요법으로 전 세계 환자들에게 시행되고 있단다.

그나마 림프절 전이가 심한 환자에서는 치료효과가 의문시되어 아드리아마이신과 싸이톡신이 포함된 AC요법을 시행하는데 이 약제는 독성이 강해서 탈모, 구토, 심장독성, 백혈병 유발 가능성에 뼈다귀까지 상하게 하면서 열거할 수조차 없이 수많은 부작용을 가지고 암환자들을 농락하고 있었다.

그 많은 부작용에도 불구하고 치료효과가 우수하여 림프절 전이가 있는 경우 또는 더 강력한 항암제를 필요로 하는 경우 표준치료법으로 자리 잡고 앉아 사람들을 괴롭히고 있었다. 삼십 년 전이나 지금이나 같은 약을 쓰고 있는 것이다. 그러니 환자 입장에서는 만날 놀고 있나보다, 한탄할밖에…….

폭풍의 언덕

여름이 오니 비도 태풍도, 우울증도 덤으로 같이 따라왔다.

게으른 나는 비오는 날을, 특히 장마나 태풍을 좋아했었다. 비가 오면 방에 누워 만화책이나 보면서 뒹굴어도 맘이 편했다.

농사꾼 딸도, 농부 여편네도 아닌 나는, 밖에 나가기를 즐기지 않아서 태풍경보나 호우주의보가 내리면 미리 반겨 맞을 준비를 하고, 잡지 빌리고 만화 빌리고, 맥주 한 병 사고, 김치부침개도 지지며 하늘을 바라보곤 했다.

농부 마누라도, 길거리 좌판행상도, 아들이 짚신장수도 우산장수도 아니니 아무리 비가와도 좋았다.

남들이 비가 싫다고 비 때문에 걱정이라고 하면 속으로 나는 '으웅, 옥탑방이니 물 잠길 일도 없으니 좋구나' 흐뭇해했다.

그런 여자가 비 오고 바람 부는 날 혼자서 울며 소리쳤다. 그때는 친구도 이웃도 내 병에 대해 모르고 있었다. 나는 아들 때문에 일 년간 미국에서 지내고 있었으며, 오직 내 식구와 몇몇 친척들만 내가 서초동 옥상에 겨울잠을 자는 늙은 쥐처럼 숨어 있다는 걸 알고 있었다.

창 밖의 장대 같은 빗줄기는 내 가슴속에 서리서리 한으로 쏟아져 들이치고 있었다.

나는 이미 천애의 고아였다. 천애天愛란 하늘의 사랑이다.

늙고 병들고 이제 날 낳아주신 부모조차 안계시니 하늘이라도 날 사랑해야 할 것 아닌가?

"하나님은 진정 날 사랑하시는가?"

이스라엘도 아닌 저 아시아 끝, 대륙도 아닌 반도 끝에, 위태롭게 한 발 걸쳐있는 이 천애의 고아를 아시기는 한 건가?

의심은 불신을 낳고 불신은 원망을 낳고 있었다. 원망 다음은 당연히 배신이 될 터였다. 나는 도마의 선생이었고 유다의 스승이었다.

거센 비를 바라보며 울부짖었다.

"히스클리프—히스클리프! 돌아와 줘! 히스클리프……."

애타게, 목 메이게 불렀다.

더 이상 하나님을 예수님을 부르기도 지친 나는 캐서린처럼 인간에게라도 매달리고 싶었다. 내 병을 점점 잊이기는 나를 사랑한다던 다정하고 자상한 남편은 나가고 없었다. 그리고 그 남자는 의사도 신도 초능력자도 아무 것도 아니니 날 살려줄 수도 없고 든든하고 능력 있는 의지처를 갖고 매달리고 싶은 나는, 산사람도 아니고 세상에도 없는, 그것도 한국 사람도 아닌 영국 남자를 목메어 소리쳐 불렀다.

폭풍의 언덕도 아닌 자그마한 방음도 안 된 내 집 거실에서 쪼그리고 가슴 싸안고 외치고 울부짖었다. 비가 오고 태풍이 몰아쳐 낮이 밤처럼 어두워도,

"shantih! shantih! shantih! 평화! 평화! 평화!"

뜻도 모르고 울부짖었다.

"주여! 당신 뜻대로 하소서! 이제 내 한 몸 재물로 바치오니 더 이상 욕심내지 마소서. 내 남자, 내 아이들은 이 저주, 이 병고에서 평생 비켜가게 하소서! 이제 흠 없는 어린양을 잡아 그 피로 내 집 문 좌우설주와 안방에 바르오니 주께서 그 피를 보시고 표적을 삼아 재앙이 내 집을 넘어가게 하소서! 양피로 인을 치게 하소서!"

어린양도 그 피도 없는 주제에 그저 만만한 게 주님이었다. 은혜를 베풀지는 않았지만 나무라지도 않으시니 아무 때라도 심심하면 '내 주여! 나를 살리소서' 중얼거리며 교회는 멀리하고 있었다.

"내가 왜 네 가슴속에 들어왔게? 네가 매사에 부정적이고 불만이 많아 친구될 수 있을 것 같았어, 그건 아주 안 좋은 생각이거든 알았지?"

이제 친해진 진주가 다짐한다.

"그래. 알아! 그래도 불만은 평생 한가득이란다. 진주야."

드디어 방사선치료 서른세 번을 해냈다.

다른 환자들은 후련하다고 축하파티라도 하고 싶다며 좋아했지만 나는 또 조개처럼 입 꼭 다물고 쥐처럼 숨어들었다.

삼중음성이라는, 약도 없다는 의사의 서러운 선고가 또 내 가여운 발목을 잡아당기고 있었다.

초음파비 떼먹어 예쁜 구두 사 신은 내 발목은 눈치 보기 바빠서 뼈만 남아 내 한 몸 지탱하기도 힘이 부치기 시작했다. 걸음걸이조차도 흔들렸다.

온 몸의 털이 다 빠져버리고 속눈썹조차 달랑거려 눈마저 시린 슬픈 여인네는 '이 고난의 끝이 어디일까?', '이 고난은 내 삶을 풍성하게 만들어 줄 거름이나 될 수 있을 건가?' 되뇌며 나는 혹 전생에 전설 속 '아마조네스는 아니었을까?' 생각하니 잘라낸 건 왼쪽 유방이었다.

그 와중에도 속으로 '그 시절부터 좌, 우 구분 못하여 오른쪽 자르라! 명령내리니 턱하니 왼쪽 잘라내어 활도 못 쏘니 여 전사는 못되고 뒤에서 물 떠다주고 심부름이나 해 주며 구박만 받다가 졸병도 되지 못하고 말았겠구나' 싶어 실소하며 우울했다.

"아마존 강에는 별의별 조개가 다 있지! 좀 조개라고 연체

동물같이 생겨 날걸로도 먹을 수 있는 조개도 있어! 나보다 훨씬 못생기고 길어 징그럽기까지 하지. 맛은 잘 모르겠어. 분홍 돌고래도 산단다."

진주는 이제 백과사전도 줄줄 꿰며 아는 척한다.

시간이 지나니 머리까락도 삐죽삐죽 나오고 화상 자리도 검은색에서 붉어지고 낡은 피부도 벗겨지고 여린 새 살이 차올랐다.

이제 목욕도 맘 놓고 하게 되었지만 병원에서 약도 안주고 나 몰라라 하니 한숨만 쉬며 좋다는 건강식품만 챙겨 먹었다. 아무리 좋은 걸 챙겨먹어도 웃음치료를 받아도, 미술치료를 받아도, 내 가슴속은 미친 여자 머리카락처럼 풀어헤쳐지고 건강한 사람들이 부럽다 못해 미워지고 있었다.

어서어서 죽어서 다시 태어나야지. '그때는 왕족으로 아니면 건강하고 능력 있고 잘생긴 재벌로 태어나자' 하면서도 죽고만 싶었다.

또 낭떠러지 절벽이었다.

아래를 내려다보면 깊고 시퍼런 강물이 넘실대고 나는 아직도 예쁜 신발에 미련남아 굽 높은 비단 구두 벗어놓고 없는 머리 풀어헤치고 그 속에 뛰어들고 싶었다.

'모든 게 다 꽝이구나.'

나 없으면 못난 내 새끼들은 잘난 지애비가 더 잘 알아서 키우겠지……. 내 앞에는 요단강이, 레테의 강이, 그리고 삼도천이 넘실대고 있었다. 아케론의 강에서 카론이 빨리 오라고 소리쳐 부르자 그제야 조금씩 정신이 들기 시작했다. 얼마가 됐든 어떠한 방법이나 모양으로든 살아야 했고 살고 싶었다.

'내가 내 가족에게 무엇을 해줄 수 있겠는가? 무슨 선물이 남았을까?'

그것은 보석 같은 추억이어야지, 쓰레기 같은 악몽의 그림자를 남겨서는 안 될 터였다.

"너도 살고 나도 살자구. 네가 죽으면 나는 갈 곳이 없어!"

진주는 두려운 듯 했다.

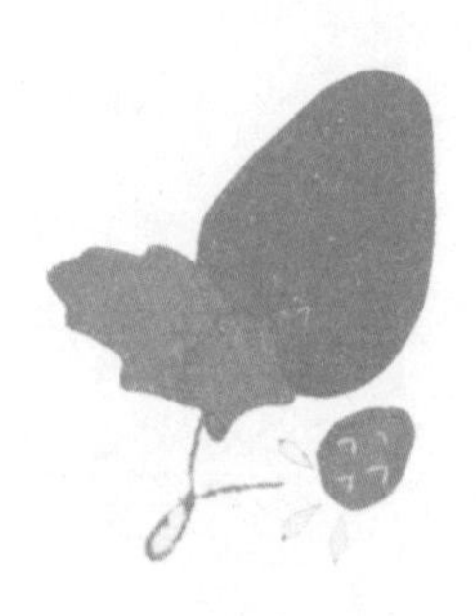

삶의 양과 질

암환자 지침서에는 삶의 질, 삶의 향상이라는 말이 자주 나온다. 삶의 질을 향상시키기 위해 이러저러하자는 글귀들이 여기 저기 보인다. 내 귀에는 살고 있다고 산 게 아니라는 소리로 들리는데 해석은 각자 나름이다.

머리카락 없이 검고 흐리멍덩한 얼굴과, 거무스름한 손과, 보라색 손톱을 가지고 입 냄새 퐁퐁 풍기며 카드를 내밀고, 상대방의 표정을 바라본 사람은 삶의 질이 무언지 금방 깨닫게 된다.

더불어 먹고 싶은 것 제대로 못 먹고 하고 싶은 일 제대로 못하다보면 이건 사는 게 아니로구나, 라는 생각이 종종 든다.

갑자기 삶의 질 따위는 문제가 아니라는 생각이 들었다.

머리카락 없으면 가발이라도 쓰자. 림프부종이 와서 코끼리 팔이 되면 그때는? 팔 없고 다리 없는 사람도 사는데 어떤가. 재발하고 전이되면 또 치료하고 또 수술하자.

삶의 질에 상관없이 양만 생각하자. 재발도 전이도 항암으로 방사선으로 연명이 가능하다.

콧구멍이 하나면 어떤가? 숨 쉬는데 지장만 없으면 되지! 개똥밭에 굴러도 냄새만 배지 않고 잘만 씻으면 상관없다. 요새는 성능 좋은 탈취제도 얼마나 많던가?

그러노라면 '나는 이게 뭔가? 내가 전생에 무슨 죽을 죄를 지어 이승으로 도망을 왔나?' 싶어지며 올가미에 단단히 걸린 한 마리 고라니 같아서 풀려날 길이 없을 것 같았다.

머리카락은 자라고 있었지만 더운 여름날 내 마음은 오히려 추운 겨울이 되어서 늙은 노파처럼 이 겨울이 어서 지나서 따뜻한 봄날이 오면 내가 편히 죽을 수 있을 텐데, 하며 시계를 돌리고 있었다.

날이 갈수록 더 우울해졌다.

TV에서는 죽어간 배우들의, 모델들의 자살방법이 뉴스에 소개되고 있었고 나는 빨래를 널며 옷걸이를 오래오래 바라보고 목에 대어보곤 했다.

어느 날은 수면제를 손바닥에 한 움큼 쏟아놓고 물끄러미 바라다보았다. '이걸 삼키면 자면서 편안하게 영원히 안 깨어나겠구나!' 생각했다.

나를 사랑하노라는 자상하고 다정한 내 남자가 눈치를 채고 경악해서 요즘은 정신병원에 다니는 게 흉도 아니다, 우리는 딸도 없으니 시집보낼 일도 아무 뒤탈도 없다, 하고 나를 어르고 다그쳤다. 그러면서 분개했다.

"우울증은 정신분열도 아니지만 정신분열이란 마음이 나눠진다는 뜻인데 무식하게 미친 환자를 낙인 찍는 인격모독의 뜻으로 쓰인다."

다행히 정신분열병은 이제 조현병이라는 지적인 이름을 갖게 되었지만 의사도 그 이름을 모르는 듯했다.

조현병이란 현악기의 줄을 고르다는 뜻으로 뇌의 신경망을 튜닝한다는 의미에서 붙여진 이름인데 어떤 의사도 그런 설명이 없었고 무식한 내 남자만 어디서 주워들어 내게 써먹고 있었다. 인간의 뇌도 적당히 긴장을 유지하고 적절하게 조율되어야 제 기능이 유지될 수 있는 것이다.

나보다 더 마르고, 나보다 더 환자가 되어가는 내 남자가 가여웠다. 효자보다는 악처가 백 배 낫다는데 나는 악처조차도 되지 못하고 망처가 될 것 같았고, 그 남자는 어떤 효자보다 아픈 나에게 천 배, 만 배 충실했고 나는 당연한 것처럼 그걸 누리고 있었다.

내 생에 그토록 오랜 기간 가까웠던 사람이 또 있을까?

날 낳고 키워주신 부모조차도 이렇게 오랜 시간 살 맞대고 생사고락을 같이 하진 않았었다. 반 평생 이상을 나는 그의 안에서 그는 내 안에서, 우리는 서로에게 몸과 맘을 바쳐가며 익숙해지고 동화되어 갔던 것이다. 나는 움직임이나 눈동자만 보아도 그가 무얼

하려는지 나는 알 수 있었다.

어린왕자와 한 송이 장미꽃처럼 서로가 서로에게 길들여져 무심하고 싸울지라도, 서로를 깊이 사랑하고 있었던 것이다. 어린왕자 속의 여우가 길들여짐의 의미와 책임을 가르치기 훨씬 전부터 우리는 서로에게 길들여져 있었고 서로를 눈이 아니라 마음으로 보고 있었던 것이다.

세속의 눈으로 바라보면, 처자식의 생계를 책임져야 함에도 불구하고 돈도 능력도 다 날려 없애고 허위단심 거리를 헤매는 초라하고 존경받지 못하는 사람이지만 나에게 그는 제우스보다 더 존경스러운 사람이고 아폴론보다 더 숭배 받아 마땅한 사람이었다.

"얼마나 더…… 서로 같이 할 수 있을까?"

"얼마나 더…… 서로에게 많은 시간이 있을까?"

나중에 늙어서 더 나이 들어서 같이 하고 싶었던 많은 일들이 물거품처럼 사라져 없어지고 있었다.

"우리 왜 헤어져! 어떻게 헤어져! 심장이 멈춰도 이렇게 아플 것 같지 않아."

그 남자의 질긴 쇠고집도, 사기 당해 날려버린 재산도, 사업에 실패해 초라하고 굽어진 작은 어깨도, 심지어는 평생의 무능함조차도 다 사랑이었다.

잘해주고 싶었다. 더 많이 사랑하고 싶었다.

"우리 서로 사랑했는데, 우리 이제 헤어지네요. 눈물이 입을 막아 말하지 못했던 그 말……."

내 남자는 내게 선하고 착했다.

가끔씩 농담처럼 내가 중얼거린다.

"나! 죽으면 당신이랑 아이들 어떡해? 먹는 거랑 입는 거랑 청소랑."

삼 초도 망설이지 않고 날아온 대답.

"걱정 마! 내가 다 알아서 해! 지 몸 걱정이나 하지 죽는다는 사람이 별 걱정을 다 해! 너나 잘해."

말문 막힌 여자, '어이구' 하품 내쉰다.

"아파, 아파! 나 아파서 죽을 것 같아!"

병 걸린 여편네 엄살 피우면 십 초쯤 주물러주다가 한 소리 한다.

"그렇게 아파 죽는 사람 내 머리털 나고 한 번도 못 봤다."

머리카락 얼마 안 남은 휜 머리통 들이밀며,

"운동 좀 해라. 운동 좀! 배가 남산이다. 늦둥이 가졌나?"

내 배를 꼭꼭 찌른다.

"있잖아! 나 죽으면 보험금이 조금 나오는데 당신 다 줄게, 나 천만 원만 미리 줄래?"

화들짝 놀랜 내 남자.

"깜짝이야! 내가 돈이 어디 있어? 그리고 뭐 하러 천만 원이나?"

치사하게 놀래기는 뭘 놀래나?

"그냥 쓸데없이 펑펑 한 번 써볼라고 그래, 애들 명품지갑도 하나씩 사주고……"

"돈이 지갑 탓하는 것 봤어? 나는 신문지에다 싸가지고 다녀도 돈만 많으면 좋겠구만."

그렇게 치사한 남자지만 나는 그를 열심히 사랑했다. 그래도 내가 항암주사로 꺼멓게 죽은 얼굴 가지고 앉아있자 종로에 가서 그 비싸다는 금가루 사다줬다. 얼굴 황금 마사지 하라고…….

천만 원은 없어 못 주지만 일 억은 없애도 괜찮은 남자. 소 털 뽑은 자리에 다시 심을 수 있는 남자. 자동차 기름 미리 넣어 삼십 원 손해 봤다고 억울해 툴툴거리는 남자. 구멍가게에서 봉투 값 달란다고 집에서 검정 비닐봉투 챙겨들고, 아이스크림 반 가격에 파는 가게 찾아가는 남자. 그 남자.

바보 같은 남자. 답답한 그 남자. 그래도 사랑할 수밖에 없었던 남자. 내 옆에 남자는 그 남자밖에 없었으므로 필사적으로 사랑할 수밖에 없었던 남자. 그는 혹시 내 병에 얼마만큼의 책임감을 느끼고 있는 건 아닐까?

말해 주고 싶다. 당신은 아무런 책임이 없다고 속삭여 주고 싶다.

내 스스로의 고통과 자책이 스트레스였을 뿐이었다고 살며시 기대앉아 말해 주고 싶었다.

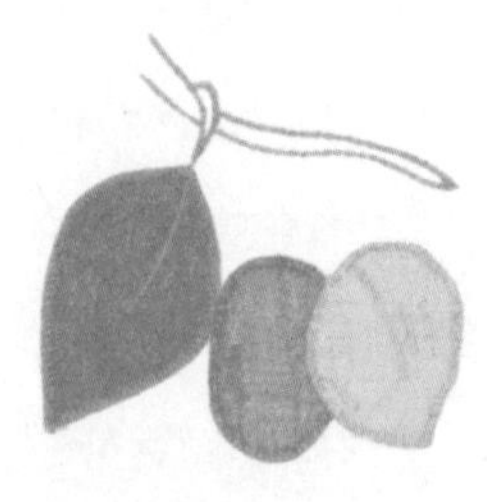

사요나라 이츠카

나는 다시 살고 싶어졌다.

긴 잠에서 깨어보니 세상이 온통 낯설다.

아무도 날 찾아주지 않아도 좋았다. 십 년, 이십 년, 삼십 년도 좋았다.

하루하루는 길고 지루하지만 생이 그립고 가족이 그리워질 것 같아, 그리운 삶을 살아내고 싶었다. 그래, 가보자. 어딘들 아니 가랴!

가족들의 짐이 되면 된 채로 살아보자. 즐겁지 않으면 슬픈 채로 살아보자. 쓰지 히토나리의 '사요나라 이츠카 안녕, 언젠가'라는 슬픈 단어는 떠올리지도 말자.

츠지 히토나리가 얘기한 것처럼,

"사랑이란 계절과도 같은 것 그냥 찾아와서 인생을 지겹지 않게 치장할 뿐, 사랑이라고 부르는 순간 스르르 녹아버리는 얼음조각, 영원한 행복이 없듯이 영원한 불행도 없으리라! 언젠가 이별이 찾아오고 또 언젠가 만남이 찾아오느니, 인간은 죽을 때 사랑받은 기억을 떠올리는 사람과 사랑한 기억을 더 올리는 사람이 있는 거야!"

라고 가만히 되뇌었다.

나는……. 둘 다 떠올리며 행복하고 아름다운 죽음을 맞이하고 싶었다.

츠지 히토나리가 다시 속삭였다.

"인간은 늘 이별을 준비하며 살아가야 하는 거야, 고독은 절대 배신하지 않는 친구란다. 사랑 앞에서 몸을 떨기 전에 우산을 사야 해! 아무리 뜨거운 사랑 앞이라도 행복을 믿어서는 안 돼! 죽을 만큼 사랑해도, 절대로 너무 사랑한다고 해서는 안 되는 거야. 사요나라 이츠카."

그냥 사랑하며 옛날 옛적 내 가슴에서 잃어버린 아이 '사랑해'를 찾아보자. 사랑받기보다는 사랑을 주는 여자가 되어 살아 보자. 육 개월에 한 번씩 정밀검진을 받는 씩씩한 여자가 되어 살아보자. 육 개월씩 육 개월씩 열 번이면…….

"에게? 겨우 오 년이네!"

육 개월씩 육 개월씩 사십 번은 살아야 하는네! 그래, 사십 빈민 열심히 살아보자. 두 눈 질끈 감고 사십 번을 넘기면 그때는, 그때는 죽어도 평안하리라. 내 나이 칠십 넘어 살면 그게 바로 장수의 축복이리라.

"The time shall pass, too. 이 또한 지나가리라."

청순하고 슬프게 그리고 우울한 소녀처럼 되뇌었다.

목숨에 미련 많은 여자는 고개를 주억거리며 다시 일어났다.

3부

·

사랑, 사랑 누가 말했나?

사의 갈망

항암 부작용으로 더 뚱뚱해지고 더 땅딸막해지고 더 못생겨진 여자는 보무도 당당하게 남들이 꺼려하는, 쉬쉬거리며 숨기고 싶어 하는 신경정신과에 살아보고자 터덜터덜 들어섰다.

우울증은 늪처럼 내 발목을 붙잡아 당기고 내 몸과 마음을 땅속으로 잡아끌고 있었다. 누구와 어떤 말도 하기 싫었다.

'일 년이나 살까? 이 년이나 살까?' 하는 의문은 끈질기게 날 놓아주질 않았고 내 남자를 보아도, 내 아이들을 보아도 그들의 미래마저 암울하고 답답해보였다. 아이들의 미래는 나와 같아서 취직도 결혼도 힘들 것 같았고 '이 험난한 세상, 이 아이들이 뭘 해서 벌어먹고 살건가' 불안해지기 시작했다.

암은 유전도 된다는데……. 과거에 담배를 피우고 한동안 화학 약품을 만지며 먹고 살았던 내 남자도 암에서 무사할 것 같지 않았다.

위, 아래, 좌, 우 둘러보아도 사방에서 두꺼운 벽들이 나를 옥죄어 오고 있었다. 그런 꼴 안 보려면 죽는 게 상책이었다.

죽음, 삶. 생生, 사死. 그게 무엇일까? 염주 한 알 생의 번뇌고 염주 두 알 사의 번뇌라던가? 나에게는 백팔염주 마디마다 생의 욕망과 사의 갈등이 주렁주렁 매달려 있었다.

'저 쪽 저 세상 그곳에는 뭐가 있을까? 금은보화가 있을까? 보석이 깔린 아름다운 강이 있긴 있을까? 호화로운 궁전이 있을까?'

많은 사람들이 스스로 그 세계로 넘어가고 있었다. 유명한 재벌, 유능한 경제인, 배우, 교수, 정치인 심지어 전직 대통령까지 그 똑똑한 사람들이 스스로 망각의 강을 건너 돌아오지 않고 있었다.

'그곳은 어떤 곳일까? 그 잘나고 똑똑한 사람들이 스스로 가는 그곳은 어떤 곳일까? 우리가 모르는 중요한 일이 이미 거기서 벌어지고 있는 건 아닐까?'

수많은 말과 의문이 내 안에서 뒤범벅 되었지만 그 어떤 것도 한마디 말로 바뀌지 못했다. 그토록 내 가슴은 공허로 가득 찼고 속내를 풀어낼 재간이 없었다. 언제나 마음은 집시가 되어 공중을 떠돌고 나는 환상을 쫓으며 이승과 저승을 넘나들고 있었다.

매일 밤이면 정신은 점점 또렷해지고 눈은 피곤해지며 머리가 아파 깨질 것 같았다. 밤마나 수면유도제와 수면제, 안정제, 우울증 치료제까지 함께 먹어야 안심하고 잠들 수 있었다.

이제 나는 이 세상 모든 경쟁에서 꼴찌였다. 집부의 축적도, 내 남자 사업도, 외모도, 아이들 공부도, 건강마저도 꼴찌를 자처하고 나섰다.

'죽음이 무언가? 이제 나는 어떻게 살아갈 것인가? 오늘 당장 누구에게 도움을 청할 수 있을 것인가?' 끊임없이 생각했지만 대답은 어디에서도 없었다. '이 목숨이 끊어지면 이 고통도 끊어지련만…….'

내가 나를 용서하지 못하고 심판하는 것이 자살이라 하였다. 나는 나를 용서할 수 없었다. 모든 것에 실패해 버린 나를 용서할 수 없었다. 내가 나를 용서할 만큼 큰 잘못을 저지르지 않았건만 나는 나를 용서할 수 없었다.

스스로 잘나고 혼자 똑똑한 척했지만 아무도 알아주지 않고 그걸 풀어먹지도 못하니 사는 게 지루하고 즐겁지도 않고 우울했다. 우울증은 흔히 마음의 감기라고 표현하곤 한다.

가벼운 우울증은 실망Discouragement, 좀 무거운 우울증은 낙담Despondency, 그리고 중증 우울증은 절망Despair으로 구분되는데 나는 매사에 절망을 넘어서서 죽음에 다가서고 있었다.

거의 하루 대부분이 피로하고 가족들에게는 막연하고도 질긴 죄책감이 새롭게 솟아나 날마다 고통에 시달렸다. 또 모든 일상생활에 흥미도 없고 즐거움도 없었으며 오직 암과의 사투에만 정신이 팔려 있었다. 끊임없이 죽음에 대해 생각하고 잠 못 이루며 저 너

머엔 무엇이 있을까 궁금해 했다.

무거운 바윗돌 하나를 짊어진 신화 속의 시지프스처럼, 내 가슴은 그 바위를 굴리고 또 굴리며 힘겨워하고 있었다.

산 속에 있으면 그 산의 아름다움을 보지 못하고 나무 밖에 안 보이고 숲을 바라볼 수 없듯이 나는 긴 세월동안 세상 속에서 사랑의 경이도, 고마움도 모르고 그저 삶에 부대끼면서 고달픈 생을 살고 있었던 것이다.

이제 산 바깥에 설 차례가 왔음에도 불구하고 산 속에서 무슨 이따위 산이 다 있느냐고 불평만 하고 있었다. 죽음과 같은 고독과 절망 속에서도 사랑하는 내 남자 세 명을 보면 다시 살고 싶기도 했다.

저 세상은 가보지 않았으니 두려웠다. 항상 그랬듯이 미처 기름과 등불을 준비하지 못한 미련한 처녀가 되어 이제나 저제나 신랑은 구경조차 못하고 기름을 사러가지도 못하여 어린양의 혼인 잔치에 낄 수도 없을 것 같았다. 지금 가면 거기서도 내 자리가 없어 서성이게 될 것 같았다.

"아! 머리 아파! 잠 좀 자자구. 제발."

진주는 항암에 지쳐가고 있었다. 나와 같이 아파하고 머리를 흔든다. 내 가슴속엔 뿌연 먼지가 흩어진다.

완전히 새 됐어!

신경정신과 병동은 소란스럽진 않았지만 지루한 기다림의 연속이었다. 처음에는 정신과 의사와 상담하면 조금은 내 마음이 편안해질 수 있을까? 그들이 내 마음을 얼만큼 읽어낼까? 내 고민을 조금이나마 해결해 줄까? 기대했었다.

기다리다 지친 참을성 없는 나는,

"이럴 거면 시간 예약을 왜 잡아. 그냥 갈까보다."

하고 간호사에게 짜증을 내며 점점 본색을 드러내고 있었다. 하지만 명의라며 특진 진료비 사인까지 했으니 의사가 도대체 나에게 무얼 해 주나 싶어 오래 앉아 기다렸다.

기대도 있었다.

TV에서 처럼 오래오래 편안하게 내 얘기를 들어주고 내 응어리도 조금이나마 풀어주진 않을까? 혹시 전생으로 날 보내어 병의 원인이라도 밝혀 줄 수 있을 것인가? 하는…….

하지만 완전히 새 됐다.

자존심이 하늘을 찌를 듯 했지만 또 그만큼 열등감이 강했던 여자는 이제 조심스럽게 한 자락씩 속내를 풀어내려고 마음 먹었다. 그렇게 마음 먹고 집에서 연습까지 해 갔건만 유능하고 잘 생긴, 금테안경까지 낀 의사는 잠깐 내 얘기를 듣더니 차트 한 번 주욱 훑어보고

"잘 오셨어요, 정말 잘 오셨어요."

두 마디 했다.

'이제 시작인가 보다. 어떻게 이야기를 풀어갈까? 제가 의사이니 먼저 시작하게 내버려둘까?' 하는 내 생각과 잔머리는 정신과에서는 소용 없었다.

"네. 이 주간 약 드시고 다시 오세요."

끝이었다.

오래 고민하고 한 달간 갈등하고 일주일 전 예약하고 한 시간을 기다려 고해성사라도 해보려던 나는 십 분도 안 되어 바보처럼, 유령처럼 흐흐흐 실소를 머금고 수납창구로 향했다.

수납하려고 번호표를 들고 또 기다렸다. 피로와 약 오름에 지친 내 앞에 특진진료비에 정신치료비까지 더한 약값이 정신을 번쩍 들게 만들었다. '지가 뭐했다고 상담료를 이렇게 받나? 몇 마디 하

지도 않고서.' 억울하면 내 자식 의사 만들 수밖에…….

또 애꿎은 아들놈 덤터기 쓸 일만 생겼다.

의사에게 별로 신뢰가 가지 않아 약봉지만 들여다보고 먹다가 말다가 무슨 소화제 취급하고 있었더니 이주일 후, 또 오라고 문자가 왔다.

다른 의사를 찾았다.

내 머릿속을 들여다보는 것도 아니니 상관없었다. 그리고 전에 했던 대화는 내 나쁜 머리에도 저장될 만큼 짧았다.

새로운 특진 의사는 여자였고 예쁘고 도도해 보였다. 여의사는 또 잘 오셨다는 말을 되풀이했다. 아! 정신과 의사자격 법령 일조가 이거였구나, 깨달았다.

"잘 오셨어요."

그녀도 약 이주일 분을 처방해 줬다. 약이 조금 바뀌어 색깔도 모양도 고왔다.

'약도 예쁘네! 역시 여자가 쓰는 약이라 뭐가 달라도 다르군.' 나는 더 비뚤어져 있었다.

종합병원 신경정신과 정도면 여러 가지 치료를 병행해 주는 줄 알고 연극치료 같은 것도 하자고 하면 어떡하나 미리 걱정도 했었다.

의사들은 모두 모두 바빴다. 많이 배운 만큼, 지위가 높은 만큼 바빠서 환자 보기조차 힘들어 보였다. 그들은 시간이 자기네들에게만 돈인 것처럼 굴었다. 내게도 시간은 황금이다.

내 비록 아무 하는 일 없이 죽을 병에 걸려 병원을 오가는 환자지만 시간이 소중한 것은 저나 나나 마찬가지다. 의사의 시간이나 대통령의 시간이나 거렁뱅이의 시간이나 다 똑같이 소중한 것이다.

의사들은 커피도 마시고 비싼 생수병도 옆구리에 끼고 말도 느릿느릿 하니 기다리는 나만 짜증이 돋았다.

잘난 나는 '흥 니들이 점쟁이냐? 아니면 귀신이더냐? 점쟁이도 저 죽을 날 모르더라. 나도 모르는 내 맘을 니들이 어찌 알아?' 하면서 다시 우울 속에 빠져 들어갔다.

"계속 그리 살아보렴. 아주 잘하고 있어. 나랑 같이 오래 살자. 응?"

이제 진주는 칭찬도 할 줄 안다.

암환자는 항암치료제 자체가 뇌신경 세포를 억제하는 기능을 하기 때문에 정서적으로 우울감이 발생하게 된다.

암이라는 병 자체가 또는 항암약제가 뇌기능에 영향을 미쳐 'chemo brain', 우리말로 '뇌신경 세포의 피로감'이라는 말이 생겨날 정도로 온 몸과 마음의 피곤함이 오래오래 지속된다.

"의사들은 꼭 어려운 단어만 골라 쓰지? 그런다고 좀 나아보이나?"

영어도 모르는 무식한 우리 진주.

우울증 치료제는 꾸준히 먹어야 뇌 속에서 세레토닌이라는 뇌신경 전달 물질이 생겨 우울증에서 헤어나올 수 있다는데 나는 그걸 모르고 오래 살고 싶어서, 중독될까 무서워서, 특히 우울한 날에만 약을 집어 먹었다. 그러니 이명과 환청이 들리고 눈앞에서는 아지랑이가 피며 집에 있으면 누울 자리만 찾았다.

암이라는 무서운 선고가 엄청난 스트레스, 정신적 트라우마가 되어 나를 괴롭히고 있었던 것이다.

위로와 동정 그리고 연민

밖에 나가면 아무리 가발과 모자를 뒤집어써도 사람들이 알아보는 듯 했다. 특히 병원에서는 다 알아챈다. 나도 척보면 환자인지 아닌지 귀신같이 알아맞힌다.

내가 머리카락도 눈썹도 없는 환자임을 알면 나를 전혀 모르는 이들의 얼굴도 순간 연민의 얼굴로 바뀐다. 갑자기 친절해진다. 나도 그랬었다. 내 가슴속에 오랫 동안 암 덩어리를 키워가고 있으면서 눈치도 못 채고 암환자를 동정하고 친절한 척 했었다.

암환자에게 동정은 절대 금물이다.

우리네 환자들은 그저 모르는 척 아무렇지 않은 척 지나쳐 주는 게 제일 고맙고 반갑다.

괜히 잘난 척, 아는 척 하며 식이요법과 운동요법이, 혹은 산속과 기도가 어쩌고 하면서 병원치료의 무용론을 설파하면 내 암 덩어리를 확 전염시켜버리고 싶은 충동에 휩싸인다.

특히,

"괜찮아, 일, 이 년만 있으면 멀쩡해져. 오 년만 버티면 완치라고 그러던데?"

이런 소리를 하면 고맙다 못해 증오심까지 생겨 그 입을 어떻게 해버리고 싶은 충동마저 느낀다.

암에 완치라는 단어를 쓸 수 있으면 얼마나 좋을까? 암은 절대 완치가 없다. 죽음이 완치다. 암과의 싸움이 끝났다는 것은 죽었음을 의미한다. 결코 완치가 아닌 처절한 패배를 의미한다.

모든 사람이 날 동정하고 있었다.

남편도 아이들도 시댁 식구들도 심지어는 병원에서 만났던 루프스 환자까지도 나를 보며 위로와 동정을 아낌없이 베풀었다. 그러나 동정은 오로지 동정일뿐 환자에게 도움 되는 것은 눈곱의 눈곱만큼도 없다.

차라리 친절이나 배려가 훨씬 낫다. 그도 못할 때는 그냥 입 다물고 가만히 있어 주는 게 상책이다.

림프 부종 때문에 찾아갔던 재활의학과 물리치료사의 그 친절을 잊을 수 있을까? 왜 병원 직원들이 갑자기 이렇게 친절해졌을까? 이제 우리나라도 선진국이 되니 병원도 점점 친절해 가나 보다, 하며 어리석은 나는 감탄하고 고마워 했다.

갑자기 친절해진 게 아니었다. 그들은 나를 불치병환자로 보고 있었던 것이다.

"전부 다 그런 건 아니야! 왜곡된 시각을 버려. 그래야 오래 살 수 있어."

진주는 설교도 할 줄 안다.

모든 병이 다 그렇듯이 암도 마음 먹기에 달려 어느 정도의 수명 연장이 가능하다. 병기가 점점 깊어져 말기에 이르는 것은 어쩔 수 없지만 마음 먹기에 따라 증상의 완화는 조절이 가능한 것이다.

"그러니까 부지런히 노력을 하라구! 운동도 열심히 땀이 배일 정도만 해."

토닥이는 내 조개, 우리 진주.

암의 기전은 다양하다.

암세포는 모든 사람이 다 가지고 있다. 단지 그 세포가 생겼다가 사라질 뿐이다. 인체가 건강할 때는 암세포 스스로 자멸하기도 하고 백혈구에 살해 당하기도 한다.

췌장기능 저하로 당뇨가 생기면 암이 발생할 가능성이 있다는데 나는 항암 이전 당뇨 수치가 백에서 백십 사이였다. 거꾸로 항암 이후 백사십을 넘나든다.

그것도 유전인지 내 여동생은 선 항암 두 번에 당 수치가 사백을 넘어가서 수술 날짜 잡기도, 회복도 어려웠고 결국에는 스스로 자기 배에 줄을 긋고 칸 맞추어 인슐린을 주사기로 폭폭 찔러 넣으며 마약 중독자처럼 살고 있다.

항암으로 췌장이 손상된 것 같은데 의사 선생님께서 절대 아니라고 우기시니 '원래 사백을 넘나드는데 바보같이 아무 증상도 모르고 살았구나' 생각할 밖에 도리가 없다.

어쨌든 암세포는 면역이 떨어지거나 심한 스트레스를 받거나 유전인자가 있거나 하면 어떤 원인에서건 작게 자리를 잡고 자라기 시작한다.

우리 몸에는 암세포 담당 면역세포가 있는데 이들은 정상세포를 공격하지 않고 암세포만 골라 공격하여 제 스스로 소멸되게 만든다.

유전인자는 10%에서 15% 정도밖에 안된다고 하지만 요즈음에는 딸이 하나인데 암에 걸리면 100%인 셈이니 그건 부모를 잘 만나야 하는 자기 복이니 랜덤일 수밖에 없다. 내가 선택할 수 있는 게 아니다.

암 덩어리가 한 번 자라기 시작하면 하나님 혹은 천지신명께서 도우시지 않는 한 저절로 없어지는 법은 거의 없다.

하나님께서도 아무나 돕지 않으시고 그 기준이 애매하여 인간은 절대 알 수 없으니 빨리 수술부터 해야지 무턱대고 기도부터 들어갔다가는 낭패 보기 십상이다. 목사님도 신부님도 스님도 다 암으로 돌아가시는 걸 나는 봤다.

하나님께서 살려주셨다는 이는 오직 한 사람 예전에 수필도 쓰고 라디오 DJ도 하던 A모씨 하나봤다. 그이는 아직도 살아있고 신부님하고 결혼까지 했는데도 하나님께서 꾸짖지도 않으시니 그저 하늘의 뜻이거니 하는 생각이 든다.

아무튼 잽싸게 수술로 떼어 내는 게 상책이다.

수술, 항암, 방사선 삼종 선물세트와 호르몬 요법 하면서 기도도 섞고 식이 요법과 운동도 해야 종합 선물세트가 되는 것이지 무조건 산속으로 들어가 맑은 공기에 깨끗한 풀만 뜯어 먹다가 속수무책 죽어가는 사람도 많이 있다.

모든 걸 다 하고 그 이후 자기 스스로의 의지에 매달려야 한다.

모든 치료 후에 몸에 좋은 건강식품이든 풀만 뜯어먹든 현미만 생으로 먹든 해야지 수술 전에 시작했다가는 혹이 커지고 염증까지 생겨 십중팔구 죽어 나간다.

알로에든 후코이단이든 넥시아든 죽은 화타 편작이나 허준이 살아 나온다 해도 소용이 없다.

나는 그렇게 알고 있다.

"잘 먹어야 돼! 골고루 잘 먹어야 돼!"

저도 덕 좀 보자고 진주가 숟가락 하나를 척 올려놓는다.

"숟가락은 국맛을 모른단다. 진주야."

내 몸을 전세 놓다

암은 아주 질 나쁜 세입자라고 보면 된다.

얌전하고 순한 놈이건, 포악하고 성질 지랄 맞은 놈이건 내 집에 문간방이라도 차지하고 들어앉으면 보증금 다 들어먹고 월세, 사글세, 관리비도 안 낸다.

한 번 자리 잡고 누우면 죽을 때까지 안 나가고 가끔씩 깽판 부리고 돈 달라고 떼쓰고 아프면 병원 데려다 달라고 하고 약 달라고 하며 심하면 모르핀까지도 요구한다. 경찰도 판사도 대통령이 와도 못 쫓아낸다.

그냥 어르고 달래고 아프면 병원에 데려가고 밥 먹이고 약 먹이며 한평생 친구처럼 상전처럼 조심조심 모시고 사는 게 수다. 알아서 스스로 나가주면 그렇게 다행한 일이 어디 있을까 만은 그놈은 어지간해서는 꿈쩍도 안 한다.

잘 달래면 오래 잠자고 쉬고 있을지언정 같이 죽자고 안 나가고 버티고 있는 것이다. 잘 달래서 데리고 살든지 같이 죽든지 각자의 몫이다. 적과의 동침이니 각자 알아서 할 일인 것이다.

"이제 조금씩 깨달아 가는구나! 나도 침대 하나만 구해줄래? 이태리제로."

흐뭇한 표정의 우리 진주. 그래, 아주 자리를 잡는구나!

종합병원은 특진검사료도, 두어 마디 말씀에 끝나는 정신치료요법도 비싸다. 그래서 잘난 척 선수인 나는 약 이름 적어놓고 다른 의사를 찾았다. 종합병원이라 의사가 많으니 그건 편리하다. 오랜 기간 먹을 약이면 처음에만 특진으로 진료 받고 얼른 일반의사로 바꿀 수 있다.

"병원에서 들으면 진료 거부 당할라. 이 이야기는 진주, 너와 나만 아는 특급 비밀이다."

소시민인 나는 또 움츠러 든다.

일반의사도 시간이 지나면 특진의사 될 것이고 자기들끼리 컴퍼런스라는 어려운 회의도 하고 정보교환도 하니 돈도 적게 들고 또 더 친절하다. 아직은 세파에 시달리지 않았고 승진도 해야 하니 열심히 환자 말에 귀 기울이고 설명도 자세히 해준다. 인턴보다 훨씬 겸손하고 친절하다. 세상이 뒤죽박죽이니 그것도 거꾸로 가고 있었다.

새로 만난 여의사는 아직 어리고 친절하고 예뻤다.

내 얘기도 오래 들어주고 약 이름도 알려주고 컴퓨터로 약 모양까지 보여주며 상냥했다. 명의란 나하고 잘 맞아야 명의지 제 아무리 잘났어도 내 한 목숨 못 건져내면 그건 절대 명의도, 화타 편작도, 의사도 아닌 돌팔이에 불과하다. 때로는 인간도 아니다.

드디어 나는 정신과 명의를 만났다. 아직은 정교수도 못 되고 맨 끝 방에서 과장에게 밀려나 환자나 보고 있는 주니어 선생이지만 알고 보니 나에게는 오스트리아에서 수입한 지그문트 프로이드보다, 깊은 산속에서 환자 모아놓고 비싼 풀 뜯어 먹이며 잔소리하는 의학박사보다 더 명의였다.

한 달에 한 번씩 만나 이야기하고 짜증내며 신세 한탄 하다가 세월이 지나자 농담도 곁들이고 자랑도 슬쩍슬쩍 끼워 넣으며 친해져 갔다. 이 약 저 약 바꾸어 먹으며 조금씩 마음이 열려가고 세상이 보이고 가끔 웃기도 했다.

살 수 있을 것 같았다.

나는 살고 싶다

어느 구름에 비가 들었는지 모르지만 우산만 단단히 챙기면 비 한 방울 안 맞고 말끔히 집에 돌아올 것 같았다. 우울증 약을 꾸준히 먹으니 웃음이 생겨나고 두고 온 세상이 그리워지고 아파도 오래 살 수 있을 것 같았다.

아프면 아픈 채로 또 항암하자 생각했다. 우리 아이들 장가 들여 며느리가 해주는 밥도 먹어보고 손주도 업어주고 싶었다. 업는 게 힘들면 비싼 유모차 한 대 사 주리라. 남들은 차도 사주는데 그까짓 명품 유모차 비싸봐야 중고차보다 더 비쌀까?

"병은, 특히 암은 절대로 건강과 동거할 수 없는 거야! 명

심해!"

진주는 갈수록 영리해지고 있었다.

아프고 지쳐서 아이들도 남편도 뒷전인 채 잠만 자던 여자는 드디어 해바라기처럼 무거운 고개를 조금씩 쳐들기 시작했다. 평생 세 남자만 해바라기하고 살던 여인이었다.

아폴론을 사랑하던 크리티에처럼 예쁘지도 우아하지도 않았지만 나에게는 세 남자들이 아폴론이었다.

나는 돈 없애고 술 마시며 세상에 떠밀려 초라해진 내 남편을 숭배하고, 늦은 시간 강남역에서 춤추고 노느라 바쁜 내 아이들을 그리워하며 살았다. 내 남자는 여름인데도 겨울 러닝을 입고 있었고 내 아이들 티셔츠는 구겨지고 바지는 후줄근해져 있었다. 그리고 심지어 온 몸에서, 빨래에서 쉰 냄새가 살랑살랑 코끝을 스치고 있었다. 이제 나는 인간처럼 코로 숨을 쉬고 냄새도 맡을 수 있었다.

조금씩, 가끔씩 정신이 돌아오고 있었고 1박 2일을 보며 '저이는 씨름보다 방송 데뷔가 천운이다' 며 웃기도 했다.

그 어린 명의가 처방해준 약은 희미해진 내 기억력과 주의력을 향상시키고 작은 불씨 같은 생기를 불러일으키며 온 몸에 사랑과 행복을 전달하는 연락병이 되고자 노력하고 있었다. 그 약이 행복 전도사였던 것이다. 행복 전도사의 눈물겨운 노력에도 불구하고 사람들의 시선을 받으면, 누군가 암이 재발되고 전이됐다는 소리를 들으면 다시 우울해져 숨고 싶었다.

어느 날 유방암환자 백 명 중 하나가 남자라는 소리를 듣고 '딸이 없어 다행이다' 생각했던 여자가 갑자기 가슴 철렁하여 남자 유방암까지 걱정하며 내 남자와 아이들 앞으로 암보험을 또 들었다. 암 밖에 아무 가진 것 없는 어미가 못난 아들에게 줄 게 아무것도 없었으므로…….

참 더럽고 치사한 세상이었다. 창피하고 또 부끄러웠다. 한 발 밖으로 내딛자니 미국 갔다던 여자가 어찌 머리까지 홀랑 깎고 들어왔나 설명할 재주가 없었다. 예전에는 너무 잘 자라 한 달 한 번 꼴로 지갑을 축내던 내 머리카락은 주인이 가난해지자 한 달에 오 미리 미터도 안 자라고 있었다.

매일 자를 들고 거울을 보며 머리카락 자라는 속도를 점검했다. 조금만, 조금만 더 자라면 아주 세련된 짧은 커트머리가 될 것 같았다. 미국에서 돌아왔으니 짧은 머리도 그렇게 흉이 되지 않겠지…….

페스트 샴푸라는 비싼 샴푸로 머리 감으며 살았건만 머리 자라는 속도보다 더 빨리, 이미 내 병은 소리 소문없이 연기처럼 바람을 타고 벽을 넘어 온 동네가 다 알고 있었다. 나만 모르고 나 혼자만 미국에서 아들 밥 해주고 있었던 것이다.

무서운 세상이었다. 내가 페스트에 걸린 것도 전염병 환자도 아니건만 그들은 '오가며 그 집 앞을 지나노라면' 하며 수군거리고 있었다.

진실과 거짓 그리고 소문

나는 쓸데없이 분노했고 다시 세상이 싫어졌다.

"내가 저희들한테 전염을 시켰나? 내가 딸이 있어 저희 아들과 혼인을 하자고 했나?"

암은 유전도 된다하니 내가 언청이나 육손이 된 것처럼 부끄럽고 또 그걸 숨기다 들켜버린 것처럼 창피해서 사람들이 노엽기까지 했다.

"저들이 나 암 걸릴 때 도와 줬나, 수술비 한 푼 보태줬나."

건강하고 말 잘 퍼뜨리고 남 일에 관심 많은 모든 사람이 미웠다.

"지 할 일이나 잘할 것이지 남 말은 왜 해? 이 나라 국민성 하고는."

나는 우리나라 국민성까지 들먹이며 혀를 찼다.

흔히들 우리 나이 또래가 되면 시간밖에 가진 것 없는 가련한 여인네들이 모여 앉아 쓸데없이 남을 동정하며 야릇한 안도감을 느끼고 남의 불행에 위안까지 받곤 하면서 진심인 양 남 걱정을 한다. 그러면서 교활한 악어처럼 한 방울 눈물도 흘릴 줄 안다.

오지랖이 온 우주를 망라하고 지구를 뒤덮는다. 전 세계를 아우르며 제3세계까지 아는 척 걱정한다. 나도 그랬었다.

남의 기쁨에 진심으로 동참하진 못했어도 남의 불행에는 진심으로 위로하고 싶어했고 동정을 아끼지 않았다. 돈 드는 것도 아니고 항상 가지고 다니는 주둥이니 나불거리기만 하면 되는데 뭘 아까워하랴!

세상 밖을 기웃거리던 나는 다시 창살 없는 감옥에 죄인을 자처하고 들어앉았다.

"Let me out. Let me out."

"자유가 아니면 죽음을 달라."

"병에 걸렸다고 죄인 취급 하는 건 무식하고 미개한 사람들의 습성이야! 저기 아프리카 토착 원주민들이 더러 그런 무식한 생각을 해서 병든 자를 가두고 심판하곤 하지."

진주도 드디어 말문이 터지기 시작했다.

나보다 더 어린 나이에 한쪽 가슴 전부를 재물로 내어준 여동생과 '이게 웬 횡액인가? 우리 엄마는 좋은 건 안 물려주고 암 나부랭이가 뭐 좋은 거라고 딸마다 골고루 나누어주셨나? 외할머니께 받은 암세포 고이 간직하셨다가 우리에게 유산으로 남기셨나' 하며 친정 족보까지 들추며 한탄하고 조상을 원망했다.

내 동생은 나보다 어린 나이에 유방암 선고를 받았다. 그때 동생은 늦둥이 딸을 두고 있었고 그 아이는 네 살이었다. 위로 여덟 살이나 더 먹은 아들을 두고 생긴 늦둥이에 딸 없는 나도, 엄마인 동생도 함께 심취해 있었다.

나보다 오 년 앞서 암에 걸리고 또 나보다 오 년 어리니,

"언니는 나보다 십 년은 더 살 수 있잖아."

위로하며 부러워했었다.

동생은 항암보다도 아이 때문에 더 힘들고 아파했다. 수술하기 전 네 살배기 딸을 나에게 부탁하며 오래 울었다.

"언니, 지연이를 어떡해! 천방지축 날뛰는 아직 아기인 지연이를 어떡해! 나 없으면 저 아이를 어떡해! 저 아이 때문에 지 애비 직장 때려치우고 집안일에만 매달리게 할 수는 없잖아!"

딸 없는 나는 자신 있게 답했다.

"걱정 하지마, 만일……. 무슨 일 생기면 내가 내 딸로 키울게."

장담했지만 동생은 그것조차 상처가 되어 서러워했다.

그 예쁜 아이는 지 어미 항암 시작하자 우리 집으로 귀양 왔다. 내 동생은 눈에 넣어도 아프지 않을 늦둥이 딸내미 조석끼니를 챙겨줄 수 없을 만큼 아팠던 것이다. 그 늦둥이는 나와 살기 시작하

자 삼 개월을 밤마다 '엄마! 엄마!' 흐느껴 울고 침대에 오줌을 지리며 나를 아프게 했다.

백일정도 같이 살더니 어느 날은 날보고 엄마라고 부르며,

"나 여기서 오래오래 살래! 나 집에 가라고 하지 마!"

해서 나를 슬프게 하고 동생을 서럽게 했다.

두 달 전 동네 공짜 건강검진에서 '이상 무' 판정을 받았던 동생은 두 달 만에 유방암 3기로 불어나 있었고 종양의 크기가 커서 선항암 네 번을 하고도 완전 절제로 젊은 나이임에도 불구가 되어 버렸다.

연리지라는 나무가 있다. 두 그루의 나무가 자라면서 서로 엉켜 가지끼리 공유하며 한 그루의 나무가 되어버려 생사고락을 같이 하게 된 그런 나무다. 우리는 외로워서 연리지처럼, 연리목처럼 살았다.

같이 한 방에서 자라던 자매는 서로 모르는 일이 없었고 닮지 않은 구석이 없었다. 얼마나 닮았는지 서로 손을 만져보면 본인 스스로도 '이게 내 손인가?' 놀래곤 했었다.

그녀들의 운명은 이제 생사고락까지 같이 할 수밖에 없는 연리지처럼 슬픈 자매가 되었던 것이다.

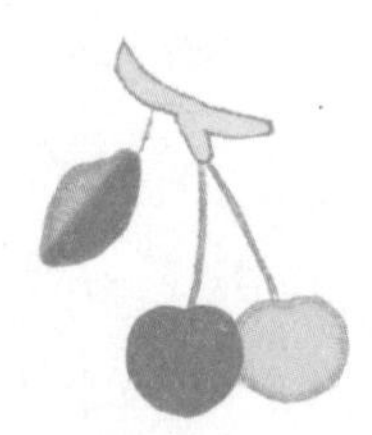

유전학적 유방암

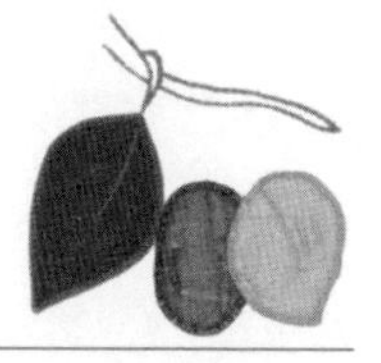

우리는 엄마가 돌아가시자 차례로 암에 걸렸었다.

우리 남매들은 엄마 아버지의 열성 유전인자만 기막히게 골라 엄마 탯줄을 부여잡고 이 세상에 나왔다.

아버지는 비만체질이셨고 키가 작으셨지만 인물은 좋았다. 눈이 크고 호상이었다. 하지만 나는 비만에 작은 키만 욕심내고 큰 눈과 잘생긴 얼굴은 아낌없이 양보해 버렸다.

아버지는 두뇌가 비상해 외국어도 단기간에 마스터 하셨다며, 자녀들에게 외국어는 아주 쉬운 거라며 윽박지르고 한심해 했다.

우리 남매는 키가 작고 비만에 눈은 작고 갸름했으며, 공부는 못하고, 외국어는 간판과 상표를 읽는 정도로 만족하는 실력을 갖추고, 화 잘 내는 성격과 남 듣기 싫은 소리 척척 하는 천부적인 재능을 갖췄다.

엄마는 아버지와 비슷한 키였으니 그 당시로는 작은 키가 아니었고 부지런하고 깔끔하셨다. 음전하고 시어머니 남편수발 잘해 시누이인 고모들까지 엄마를 진심으로 좋아하고 하늘에서 내려준 복덩이로 여겼다. 부자 집 막내딸이 가난한 집에 바리바리 싸들고 들어와 화목하게 지내니 누가 싫다고 하겠는가?

엄마는 현모양처이긴 하였으나 욕심이 많고, 선천적으로 조바심이 많은 성격이었고, 강박관념이 심한 편이었다. 솜씨가 좋고 깔끔하나 일을 무서워했다.

점점 기울어가는 가세에도 불구하고 우리 엄마는 상주 가정부를 고집하여, 명절이면 일부러 늦게 귀환하는 가정부를 애타게 기다리곤 했다.

그리고 자식들의 성적을 남과 비교하며 잘난 남의 자식과 못난 당신 자식을 견주어 항상 속상해 했다.

우리 남매는 공평하게 아버지의 게으름과 사람 싫어하는 잘못된 성격, 엄마의 조바심 많은 성격과 욕심, 또 공부로 자식 들볶는 열성 유전자만 쏙 빼서 골고루 나누어 가졌다.

야곱의 얼룩무늬 염소 고르기보다 수도원 소속인 멘델의 완두콩보다 더 충실히 유전법칙을 실행하신 내 부모가 자랑스럽다 못해 원망스럽기까지 할 노릇이다.

우리들은 그 옛날 '보릿고개는 보리로 만든 고개를 말하나? 그

고개는 어디 있을까?' 할 정도로 아무 어려움 모르고 자랐다. 흰 쌀밥에 콩 한 알 안 섞인 밥을 먹었고 반찬투정도 했으니 오직 부모복 하나는 타고 났다.

우리 남매는 그 시절부터 과외공부와 예능공부에 시달렸고 우리 엄마는 촌지까지 건네기를 서슴지 않으셨다. 그때는 촌지를 주고받는 당사자인 교사도 엄마도 당당했다.

촌지 덕분에 우리는 성적이 향상되고 작은 키에도 불구하고 반장이 되어 조회 시간이면 맨 앞에 서서 아이들 줄서기를 지도하는 영광까지 누릴 수 있었다. 그것도 초등학교까지였지 중학교부터는 촌지와 과외가 실력 발휘를 제대로 하지 못했다.

학생들은 당당해지고 똑똑해졌으며 반장도 진짜로 능력 있는 학생을 스스로 뽑으니 그때부터 나는 아무런 존재감이 없어지고 친구마저 없어 쓸쓸해지기 시작했다.

"잘난 척은 금물이야. 누구 눈에 띄는 것도 안 돼! 바다 속에서도 색만 이상해도 남의 먹잇감이 되는 걸 모르지? 나도 모래 속에 꼭 숨어 있단다."

너도 참 영악하구나.

"나만 바보였구나. 진주야!"

어릴 때 수재소리를 듣던 자녀들은 고교 입시가 없어진 덕분에 무난히 고등학교에 입학할 수 있었고 그 시절 경기여중, 경기여고를 꿈꾸며 여의사, 판사자식을 꿈꾸시던 엄마는 옛날부터 의사, 판사에 한을 품고 살았다.

누구 집 딸은 의대에, 친척아이 누구는 약대에 또는 법대에 다닌다고 항상 우리들 성적에 불만이었지만 우리는 눈 하나 깜박 안하고 당당하게 등록금에 용돈에 사지도 않은 책값까지 몇 배로 타내었다. 장학금은 고사하고 거짓말까지 보태어 점점 부모님 호주머니 탐내며 잘 놀았다.

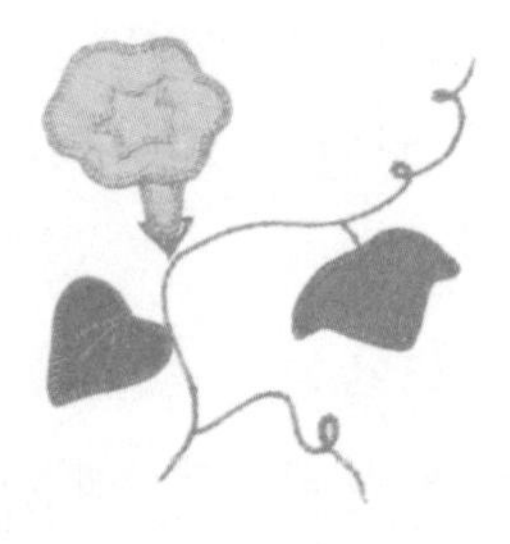

엄마, 엄마 딸 청개구리

이제 다 커서 부모가 되고 보니 새롭게 엄마를 알아가며 물가에 무덤 만든 청개구리처럼 비가 오지 않아도 가끔씩 엄마를 부르며 개골개골 울고 있다.

내 엄마는 당신보다 키가 작은 딸을 보며 심난해 했고 살찌면 안 된다고 걱정이면서도 끊임없이 도넛을 튀기고 찐빵을 만들며 벽장에다 ABC 모양의 알파벳 비스킷과 미제 초콜릿을 쟁여놓았다.

초등학교 어린 시절 전교 삼 등 했다고 손수 튀긴 도넛 세 개를 주자,

"오십 등 할 걸."

하고 엄마 앞에서 종알거려 기함을 하게 만든 적도 있었다.

어리석은 청개구리 자식은,

"비만도 유전이야. 그리고 소아비만은 성인이 돼서도 못 고친대. 어릴 때 그렇게 고칼로리 식품만 먹였으니 내가 이 모양이지. 알기는 해? 엄마?"
하며 대학 물 먹은 티 잘난 척 우쭐댔다.

그 시절 사이다와 탱 가루라는 주스 가루, 사탕이 우리 집에는 떨어지는 날이 없었다. 어리석은 나는 늘 타박이었다.

"다 엄마 탓이야. 엄마 땜에 내가 지금 이 고생이야. 밥도 제대로 못 먹고."

그때마다 나이 들어 힘 없어진 엄마는,

"그래, 다 내 탓이다. 내가 무식해서 키 크라고 많이 먹였어. 살은 나중에 키 큰 다음에 빼면 될 줄 알았지."
라며 서운한 표정으로 말씀했다.

우리 남매는 키는 안 크고 먹는 족족 전부 살로 바꾸어 내는 재주만 특출 났다. 어린 시절 내 도시락은 일본산 보온 도시락이었고 장조림이나 멸치 볶음 혹은 계란말이 반찬이어서 김치 단무지 따위는 쳐다보지도 않았다.

"자식은 그렇게 어리석은 거야! 내 새끼들도 다 날 버리고 해외로 나갔단다."

물속에 사는 진주는 해외 어느 곳으로 자식을 보냈을까?

당신 딸 귀찮을까 손주가 젖 보채는 것도, 떼쓰는 것도 싫어하시던 내 어머니……. 손주가 울면,

“내 자식 못 살게 굴면 손주 아니라 돌아가신 내 친정엄마가 살아오셔도 나는 싫다, 안 예쁘다.”

하시던 내 어머니, 내 엄마. 엄마는 일찍이 외할머니를 유방암에 빼앗기시고 서모 슬하에서 막내딸로 엄마를 그리워하며 외롭게 자랐다. 어리석은 자식은 손주 떼쓰면 싫다 하시는 엄마가 섭섭해 눈을 흘겼다. 자식 밖에 모르던 나는 자식 밖에 모르는 엄마가 섭섭하고 싶었다.

“나도 예전에 너희들을 그렇게 귀하고 예쁘게 키웠단다.”

“설마 아무리 그랬을라고? 엄마가 나를 이렇게 키웠단 말이지. 어림도 없어!”

아! 아! 인간의 어리석음이여…… 인간의 무지함이여!

우리 엄마는 그토록 어리석은 딸의 냉정함과 무심함에 쓸쓸해 하면서도, 섭섭한 내색 한 번 없이 생을 마감했다. 그때 나는 아들 둘 가진 어미여서 자식이라면 하늘을 뒤덮어 쓰고 도리질치고 있었다.

엄마는 소원은 ‘딱 일주일만 아프고 죽었으면 좋겠다. 그래야 멀리 사는 내 새끼들 임종하러 올 시간이라도 있지. 내 자식들 가슴에 원도 한도 쌓이면 안 된다’ 하는 것이었다. 죽음 앞에서도 자식 걱정이던 채로 뇌출혈로 쓰러져 일주일 사경을 헤매다 운명하셨다.

생전을 불자로 살다가 딸이 '한 사람이라도 전도하면 천국 갈 수 있다'는 목회자의 꼬드김에 홀려 강제로 기독교 신자를 만들어 버린 내 엄마! 그분께는 종교의 자유조차 없었다. 절에 다닐 때 입던 바지와 돈 주고 산 노자 돈까지 마귀가 씌었다는 딸의 말에 다 불태우고 쓸쓸히 말씀하셨다.

"하나님이나 부처님이나 다 똑같은 거지, 나는 이제 속이 다 시원하다. 부모 자식 간에 모시는 신이라도 똑같아야 나 죽어 장례라도 편안하지. 한 사람은 염불하고 한 사람은 찬송하면 편편찮아 안 된다."

아! 아! 내 어머니는 천국에라도 가셨을 건가?

한평생 자식 걱정에 젖어 의식을 잃어버리고도 돌아가던 전날까지, 산소 호흡기를 떼어버리기 직전까지, 시취를 풍기면서까지 허공을 향해 한 손을 들어 올리던 우리 엄마.

"엄마 엄마 우리 엄마! 미안해 미안해! 날 용서해. 아니 용서 하지 마. 용서 하지 말고 기다려줘! 이승에서 못 갚은 죄, 저승에서 꼭 갚을게 용서 말고 기다려줘!"

엄마가 쓰러져 응급실에 입원하자 의사는 의식을 알아보고자 왼손 오른손 들어보라고 엄마를 때리고 꼬집으며 고문 했었다. 엄마는 아무 의식이 없음에도 중환자실에서 옆에 기척만 있으면 손을 힘 없이 들어 올리려 애쓰며 우리를 슬프게 했다. 오래 살아 자식들 짐이 되기 싫다고 늘 되뇌시던 엄마는 그토록 힘들게 살아있음을 알리려 애쓰셨다.

엄마는 무엇을 잡으려 그리 힘들게 손을 올렸을까? 생의 미련이었을까? 그저 본능이었을까? 혹은 지푸라기라도 잡으려는 노력이었을까? 아니면 부도내고 직업도 없이 신용불량자가 되어버려 삶이 고달픈 아들의 염려였을까?

의식여부를 알아보는 현대 의학의 수준은 환자를 세게 꼬집고 날카로운 쇳조각으로 맨 살을 긁어대며 통증 반응을 보는 정도에 불과했다.

나이 드실수록 부처님께 죄 지은 것 같다던 내 어머니는 지금 혹여 연옥에 계신 건 아닐까? 나는 항상 때늦은 후회 속에 살며 청개구리가 되어 개굴거리며 울고 있다.

노자 돈이라도 가지고 가야 저승사자에게 대접 받는다 믿으시던 엄마는 그 노자 돈 마저도 자식 등살에 불태워버리고 지금은 갈 곳 없는 신세가 되어 행여 구천지하를 떠돌고 계신 건 아닐까?

"여호와여! 내 하나님이시여, 그분의 영혼을 불쌍히 여기시고 천국으로 인도하소서. 하늘가는 밝은 길이 우리 앞에 있다 하셨으니 슬픈 일을 많이 보고 늘 고생하셨던 내 어머니, 어둔 그늘 헤치고 저 높은 밝은 빛을 향하여 아버지의 영광 집에 가 쉬게 하소서. 주여! 내 어머니를 영접하여 주소서."

행복 전도사

그렇게 하루하루 천당과 지옥을 오가며 살았다.

우울증 치료제의 도움으로 얼굴도 조금씩 깨끗해지고 오락가락이지만 마음도 조금씩 깨끗해지고 있었다. 덩달아 내 가족들도 조금씩 밝아지며 내 병을 잊어가고 있었다. 정말 다행이었다.

내 병 때문에 내 자식이 위축될까 얼마나 노심초사였던가? 내 남자가 더 초라해지고 오그라들까봐 얼마나 걱정이었던가? 내가 겉모습이 사람처럼 변해가자 아이들은 당연한 것처럼 굴며 다시 놀기에 열중해 가는 성 싶었다.

같이 놀다가도 금방 우울증으로 향하는 지름길을 꿰차고 있는 어미는 아이들의 장래가 불안하고 불투명해 보여 가슴속에 한 심

가득 걱정이다.

스물일곱인 큰 놈은 아직도 학생이었다.

저녁이면 안마 해준다며 내 옆에 앉아 내 다리에 손 얹고 세상 돌아가는 소리와 노는 이야기만 열중이었다. 나중에 꿈의 궁전을 지어준다는 내 아들놈은 장래 꿈이나 희망 같은 것은, 아예 그런 단어가 있는 줄도 모르는 것 같았다. 그저 세상이 흐르는 데로 몸을 맡기고 무리 속에 어울려 다니고 있었다.

제 애비를 닮았는지, 무심하기는 제 애비를 능가해서 어버이날이 있는지 없는지도 모르고 카네이션 한 송이 안달아 주면서도 대학졸업을 앞둔 지금까지 어린이날은 칼같이 챙긴다. 어린이날은 공휴일 빨강 글씨고 어버이날은 그냥 검정 글씨여서 몰랐을 뿐이고, 그리고 저는 나의 영원한 어린이라나? 뭐라나?

눈 먼 어미는 그조차도 귀엽고 사랑스럽다.

"나도 다 그렇게 내 새끼들을 키웠지! 지금은 내가 어디 사는지도 모르고 있단다. 바다 속 세상은 산아제한도 가족계획도 없었단다."

진주는 가족계획도 모르고 산아제한도 몰라 아이도 주렁주렁 많았다고 한숨을 폭 폭 내 쉰다.

"덮어놓고 낳다보면 거지꼴 못 면하는데? 진주야!"

나중에 아름다운 공주가 사는 숲속의 별장을 지어주겠다던 내 아들은 내가 수술하고 침대에만 늘어 붙어있으니 선물이라며 천 조각 퍼즐을 사왔다. 꿈속에서나 볼 수 있는 숲속의 아름다운 자그마한 성이었다.

"고마워! 고마워! 근데 이게 뭐람. 천 조각을? 끼워보라고?"

효자아들 덕에 보름을 눈 찌푸리고 퍼즐조각만 들여다보니 멀미가 나고 눈이 더 나빠져서 눈만 감으면 천장에 퍼즐조각이 춤추고 다닌다. 아들은 저녁마다 숙제검사를 한다.

"에게! 아직 그것밖에 못 맞췄어?"

겨우 겨우 천 조각 마치고나니 정말로 근사해 접착제로 문지르고 액자 끼워 벽에 걸어놓으니 저런 곳에서 살면 아무 근심 없고 있는 병도 다 없어질 것 같다.

"아들? 엄마는 나중에 저런 집 짓고 살고 싶어. 아들이 저런 근사한 집 지어 줄거지?"

"음! 생각 좀 해보고. 비쌀 거 같은데?"

이제 경제관념이 좀 생기나? 싶었는데 역시나 이다.

"엄마, 이 보다 더 근사하고 멋지고 커다란 궁전 퍼즐 사다줄까?"

"아이고! 이 사람아 됐네 그려. 천조각도 빠지는 눈알 도로 때려 집어넣었구만!"

스펙이 스펙트라라는 자동차 이름의 준말인지 알고 있는 것 같은 철없는 내 자식 놈은 사랑스럽지만 내 가슴을 답답하게 만들었다.

"애야! 내 아들아! 이 세상은 네 생각처럼 만만하지가 않단다."

스물일곱의 아들은 아무 철이 없어 보였고 장래희망도 큰 욕심도 없어 보였다. 흔해빠진 게임을 전공으로 하고 있으니 내 눈에는 만날 컴퓨터 게임이나 하는 것처럼 보이고 사실이 그랬다. '저 재주로 얼마나 버틸 수 있을까? 천재 아니면 못할 게임개발이라도 할 수 있을까? 컴퓨터 전자파가 암의 원인이 될 수도 있는데…….'

스티브 잡스라는 천재 컴퓨터 프로그래머가 암에 걸린 사실이 토픽으로 신문에 오르내리고 있었다.

나는 세상 모든 암의 원인을 거의 꿰차고 있었고 그만큼 사는 게 두렵고 조심스러웠다. 부엌에서 가스를 켤 때도 화장실 청소하면서도 세제의 그 성분과 냄새도 가전제품의 전자파도 나는 다 알고 있었다. 벤젠과 벤진이 무엇인지도 알게 된 나는 자동차를 탈 때도 미리 문을 열어 환기를 시키고 나서야 탈 수 있었다. 차량의 계기판, 좌석시트, 공기 청정기까지도 암을 유발하는 벤진이라는 독소를 내뿜고 있다.

이들은 뼈를 망가뜨리고 백혈구를 파괴하며 신장과 간을 손상시키기도 하는데 우리 몸에는 이 독소를 배출하는 일이 불가능에 가깝도록 어렵다는 게 문제다. 이 치명적인 독소 배출을 위해서는 꼭 환기를 시킨 후에 차에 올라타야 하니 더워도 추워도 꼭 환기를 시킨 후에 차에 올라타야 한다.

아는 게 병이고 모르는 게 약이다. 아는 게 많아질수록 사방에 위험하지 않은 일 자체가 없었다. 얼마나 잘난 척을 했는지 남편 친구인 의사가,

"제수씨, 병원하나 내지 그래요? 나보다 더 박사인데."

하고 농담했다.

나는 암의 공포에서 죽음의 공포에서 벗어날 방법이 없었다.

그냥 순한 착한 암이었으면, 1기만 되었으면, 종양이 하나만 있었어도, 삼중음성만 아니었어도 오래 살 수 있을 것 같았다. 우울증 약을 먹으니 점점 표정도 좋아지고 시댁에도 가고 친구와 연락도 되어갔다. 감쪽같이 내 병을 숨기고 싶었다. 그냥 미국에서 돌아온 여자가 되어 나타나고 싶었다. 미국에서 햄버거와 콜라를 하도 많이 먹어 살이 찐 걸로 하고 싶었다.

그저 그런 수술도 아니고 암 수술까지 해치운 주제에, 그것도 몸 속 장기가 아니라 가장 두드러지는 가슴을 잘라낸 주제에 나는 아무렇지 않은 척 오래오래 잘난 척하고 싶은 허튼 꿈을 꾸고 있었다.

"병은 자랑해야 하는 거야. 그리고 발 없는 말이 천리를 간다고 했어. 삼천리 반도 금수강산인데 벌써 전라도까지 소문 퍼졌거든."

진주가 소문 퍼뜨리는데 일조한 듯싶었다.

"두고 봐! 입을 꿰매 버릴 거야."

마구마구 화를 내는 내게 남편이 말했다.

"틀린 말도 아니고 전염병도 아니고 에이즈도 아닌데 뭐 하러 신경 써? 기운도 좋다. 그 기운이면 대청봉도 올라가겠다."

"아! 기운 빠져."

내 남자는 슬슬 남의 편으로 돌아설 준비를 하고 있었고 심심하면 거품 물던 나도 상대가 없으니 혼자 호닥호닥 깨 볶는 시늉만 하다가 드디어 가끔씩 내 병을 잊고 웃기도 하고 전화도 스스로 걸며 살아나고 있었다.

저승 문 앞까지 여행 다녀온 내 눈앞에는 모든 게 새롭고 소중했다. 온 몸이 만신창이가 되어도 괜찮을 것 같았다. 일어날 때는 넘어져 있어야 일어날 수 있는 법이다. 늪 구덩이에 넘어져 있던 나는 온 힘을 다해 주위에 있는 가족들을 붙잡고 늪을 빠져나오고 있었다.

동 트기 직전이 가장 어둡다고 했던가? 내게도 서서히 새벽이 다가오고 있었다.

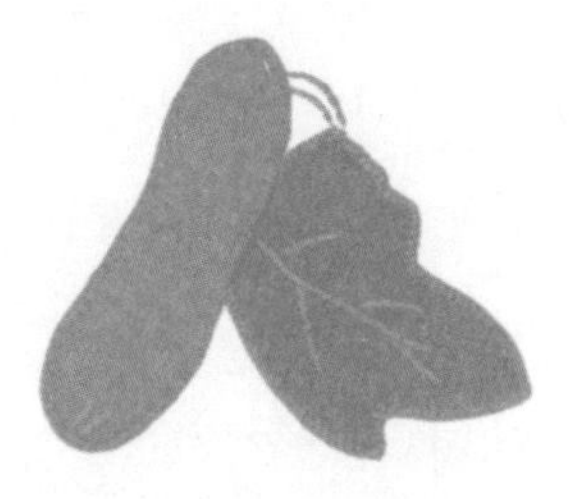

세상이 그리워

그 새벽은 아름답고 경이로웠다.

또 그 새벽은 환상 속에 물안개마저 아롱거려 신비로웠고 나는 이 세상에 오래오래 살고 싶어졌다. 그러나 하나님과의 화해는 미루고 있었다. 다시 회개하는 척하고 주님을 찾아봐야 전능하신 하나님께서는 내 속을 뻔히 들여다보실 것이고 내가 얼마나 신실하고 정직하게 주님을 섬길 수 있을지 자신이 없었다.

보나마나 내 병이 좋아지면 다시 세상 열락에 취해 교만해질건 두말할 나위 없는 사실이었다. 그리고 수시로 받아야 하는 암 검진에 통과된다는 보장이 없었다. 그 보장만 받으면 확실한 답만 들리면 내 모든 걸 바쳐서라도 하나님을 섬길 수 있을 것 같았다.

정신이 돌아오면서 바라보니 굽이굽이 모두가 사랑이었다.

봄날 나른한 아지랑이도, 여름날 사납고 맹렬한 폭풍우도, 늦가을 가슴 시린 한 맺힌 서리도, 겨울날 칼날 선 맹추위도 모두가 사랑이고 그리움이었다.

식물이나 동물이나 무릇 모든 살아있는 생명체라는 것은 생기면 소멸되고 소멸되면 또 다른 생명체가 솟아나는 자연의 법칙이거늘 무엇을 괴로움이라고 누구를 고통이라고 부를 수 있을까?

고통을 환희라고 쾌락이라고 이름 부르면 그것이 바로 환희이고 쾌락이거늘 왜 고통 속에 살려고 그리 애썼을까? 용감하게 고개 치켜들고, 그러나 머리에는 할 수 없이 가발과 모자 둘러쓰고 세상 속으로 슬쩍 발 내디뎠다. 반갑고 고맙고 세상이 아름다워 눈물이 났다.

길거리의 왁자지껄 소음도 지저분한 쓰레기도 강아지 똥마저도 가슴 깊이 훈풍으로 다가와 내 가슴을 녹여내고 있었다. 그 무섭고 지겨운 암세포의 망령이 행복 세포에 밀려 조금씩, 조금씩 물러서고 있었다. 그토록 잊으려 애써도 잊혀지지 않던 집요한 망상이 서서히 물러가고 있었다.

행복 전도사의 힘은 그렇게 위대했고 세월은 약이었다.

"조심해, 경계심을 풀지 마. 도둑은 소리 없이 오는 거야. 한 번 도둑 맞았다고 오 년, 십 년 도둑이 안 들어온다든?"

진주는 독을 품은 듯 했다.

"그러지 말아라 진주야! 나도 서러워."

오랜만에 맛보는 세상속의 공기는 달콤했고 친구들의 연민도 위로도 견딜 만했다. 왜곡된 내 심성이 바로서니 타인의 위로와 동정도 감사해지기 시작했고 오히려 어리광까지 생겨나고 있었다. 아들에게도 남편에게도 너그러워지기 시작했다.

육신은 아직 병들어 깨나지 못하고 있었지만 정신은 맑아지고 웃음도 내 주위를 맴돌며 세상이 긍정적으로 보이고 있었다. 의사 타령에, 상위 0.1%의 터무니없는 어미 욕심에 시달리던 아들놈들도 점점 자유를 얻고 날아갈 준비를 하고 있었다.

평화를 되찾아가고는 있었지만 제 갈 길을 말끔히 잊은 건 아닌 어미는 그래도 마음이 급했다.

갈매기야! 더 높이 날아오르렴

아이들에게 생선을 잡아주는 대신 유대의 랍비처럼 낚시를 가르치고 싶었다.

"얘야! 아들아, 조나단 시빙스턴 시걸이 되어라."

"엄마! 조나단 리빙스턴 시걸이 어느 나라 영화배우야? 혹시 스티븐 시걸을 말하는 건 아니지?"

그래도 예전처럼 화내지 않고 미소 지을 만큼 너그러워지고 평온해졌다.

"조나단 리빙스턴 시걸이 되어 어디든 언제든 가고 싶은 곳에 가렴."

"난 날개가 없어! 그리고 물 밖에 나가면 살 수가 없어! 공중에는 갈 수가 없단다. 날 좀 데려가면 안 될까?"

진주는 애절하게 사정하고 있었다.

"펠리컨 주둥이라면 가능할 거야. 근데 뱃속으로 직행한다는 걸 잊지 말렴! 모든 건 고위험 고수익이란다, 진주야."

"아들아! 기억해두렴. 하늘은, 그리고 이 세상은 일정한 장소나 시간을 가지고 있는 것이 아니란다. 시간과 장소는 그 자체로서는 아무런 의미가 없기 때문이지."

원로 갈매기 치앙처럼 나는 내 아들을 가르치고 싶었다.

"날 보고 갈매기가 되라고 엄마? 난 무거워서 날지도 못해!"

아들도 점점 성숙해가고 있었다.

"너는 완전하고 무한히 발전할 수 있는 갈매기도 아닌 고귀한 인간이란다. 네가 무엇을 하고 있는지를 네 스스로 알 때 그것은 언제든지 성취될 수 있는 거지. 아들아! 높이 더 높이 날아올라라."

"엄마! 내 날개는 어디로 숨어 버렸을까?"

"무엇에게도 아무에게도 간섭받지 말고 네 스스로 자유와 비상의 완전한 정신 체라는 걸 인식하렴. 가장 높이 나는 새가 가장 멀리 볼 수 있단다."

"엄마! 어지러워! 나는 고소공포증도 있단 말이야."

"아들아! 엄마가 너에게만은 빛과 소금이 되어주마. 널 인도해주고 싶구나! 안심하렴."

"엄마 나 졸려! 그리고 약속 있어서 명동에 가봐야 해!"

"날아라. 아들아! 이 우주의 광활한 공간을 온통 네 꿈으로 덮어 버리렴!"

아들은 어린왕자 이야기 속의 뱀과 여우처럼 나에게 익숙해지고 길들여져 가고 있었고 이제 나는 장미꽃과 어느 별나라에도 갈 수 있을 것 같았다. 장미꽃이 투정 부려도 다 받아줄 수 있을 만큼 성숙해져가고 있었다.

"주여! 내 여호와시여! 우리가 환난 중에서도 즐거워하나니 이는 환난이 인내를, 인내가 연단을, 연단이 소망을 이루는 줄 이제 알겠나이다. 소망이 부끄럽게 아니함은 우리에게 주신 성령으로 말미암아 하나님의 사랑이 우리 마음에 부은바 됨이나이다."

교활하고 간사한 나는 재발과 전이가 두려워 주의 품안에 덥석 안기지도 못하고 밖으로 나가지도 못한 채 뱅뱅 맴돌고 있었다. 나 혼자만 토라져 하나님과 화해는 뒤로 미룬 채 조금씩 안정을 되찾아가고 친구들과 세상 사람들과 화해하고 그들의 위로와 동정도 못 이기는 척 받아들이고 있었다. 자존심과 열등감이 어우러져 삐뚤어져 가던 나는 다시 예전으로 돌아가, 아니 더 어려져서 사람들에게 어리광까지 피우고 있었다.

지난 날, 나는 무에서 유를 갈구하진 않았다. 다만 풍요를, 부를 남보다 더 차지하고 싶었고 솔로몬처럼은 아닐지라도 조그마한, 지혜로운 부자가 되고 싶었을 뿐이다.

"그건 변명일 뿐이야! 부자가 천국 가기는 낙타가 바늘귀를 뚫는 것보다 힘들단다. 새우가 고래를 이기는 것보다 더 힘든 일이지."

"진주 너 엄청 똑똑하구나! 그냥 나랑 사이좋게 살자꾸나. 진주야!"

"여호와께서 주시는 복은 사람을 부하게 하고 근심을 겸하여 주지 아니하시느니라."
라고 간증도 하고 싶었다. 믿음 없었던 나는 내 눈앞에 천금이 없는 한, 룻처럼 가난하면서 여호와를 섬기고 이방국 시어머니도 아닌, 내 시어머니를 이삭을 주워가며 봉양하고 사랑할 순 없었다.

행복한 빈자보다는 좀 불안하더라도 마음 가난한 부자가 되고 싶었다. 아침이면 밤을 기다리긴 했지만 밤에 낮을 원하지는 않았다. 아스팔트조차 지글거리는 한낮의 뙤약볕에서도 눈 내리는 겨울밤을 원한 적은 없었다.

백경의 모비 딕처럼 외다리가 될지라도 흰 고래를 쫓지 않고 피하면서 살고 싶었다.

애슐리의 아련한 잿빛 눈동자보다 레트 버틀러의 날카로운 눈빛과 부와 유능함을 더 사랑하는 여자였다. 나는 스칼렛 오하라보다 더 간교하고 욕심 많은 여자였던 것이다.

잔잔한 풀꽃들에게도 저마다 다 다른 향기가 있음을 알기에 호박꽃처럼 못생긴 나에게도 아련한 나만의 향기쯤은 있을 거라 단단히 믿었다. 무료한 내 인생도 언젠가 한 번쯤은 찬란한 광채를 뿌리며 화려해질 것을 믿고 교만하며 지혜롭지 못한 삶을 살았던 것이다.

"호박꽃처럼 아름답고 풍요로운 열매를 주렁주렁 매달 줄 아는 꽃이 흔한 줄 아니?"

아이구! 똑똑한 우리 진주.

항암치료실 안에서 한 수녀님을 만났었다. 그 수녀님은 내 또래의 유방암환우였고 나는 그 당시 내 암 선고에 망령들고 미쳐 있었다. 너무나도 평화롭게 앉아있는 수녀님께 내 주둥이가 나도 모르게 방정을 떨었다.

"좋으시겠어요."

"뭐가요?"

잔잔하게 미소 지으시는 수녀님께 경악할 만한 단어들이 막을 새도 없이 춤을 추며 튀어 나가고 있었다.

"딸린 자식도 남편도 없고 천국 가시면 확실하게 예수님이 기다리고 계실 거잖아요! 정말 복 받은 분이시군요. 나는 아직 죽으면 안 돼요. 어린 아들이 둘이나 있답니다."

그래도 수녀님은 미소를 거두지 않으시고 나를 가만히 응시하고 계셨다.

"죄송합니다. 수녀님 그때 제가 노망이 나 있었습니다."

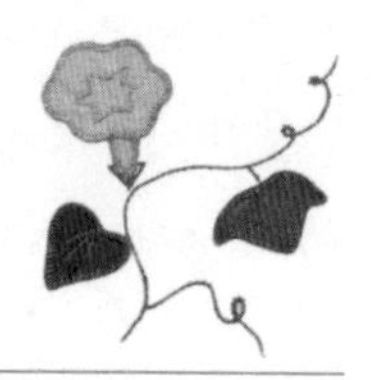

"두려워 마라. 내가 너와 함께 함이니라. 나는 네 하나님이 됨이니라. 내가 너를 굳세게 하리라. 참으로 너를 도와주리라. 참으로 나의 의로운 오른손으로 너를 붙들리라."

그때는 주님께서 말씀하셔도 나는 그 말씀을 듣지 못하고 있었다. 하나님께 건방지게 선전포고를 하고 항암을 하고 모든 치료를 다 하고 난 연후에야 그 분의 목소리가 가느다랗게 들려오고 있었던 것이다. 그것도 직접적인 응답이 아닌 내 곁의 한 독실한 기독교 신자인 지인의 입을 통하여 주님께서는 내게 대화를 시도하고 계셨는데 나는 그걸 알아채지 못하고 있었다.

그게 비록 주님의 음성이 아닐지라도 나약한 인간인 나는 다시 주님의 음성이라 믿으며 어느 한 날 내 가슴을 찢어내는 아픔에 방 안에서 대성통곡을 하며 울부짖었다.

"내 여호와 하나님이시여! 어찌하오리까? 어리석고 또 어리석은 당신의 자녀로소이다. 이제 제가 엎드려 회개하고 자복하니 저희가 다시 주리지도 아니하며 목마르지도 아니하고 해나 뜨거운 기운에 상하지 아니할지니 생명수 샘으로 인도하시고 하나님께서 저희 눈에서 모든 눈물을 씻어 주실 것이니 이제 다시 사망이 없고 애통하는 것이나 곡하는 것이나 아픈 것이 다시 있지 아니하리니 처음 것들이 다 지나갔음이리라."

다시 새 날이 찾아오고 있었다.

전능하신 여호와께서는 이 모든 것을 알고 계획하셨는지도 모른다는, 꼭 그렇게 믿고 싶은 간절하고 애절한 소망이 생겨나고 있었다. 바람 앞의 등불 같은 내 목숨을 지켜줄 수 있는 분은 오직 여호와 한 분이라는 간사한 소망이 새롭게 생겨나고 있었다.

그 사고의 전환은 내게는 기적이었다. 그토록 간절히 신비의 체험을 갈구하던 나에게 처음 찾아온 기적이었고 하나님의 응답이었다.

항암종료 이후 한 달에 한 번 대충, 석 달에 한 번 간단히, 육 개월이면 대대적인 보수공사를 위한 정기검진이 시작된다. 영화배우도 아니건만 내 육신은 항시 촬영 스케줄에 바빠 허덕이고 있었다.

일 년에 두 번 모든 검사를 위해 밥도 굶고 아침 일찍 병원을 향한다. 병원에 가면 환자들이 득시글거리고 있다. 갑자기 유방암이 전염병이 되어버렸나 싶을 정도이다. 비슷한 시기에 수술을 받은 친한 환우가 있다. 같이 임실에도 놀러 가자고 올만큼 친했던 동생이다.

그이는 싹싹 하고 붙임성도 좋은 전도유망한 디자이너였고 나는 그 당시 넋 떨어진 여인네였다. 그녀는 넋 떨어져 유령같이 흐느적거리던 나에게 다가와 "언니, 언니"하며 동병상련의 아픔을 함께 나누었다. 둘이는 항암날짜도 같이 맞추어 치르고 서로 백혈구 경쟁도 하면서,

"우리 아무리 못살아도 최소 십년은 살 거야! 의사들이 절대 우리 죽게 안 놔둘 거야! 우리 몸뚱이가 얼마짜린데?"

스스로 자위하며 서로 위안 받곤 했다.

그 동생이 간에 조그만 스크래치가 보인단다. 덜커덩, 덜커덩 반 남은 가슴 위로 기차가 지나간다.

다음 주면……. 내 온몸도 뼈 속까지 적나라하게 드러날 텐데. 그 동생은 호르몬수용체도 양성이어서 오년이나 재발 방지 약을 먹어야 한다고 했다. 다음 주면 나는 항소심을 앞둔 사형수의 심정으로 진단결과를 확인하러 병원에 가야한다.

얼마나 더…… 버틸 수 있을까?

언제까지 '아직은 괜찮습니다'는 의사의 말을 들을 수 있을까?

무더운 여름날 나는 추운 겨울 차가운 냉골속의 노파처럼 쭈그리고 앉아 시계만 돌리고 있다. 닭의 모가지 같은 건 비틀 필요조차 없다. 어차피 시간은 흘러가겠지. 항상 긴장의 끈을 부여잡고 살아야 하는 암이라는 무서운 단어에 다시 포로가 되어버린다.

집행유예 선고 육 개월

정기검진 해놓고 기다리는 일주일은 피말리는 지옥이다.

항소심 걸어놓은 억울한 살인자가 판사를 대면해야 하는 고통이 이럴까? 나는 내색도 못하고 혼자서만 입이 마른다.

"괜찮아야 할 텐데……."

암이란 씨앗이 내 몸 어디에 숨어있더라도 꽁꽁 숨어 그림자도 안 보여야 할 텐데…….

"하나님! 예수님! 당신의 나라에 임하실 때에 나를 생각하소서! 무엇이든지 속된 것이나 가증한 일 또는 거짓말 하는 자는 결코 그리로 들어오지 못하되 오직 어린양의 생명책에 기록된 자들 뿐이라. 주여 저는 결코 내일 일을 자랑하지 않겠나이다. 저는 잠깐 보이다가 없어지는 안개인 줄 이제 아오니 저를 잊지 마소서!"

인간의 무지함과 간사함이 내 안에서 춤을 추고 있다.

그것은 악이었다.

내 안에서 선과 악이 치열하고도 맹렬한 전쟁을 치르고 있었다. 병원에 가면 언제나처럼 두건 쓰고 모자 쓰고 마스크까지 쓴 우울한 여인네들이 여기 저기 진을 빼며 앉아 있다.

"아! 가여운 여인들이여!"

불과 육 개월 전의 항암을 잊은 채 머리카락 한 올 없는 여인네가 가엾고 안쓰럽다.

"나를 보아요. 나도 일 년 전 뜨거운 여름날 가발과 모자를 뒤집어쓰고 더위에 헉헉 떨었답니다."

아기 배냇머리처럼 힘없고 숱 없는 머리를 자랑스럽게 쓰다듬으며 환우들의 부러움을 한 몸에 받는다. 그들의 동경의 눈동자가 내 머리를 훑어 내린다.

"얼마나…… 오랫동안 기르면 그렇게 될 수 있나요?"

그들에게는 내 짧고 헤적거리는 머리카락조차도 부러움이다.

"조금만, 몇 개월만 기다리세요. 파마도 할 수 있답니다."

으쓱 으쓱 자랑스럽게 의사 선생님 면담하러 병동에 들어선다. 의사 선생님은 항상 그 자리에 똑같은 표정으로 정물같이 앉아 있다. 그리고 눈과 입만 움직여 소리를 내보낸다.

"아직은 괜찮아요. 이상 소견이 안보이니 육 개월 후 본 스캔 합시다. 간호사가 예약 잡아 줄 겁니다."

"아! 하나님 감사합니다."

굽신굽신 허리를 구부리며 의사에게 인사하고 신나게 집으로 향한다.

집안은 주인처럼 널브러지고 먼지가 수북하다. 오랜만에 폼 나게 청소 좀 해볼까? 걸레를 찾아드는 순간, 수업중인 아들이 전화해서 효자인 척 속삭인다.

"나! 수업 중인데 엄마 결과 어때?"

"괜찮대! 아무 이상 없대!"

"진짜지? 진짜 이상 없는 거지? 딴소리하기 없기다. 엄마!"

"그럼 괜찮고말고. 고마워 아들 전화해줘서 정말 고마워!"

"OK, 나 오늘 늦어. 기다리지 마! 엄마."

"피시식."

풍선 바람 빠지는 소리. 저녁에 내 남자가 묻는다.

"뭐래?"

"응, 이상 없대."

"거 봐라! 내가 괜찮다 그랬지? 괜히 엄살 부리고 뼈다귀 전이 어쩌고 난리를 피워요! 그래."

변함없고 꾸준히 무심한 내 남자!

"말본새 하고는! 내가 전이됐으면 좋겠어? 꼭 말을 그렇게 해요! 새 장가가고 싶지? 그치?"

"깜짝이야, 어찌 알았을까? 나 샤워한다."

그래도 기분이 상쾌하다. 육 개월에 한 번씩 페이지를 접어 나가

자. 그러면 내 생명책도 두 배로 두꺼워지리라. 시와 찬미와 신령한 노래들로 주를 찬양하며 살자.

가능하다면 오래 살고 싶다. 십 년, 이십 년 더 오래 살고 싶다. 하루, 하루는 지겹고 지루하지만 삶이 아쉽고 가족들이 그리워져 생을 애타게 원하게 될 것만 같다. 내 생과 병을 미화시키지 않고 있는 그대로 보여주며 당당히 맞설 수 있을 것 같은 자신감과 오만마저 솟아나고 있었다.

이제 내가 어느 곳에 있을지라도 하늘 아래 겸손을 잊지 말아야지. 사람에게 받는 아픈 상처도 내 비록 마음으로는 피를 철철 흘릴지라도 오롯이 내 몫으로 간직할 일이다.

이 아름다운 세상에 점점 자신감이 생겨나기 시작하고 생명에 진하고도 끈적끈적한 애착이 생겨나고 있었다.

4부

•

아직도 남은 슬픈 조각들

아직은 투병중이에요

이제 나는 그 죽음의 집요한 망상 속에서 한 발 뒤로 물러날 수 있게 됐다. 누구의 도움이건 무엇의 도움이건 그것은 큰 수확이었고 그 수확은 내 삶의 질을 향상시켜 놓았다.

'왜 나인가?' 하는 절망의 탄식은 '나일수도 있지 않은가?' 하는 체념이 아닌 긍정적인 사고로 바뀌었다. 아울러 암 뿐만이 아니라 모든 행운과 특권도 '나라고 왜 누리지 못할까?' 하는 오만까지도 생겨났다.

그것이 약의 도움인지 시간의 도움인지 알 수 없지만 나는 여호와 하나님의 예정이었다고 간절히 믿고 싶다. 반 남은 와인 잔을 바라보며 항상 바닥이 보일까 노심초사하던 나는 이제,

"어머나! 그렇게 마셔도 아직 반잔이나 남아있네!"
라고 탄성을 지를 만큼 자신만만하고 긍정적으로 바뀌어졌다.

"그래. 항상 그렇게 살아야 하는 거야! 결과는 언제나 똑같거든. 단지 지나치지만 않으면 돼!"

변함없이 아는 척 하는 진주!

"나도 안단다 진주야. 그걸 과유불급이라고 하는 거야!"

"아! 졌다."

진주는 다시 잠들었다.

이제는 트리플 음성인 것도 악성종양이 두 개나 발견된 것도 감사한다. 혹시나 하나를 빼먹고 하나라고 알고 있었으면 어쩔 뻔 했을까? 또 수용체가 양성이면 그 많은 날들을 부작용 많은 약들을 먹어가며 갖은 고통에 시달렸으면 그 고통을 참아내기가 얼마나 힘들었을까?

어차피 모든 확률은 반반이다. 주사위를 던져 육이 여섯 번을 나올 확률도 반반일 뿐이다.

번개에 맞을 확률도 로또에 당첨될 확률도 모두 다 반반이지 왜 확률이라는 이상한 게임에 뛰어들까?

나에게도 축복이

그토록 팔아버리거나 넝마처럼 버려버리고 싶은 암 덩어리도 재발과 전이만 없으면 오롯이 내 고통으로 소중하게 간직하고 싶은 간사한 마음까지 들었다.

아직도 항암의 후유증과 방사선의 후유증은 곳곳에 남아있다. 항상 마디마디가 쑤시고 늙은 노인네처럼 일기예보보다 더 정확히 습도를 알아챌 만큼 예민해도 습하고 무더운 날씨마저 소중하고 아깝다.

가진 것이라고는 주체하지 못할 시간뿐이었던 여인네는 이제 항상 친구들과 어울리고 세상 밖으로 쏘다니며 시간에 바빠 삶의 고통도 암의 고통도 다 잊고 살 수 있게 됐다. 매달 가는 병원만 아니면 내가 암환자라는 사실도 잊을 수 있겠다.

신경정신과에 갈 때마다 나이 어린 예쁜 의사를 조른다.

"약을…… 언제까지 먹어야 되나요? 약 없이 잠드는 게 소원 이예요!"

"아직은 조금만 더 드세요. 정 원하시면 용량을 줄여볼까요?"

의사의 말에 망설일 사이도 없이 튀어나가는 내 대답.

"안돼요! 이번 달은 그대로 처방해주세요? 다음 달부터 줄여주세요."

그 다음 달에 똑같은 실랑이의 반복……. 그렇게 욕망과 희망 사이를 갈등하며 살고 있어도 그래도 서글프지 않을 만큼 단련돼 있다.

"절망은 희망의 어머니란다."

"아닌 거 같은데? 너 설마 실패는 성공의 어머니를 착각한 거 아니니?"

갸우뚱대며 발그레 물드는 진주!

하지만 가까운 지인들이 내 병을 잊고 무심히 툭툭 던지는 말 한마디 한 마디는 아직도 비수가 되어 나를 피 흘리고 신음하게 만든다. 어찌 그들은 감히 암도 괜찮은 병이라는 망발을 입 밖에 내어놓을 수 있는가? 나는 하늘이 무서워서도 그런 말을 입 밖에 꺼낼 수가 없다.

또 잘못된 정보제공과 죽어가는 환자에게 만병통치약이라며 돈만 챙기는 천인공노할 가증스러운 배짱을 가진 존경할만한 분들은 얼마나 많은가? 지금 이 시간에도 많은 암환자들이 황당한 의사와 외고집 한의사, 그리고 거간꾼들에게 죽음과 절망의 끝자락으로 내몰림 당하고 있다.

우리 암환자들은 영원히 투병중이고 국가에서도 인정해주는 중증환자가 아니던가?

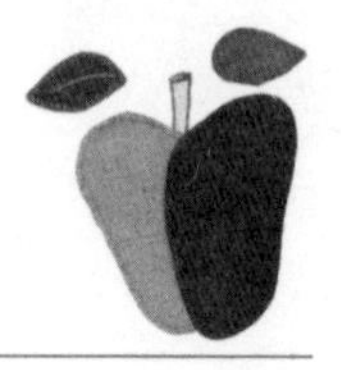

기독교인은 기독교인인 채, 불교도들은 불자인 채, 나름대로의 신실한 믿음과 독선에 둘러싸여 자기만이 선하고 자기 삶의 방식이 옳다고 우기며 타인을 설교하려 들고 있었다.

천만의 말씀! 만만의 콩떡이다.

누가 누구를 올바르다 여기며 누가 누구를 평가할 수 있겠는가? 부모 죽인 원수도 시간이 지나면 잊고 가슴에 묻은 자식도 세월이 지나면 다 잊어버리는 게 인지상정이긴 하다. 그러나 아직은 두 눈 멀쩡히 뜨고 살아있는 사람을 죽은 자 취급하는 건 양심이 있는 인간이면 좀 고려 해봐야 하지 않겠는가?

암이 전염병이나 된 듯 보이는지 아니면 치료비 때문에 형편 궁하니 한 푼 보태달라 할까 무서워서인지 친척들도 내 주위의 아는 사람들도 점점 안부인사도 아껴가고 있다.

나는 내 남자와 아이들이 아무도 없는 외딴 섬 속의 사람처럼 천지간에 고립무원이 될까봐 그것이 두려울 뿐 저들에게 바라는 것 아무것도 없건만 이제 갓 취직한 친척아이들조차 한 푼 보태 달랄까봐 무서운 탓인지 전화 한 통 없는 게 서럽다.

형제도 단 둘뿐인 세상에 내 세 남자 쓸쓸히 텅 빈 내 빈소 지키는 광경이 떠오르면 망자의 가는 길이 얼마나 더 서러울까 우울하다. 예나 제나 억울하면 출세할 밖에 방법이 없다.

나도 양반이나 로얄 패밀리는 애저녁에 글러 먹었으니 차라리 과거로 돌아가 조선시대 임금인 인조도 무서워했다던 노비 출신 역관 정명수라는 인간처럼 돈이나 많이 벌면 어떨까?

아니면 조선 경제를 주물렀던 임상옥이나 변승업 같이 되고 싶은데…… 나에게는 계영배라는 잔도 없고 또 재상평여수財上平如水가 무슨 말인지 인중직사형人中直似衡이 무슨 뜻인지도 모른다.

재물은 평등하기가 물과 같고 사람은 바르기가 저울과 같다는데 어떻게 살아야 한다는 건지 애매하여 우매한 나로서는 어리둥절한 소리다.

“너도 참 어리석구나. 돈 거래는 부자지간에도 안 하는 거야! 나도 떼먹힌 진주가 한 가득이란다.”

진주가 우울한 표정으로 말하네?

"그랬구나 진주야, 우리 똑같구나!"

아직도 나는 속이 더부룩하면 위로 암세포가 이사 갔나? 뼈가 쑤시면 뼈로 전이가 됐나? 머리가 무거우면 뇌전이가 되었나? 황당한 공포소설을 쓰며 살고 있다. 그럼에도 불구하고 그 폐허 속에서 한 송이 장미가 피어나고 못생긴 진주마저도 광채를 되찾아가니, 이 아니 기쁜가?

신문과 방송에는 암세포 파괴의 새로운 기술들이 발견된다는 소식과 함께 신약이 계속 나오고 있으며 암환자들의 수명도 점점 길어지고 있다는 고무적인 소식도 여기저기 들려온다.

평화, 평화, 평화

이제 나는 오랜만에 찾아온 이 평화가 오래오래 지속되기를 간절히 원한다. 나를 향한 그리고 세상을 향한 원망도 소리 없이 거두었다. 못나고 비굴했던 내 자신을 돌아보며 "사랑해! 사랑해!" 다독이고 내 가슴을 쓰다듬어 줄 여유도 생겼다.

적어도…….

시간은 나에게 충실한 노예가 되어주었다.

고통이 점점 희석되어 가면서 욕심도 같이 희석되어져 갔다. 항상 터무니없이 중간 노력단계를 훌쩍 뛰어넘어 맨 꼭대기로 치닫고자하는 욕망도 수직 상승에의 욕망도 부드러워지고 올라갈 수 없는 나무는 그냥 바라보면서 그 아름다움만 감상할 줄 아는 여유조차 생겨났다. 이제 이 무시무시한 죽음의 강을 평화롭고 안전하게 건너갈 마음의 준비를 갖춘 것이다.

그냥 성큼성큼 걸어서 가자.
아니면 엉금엉금 기어서 가자.
이 늪지대를 지나노라면 악어 떼가 나올지라도
악어 떼를 헤치면서 훨훨 날아서라도 건너자.

악어 떼가 바글거려 코끼리를 잡아먹고 물소 떼를 공격할지라도 그곳이 누우 떼가 건너야 하는 저 아프리카의 험한 마라강이라 하여도 허위단심 헤엄쳐 가자. 진주야! 내 사랑하는 진주야!

유방암 생존자

최장수 기록을 가진 유방암 생존자breast cancer survivor가 되어 스타킹에도 나가보고 오프라 윈프리 쇼에도 나가 세계적인 명사가 되어보자.

"아! 잠깐, 지금도 오프라 윈프리 쇼가 있던가?"
진주가 의아하게 묻는다.
"으흠! 나 아픈 동안 프로그램이 바뀌었는지도 모르겠구나!"

재발이 되면 또 수술하고 전이가 되면 완치의 개념이 아닌 연장의 개념이 될지라도 치료하면 될 것이다. 닥치지 않은 미래를 미리 끌어다가 걱정하는 우일랑 범하지 말도록 하자.

가여운 내 남자는 여편네 병 때문에 돈도 친구도 친척도 다 잃어가지만 나는 과거와는 다른 새로운 친구가 새롭게 생겨나고 있었다. 그것은 하나님의 도움이고 천지신명의 도움이라고 굳게 믿고 있다.

한 친구는 기독교인이고 또 다른 친구는 불교신자이고 또 다른 친구는 천주교인이지만 그게 무슨 상관이랴! 원숭이를 섬기는 친구라도 저 아프리카의 부두교인일지라도 나를 친구로 받아만 준다면 언제든 달려가 친구가 될 마음의 준비가 되어 있다.

하나님께서 내 기도를 들어주시고 부처님께서 내 친구의 기도를 들어주시고 성모마리아께서 내 친구의 애원을 들어주시니 내가 어찌 아프겠는가?

이 나이에 새로운 친구가 생겨나니 얼마나 큰 행운인가?

아프고 병든 대신 하나님께서는 종교가 다른 친구들을 내게 보내시어 따뜻한 손길로 나를 어루만지며 위로하고 계셨던 것이다. 하나님께서는 불신의 벽이 두터워가는 당신 자녀가 안타깝고 가여워 세상의 종교를 다 동원하여 나를 달래고 위로하고 계셨던 것이다.

"맞는 것 같아! 용왕님은 그렇게 사려가 깊지는 못하지. 토끼 간도 지 혼자만 빼먹으려다 결국 간암으로 죽었단다."

"그럼 지금 바다 속은 공황 상태로구나? 진주야!"

고개 끄덕이는 진주!
"우리 같이 가서 쿠데타를 일으켜 정권 한 번 잡아볼까?"

에필로그

내 새로운 친구들은 나처럼 교만하지도, 교활하지도 않고 잘난 척 할 줄 모른다. 순수하고 착하며 별 세계를 오락가락하는 나와 대화가 통하는 보기 드문 사람들이며 성실하고 순간순간에 충실한 사람들이다.

또 가끔은 맹한 데가 있기도 하여 내 거짓말에 속아주기도 하고 진짜로 속기도 하는 사람들이다. 그들은 우울하고 가난한 나를 매일 먹이고 챙겨주고 마음으로 안아주고 싶어 하는 착한 여인네들이다.

나는 그들의 약한 마음을 알아차리고 바쁜 그녀들의 시간을 빼앗고 기분 내키는 대로 그네들의 집이나 가게에 들어앉아 공짜 밥 먹고 몸에 좋은 차도 얻어 마시고 공짜에 심취해 횡재한 기분으로 이리저리 쏘다닌다.

내 생에 공짜를 맛보게 해준 고마운 친구들이고 언니들이다.

자그마하고 깔끔한 초밥과 우동을 손수 만들고 '미노야'라는 예쁜 가게를 운영하는 한 언니는 항상 배고픈 나를 저녁 챙겨 먹여주는 고마운 언니다. 동당동당 바쁘면서도 직원들에게 명령 내리어 나에게 밥값을 한 푼도 못 받게 기름종이에 새겨놓으니 이건 또 웬 횡재랴!

또 내가 병원에 갈 일만 생기면 내 남자보다 더 빨리 차를 대기시켜주고 우울해 하는 나를 위로하며 챙겨주는 예쁜 친구들이 있는데 무슨 걱정이랴!

사람이 평생 큰 운이 세 번은 있다는데 이런 대운도 있구나! 피를 나눈 자매 같은 언니와 친구들이 생기다니.

"늘그막에 그런 대운이 터진 사람 있으면 나와 보라."

소리쳐본다.

갑자기 행운이 여기저기 솟아나니 나는 그 행운을 단단히 간수하지 못하고 여기저기 줄레줄레 흘리고 다시 줍느라 바쁘다.

쓸쓸하고 배고프면 미친 척하고 공짜 밥에 심취해 저녁마다 우동 가게에 들러 목숨까지 나누고 싶다는 친구 불러내어 메밀에 초밥까지 먹고서 오리발 하나 척 내놓고 집으로 돌아온다. 내 인생의 끝자락 언저리에 이런 행운이 이런 인연이 숨겨져 있을 줄 예전에는 미처 몰랐다.

아침이면 어제 저녁에 먹은 약에서 채 깨어나지 못해 비몽사몽인 채로 그 귀한 아들 아침도 차려줬나 안 차려줬나 멍하게 앉아 있다가 오후가 되면 정신이 조금 드니 동네 사우나에 주저앉아 모든 걸 잊어버린 척하고 웃고 떠들다가 밥 얻어먹고 집으로 향한다.

집에 들어오면 텅 빈 집이 외롭고 또 우울해서 잠깐 울면서 거울도 들여다보고 코미디 프로도 열심히 들여다보고 웃기도 하다가 내 남자 피곤에 절어 파김치마냥 시들시들 귀가 하는 걸 확인하면 약 챙겨먹고 돌아누워 잔다.

"운동해! 운동!"

중얼거리는 내 남자가 옆에 누우면 발음도 불투명하게 잠결에 속삭인다.

"있잖아……."

"왜? 또!"

변함없이 퉁명스러운 내 남자.

"나 죽으면……."

"안 죽어!"

"아무한테도 연락하지 마! 장례 다 치르고 삼우제 치르고 삼 일 후에 연락해! 다 깨끗이 치웠으니 걱정말라고…… 이제 아무 부담 갖지 말고 편히 연락하라고……."

사랑하는 내 남자 왈…….

"시끄러! 내가 다 알아서 해! 걱정 말고 잠이나 푹 자!"

"내가 알아서 다 해!"

"아무 걱정 말고 너 하고 싶은 거 다 해!"

점점 더 멀어져 가는 내 남자의 목소리…….

"내가…… 다…… 해 주께……."

스르렁…… 콜 콜.

나는 옹알옹알 잠꼬대를 한다.

"I have a dream. 내게 꿈이 있어요."

술 취한 내 남자 코 고는 소리.

드르렁…… 쿨 쿨.

나는 계속 웅얼거린다.

"Dreams come true. 꿈은 이루어진다."